DIÁRIO DO ANO DA PESTE

‹ns São Paulo, 2021

Daniel Defoe

DIÁRIO DO ANO DA PESTE

tradução e organização
HENRIQUE GUERRA

prefácio
PAULA R. BACKSCHEIDER

Diário do ano da peste
A Journal of the Plague Year

Copyright © 2021 by Novo Século Editora Ltda.

EDITOR: Luiz Vasconcelos
COORDENAÇÃO EDITORIAL: Nair Ferraz
TRADUÇÃO E NOTAS: Henrique Guerra
EDIÇÃO DE TEXTO: Equipe Novo Século
DIAGRAMAÇÃO E CAPA: João Paulo Putini

Imagem de capa: Gorbash Varvara | Shutterstock

Texto de acordo com as normas do Novo Acordo Ortográfico da Língua Portuguesa (1990), em vigor desde 1º de janeiro de 2009.

Dados Internacionais de Catalogação na Publicação (CIP)

Defoe, Daniel, 1660-1731
Diário do ano da peste
Daniel Defoe ; tradução e organização de Henrique Guerra ; [prefácio de Paula R. Backscheider].
Barueri, SP : Novo Século Editora, 2021.

Título original: A Journal of the Plague Year

1. Peste - Londres - 1665 - Ficção 2. Ficção inglesa 3. Ficção histórica I. Título II. Guerra, Henrique III. Backscheider, Paula R.

21-1089   CDD-823

Índice para catálogo sistemático:
1. Ficção inglesa 823

Alameda Araguaia, 2190 – Bloco A – 11º andar – Conjunto 1111
CEP 06455-000 – Alphaville Industrial, Barueri – SP – Brasil
Tel.: (11) 3699-7107 | Fax: (11) 3699-7323
www.gruponovoseculo.com.br | atendimento@gruponovoseculo.com.br

ESCLARECIMENTO AO LEITOR

Este livro traz o texto integral da obra de Defoe publicada em 1722, com três importantes acréscimos:

1) Esclarecedor artigo de Paula R. Backscheider, da Universidade de Auburn, Alabama, EUA, em que a biógrafa de Daniel Defoe entretece paralelos entre a situação vivida em Londres em 1665, narrada em *Diário do ano da peste*, e a atual pandemia de Covid-19.

2) Divisão em capítulos. O clássico de Daniel Defoe, originalmente publicado sem subdivisões, é apresentado em capítulos, cujos títulos foram pinçados do próprio texto ou adaptados conforme o contexto. A iniciativa tem cunho didático e busca facilitar a remissão a trechos relevantes e tornar a leitura mais dinâmica para os leitores atuais.

3) Processo tradutório equilibrando o novo e o arcaico. Alguns termos de uso corrente na atual pandemia foram naturalmente incorporados no texto, sempre que isso se justificava do ponto de vista técnico e literário.

Henrique Guerra

A obra-prima de Daniel Defoe, *Diário do Ano da Peste*, recentemente se tornou foco de debates literários em meio à luta mundial contra a pandemia da Covid-19. Paula R. Backscheider, autora da premiada biografia *Daniel Defoe: His Life* e editora de *A Journal of the Plague Year* para a W. W. Norton & Company, escreveu um artigo em que ela explica como o romance histórico de Defoe, publicado em 1722, entretece paralelos com a nossa própria situação atual, quase três séculos depois. A eminente professora da Auburn University gentilmente concedeu à Editora Novo Século a permissão de traduzirmos e publicarmos o artigo na abertura desta edição.

LIÇÕES DO DIÁRIO DO ANO DA PESTE
por Paula R. Backscheider

Um dos dois mais conhecidos relatos sobre pestes é *Diário do ano da peste*, de Daniel Defoe, o autor de *Robinson Crusoé*. Editei esse livro para a W. W. Norton & Company e incluí material de contextualização, remontando a Tucídides, em 430 a.C. Com frequência as pessoas indagam se o livro de Defoe é "história" e o quanto nele é verdadeiro. Defoe era um menininho quando a Grande Peste de 1665 atingiu Londres e matou aproximadamente 97.000 pessoas. A família dele morava numa das paróquias mais afetadas de Londres. É provável que ele não tivesse muitas recordações, mas certamente ouviu relatos de familiares e de outros sobreviventes. O romance de Defoe nos fornece um relato detalhado da vida durante uma peste que se assemelha surpreendentemente ao nosso comportamento em plena pandemia da Covid-19. Ao longo da vida, Defoe atuou como jornalista, coletou histórias e empreendeu pesquisas. Uma de suas principais fontes foi uma obra do pioneiro da estatística, John Graunt, que publicou *Reflexões sobre as contas semanais de mortalidade* em 1665. A cada capítulo, mais ou menos, à medida que a peste se alastra em Londres ao longo do relato, Defoe vai apresentando as estatísticas, semana a semana. Por exemplo, "St. Giles, Cripplegate (a paróquia em que ele morava): 554; Clerkenwell: 103". Se você está acompanhando as estatísticas diárias ou os gráficos de previsão de pico, está fazendo algo que Defoe se preocupou em fornecer.

Existem semelhanças importantes entre as coisas que ele fez e a situação atual. Uma das motivações de Defoe para escrever o livro foi alertar seus concidadãos. Todas as edições dos jornais de Londres, nos três anos que antecederam a publicação de A Journal of the Plague Year, relatavam surtos da peste no continente. Só em Marselha, na França, tinham sido registrados de quarenta mil a sessenta mil óbitos, com números expressivos também na China e na Itália.

Defoe narra casos para contar às pessoas como se preparar e, em seguida, descreve quais as "melhores práticas" que ele preconiza durante a peste. Num dos casos, um pai de família se refugia num barco no Tâmisa e sai para buscar comida e víveres que ele deixa perto da casa de sua família, numa clara tentativa de mantê-los seguros – e ele consegue. Defoe escreve sobre a interdição das casas dos doentes que eram marcadas com uma cruz vermelha pintada na porta. Revela como o povo se arriscava e elogia o comportamento exemplar dos gestores da cidade, clero e profissionais da saúde. Outra fonte de pesquisa utilizada por ele foi a coleção de sermões de um corajoso pregador que decidiu ficar em Londres e pregava todos os dias.

Em essência, este livro é história jornalística, mas também é um romance com um narrador fascinante que busca entender as causas da peste, como nós. Surgiu num momento importante da história intelectual: entre as fortes crenças religiosas do povo na Renascença e o emergir da Revolução Científica, marcada por novidades como a Royal Society e pensadores como Isaac Newton. O narrador de Defoe é um homem que decide ficar e "ser testemunha dos fatos", apesar dos conselhos para sair de Londres, coisa que quase todo mundo que podia fazer, fez. De modo cativante, ele tenta decidir se a peste é a vontade de Deus, até mesmo enviada por Deus (coisa que era a crença religiosa mais antiga) ou se existiam explicações científicas sobre como tudo começou e se espalhou, como o povo poderia se proteger do contágio e como o problema poderia ser tratado de forma humana e eficaz e prevenido no futuro. O narrador coleta evidências, pondera, classifica, constrói hipóteses científicas e as rejeita. Além das observações, ele é o principal assunto de sua própria pesquisa, e o romance termina: "No ano de meia cinco/ Em Londres um mal nocivo/Levou-nos cem mil almas/Mas estou vivo". Esse final registra a enorme taxa de mortalidade e o fato de o narrador não ter a mínima ideia de como ele sobreviveu. Somente em 1894 seria descoberto o bacilo causador da doença: *Yersinia pestis*, transmitido pelas pulgas dos ratos; ainda hoje, a peste bubônica é quase sempre fatal.

Defoe aborda outros tópicos que estamos enfrentando hoje: os limites da autoridade pública, os direitos e o tratamento dos doentes, a responsabilidade do governo de financiar os cuidados com a saúde, as pressões da compaixão e, terrivelmente, como agora em Nova York, o que fazer com o número inesperado de corpos. Desde sua primeira publicação, o livro foi elogiado por dar uma ideia da confusão que é estar em meio a centenas de mortes, bem como pelos momentos mais nítidos de imagens individuais, a partir de relatos, memórias e historietas, como a de um homem caridosamente hospedado no sótão de uma pousada, que – para o horror de todos no local – é encontrado morto na manhã seguinte, e de uma dama condenada a dias de terror por ter recebido um beijo roubado. Com sua vasta experiência como repórter, Defoe nos dá um relato chocante e realista na voz de um narrador que sabia que precisava ficar em segurança em sua casa, mas, instigado a tentar entender, não conseguia parar de andar pelas ruas.

> Paula R. Backscheider fez a edição crítica de *A Journal of the Plague Year*, publicada pela Editora W. W. Norton & Company. Acadêmica premiada, Paula é especialista no período da restauração e literatura do século XVIII, crítica feminista e estudos culturais. Escreveu, entre outras obras, *Daniel Defoe: His Life* (vencedor do Prêmio British Council); *Spectacular Politics; Reflections on Biography; Eighteenth-Century Women Poets and their Poetry: Inventing Agency, Inventing Genre* (vencedor do Prêmio James Russell Lowell, da Modern Language Association); e *Elizabeth Singer Rowe and the Development of the English Novel*. Ex-presidente da American Society for Eighteenth-Century Studies, ela é membro do Institute for Advanced Studies da Universidade de Edimburgo.

Lições do *Diário do ano da peste* – Paula Backscheider	7
A peste se alastra e explode em Londres	15
Ficar ou não em Londres?	22
Londres inteira chorava	28
A influência perniciosa de magos e adivinhões	33
Farsantes, visões e fantasmas	37
Antídotos e poções "infalíveis"	45
Elogio aos profissionais da saúde	51
A melancólica interdição das casas	53
O decreto do prefeito	55
Estratagemas para burlar a interdição das casas	65
A falta de escrúpulos aumenta a disseminação	72
O caso da filha única	74
O suborno dos vigias	76
Um trio de amigos planeja fugir da cidade	77
Andanças por uma Londres devastada	79
Horror na carroça dos mortos	82
Pousada em pânico	92
As dicas do bondoso dr. Heath	98
Morte nos mercados	101
O tormento dos inchaços	104
Histórias de crimes hediondos	107
A ocasião faz o ladrão	111
O gaiteiro salvo na hora "H"	114
O despreparo das autoridades	118
A economia para – e o caos aumenta	121
A subnotificação dos casos	126
Demora na remoção dos corpos	131

O barqueiro	135
Subindo o rio até Greenwich	140
O estranho comportamento dos londrinos	143
Lúgubres relatos sobre bebês e suas mães	146
O sacrifício de cães e gatos	152
A história dos três amigos em fuga	153
Acusações mútuas	183
Propagação por pessoas ainda sem sintomas	190
Minhas peripécias como inspetor	191
O homem nu em pleno Tâmisa	194
Incêndios misteriosos	197
Pavor em Petticoat Lane	201
A polêmica das fogueiras	205
A falta de párocos	208
O tétrico mês de setembro	212
Sobre o preço do pão e o livre mercado	215
O descuido com as precauções	224
O contato interpessoal transmitia a doença	228
A peste é como um grande incêndio	233
Onde ficaram adormecidas as sementes da infecção?	239
Paralisação no comércio exterior	249
A questão das notícias falsas	252
Cereais e carvão	255
A negligência e o perigo de uma nova onda	263
Locais de sepultamento	269
O dr. Heath analisa os coquetéis antipeste	276
Expurgo das casas	280
Uma confissão	284

Observações e lembranças dos fatos mais significativos, públicos e privados, ocorridos em Londres durante a última grande onda da peste em 1665. Escrito por um cidadão que continuou o tempo todo em Londres. Nunca publicado antes.

A PESTE SE ALASTRA E EXPLODE EM LONDRES

Foi no comecinho de setembro de 1664. Chegou aos meus ouvidos, e também aos de meus vizinhos, que a peste eclodira de novo na Holanda. Em 1663, um violentíssimo surto da peste havia assolado aquele país, com os principais focos em Amsterdã e Roterdã. Dizem que a peste chegou lá (oriunda da Itália, ou do Levante) com mercadorias trazidas por sua frota turca; uns comentavam que ela veio da Cândia, na ilha de Creta; outros, do Chipre. Seja lá de onde tenha vindo, todos concordavam que uma nova onda havia chegado à Holanda.

Na época não havia jornal impresso para espalhar boatos e relatos sobre as coisas; nem esse material poderia ser aprimorado na base do "quem conta um conto, acrescenta um ponto", como acontece hoje. Mas essas informações foram registradas em cartas de comerciantes e outros que tinham correspondentes no exterior, e, a partir dessas cartas, foram passadas de boca em boca apenas; de modo que os rumores não se espalharam instantaneamente em toda a nação, como acontece hoje. Mas parece que o governo estava bem informado sobre a epidemia, e várias assembleias foram realizadas sobre como evitar a sua vinda; mas tudo foi mantido em sigilo. Nisso o boato arrefeceu novamente; e o povo começou a esquecê-lo, como uma coisa que não nos preocupava muito e que torcíamos para não ser verdade. Até que no finzinho de novembro, comecinho de dezembro de 1664, dois homens, ao que consta, franceses, morreram da peste na rua Longacre, ou melhor, na parte alta da Drury Lane. A família que os hospedava se esforçou ao máximo para abafar o caso, mas isso caiu no ouvido dos vizinhos e, conversa vai, conversa vem, chegou ao conhecimento das autoridades. Para investigar o caso e ter certeza da verdade, dois médicos e um cirurgião foram escalados para visitar a casa e fazer uma inspeção. Dito e feito. A equipe detectou as pústulas da doença nos dois cadáveres e vaticinou: a *causa mortis* era a peste. Os dados foram repassados ao secretário da paróquia, que por sua vez os repassou à prefeitura, que mandou imprimir a conta semanal da mortalidade no sistema de costume, assim:

ÓBITOS DA PESTE: 2.
PARÓQUIAS INFECTADAS: 1.

O povo ficou muito preocupado com isso, e todo mundo na cidade começou a se alarmar, ainda mais porque, na última semana de dezembro de 1664, outro homem morreu na mesma casa e da mesma doença. E então ficamos sossegados de novo por umas seis semanas em que não houve novos óbitos com sintomas da infecção; por isso, comentou-se que a doença havia sumido. Mas lá pelo dia 12 de fevereiro, outra pessoa morreu noutra casa, mas na mesma paróquia, e com os mesmos sintomas.

Com isso o povo concentrou praticamente toda a sua atenção nessa parte da cidade. E como as estatísticas semanais mostravam um curioso aumento de enterros na paróquia de St. Giles, suspeitas foram levantadas de que a peste grassava entre os habitantes dessa paróquia, e que muitos tinham morrido dela, embora tivessem tomado todo o cuidado possível para esconder isso do conhecimento público. Isso deixou o povo apavorado, e pouca gente se arriscava a passar por Drury Lane, ou por outras ruas suspeitas, a não ser que negócios urgentes os obrigassem a isso.

Os números não paravam de aumentar: os sepultamentos semanais nas paróquias de St. Giles-in-the-Fields e de St. Andrew's-Holborn subiram de doze para dezessete ou dezenove, mais ou menos. E quando a peste começou na paróquia de St. Giles, observou-se que o número de enterros comuns aumentou consideravelmente. Por exemplo:

SEMANA	ÓBITOS NA PARÓQUIA DE	
	St. Giles's	St. Andrew's
27/12 a 03/01	16	17
04/01 a 10/01	12	25
11/01 a 17/01	18	18
18/01 a 24/01	23	16
25/01 a 31/01	24	15
01/02 a 07/02	21	23
08/02 a 14/02	24 (sendo um da peste)	-

O aumento dos óbitos foi observado nas paróquias de St. Bride's, adjacente à paróquia de Holborn, e na paróquia de St. James's, Clerkenwell, no outro lado de Holborn; nas duas, os óbitos semanais subiram de quatro a seis ou oito para:

SEMANA	ÓBITOS NA PARÓQUIA DE	
	St. Bride's	St. James's
20/12 a 26/12	0	8
27/12 a 03/01	6	9
04/01 a 10/01	11	7
11/01 a 17/01	12	9
18/01 a 24/01	9	15
25/01 a 31/01	8	12
01/02 a 07/02	13	5
08/02 a 14/02	12	6

Além disso, o povo notou, com grande inquietação, que os óbitos semanais em geral aumentaram muito nessas semanas, justamente na época do ano em que esse número costumava diminuir.

O número habitual de sepultamentos semanais oscilava entre 240 a 300. Esses números já eram altos, mas não paravam de subir:

Semana	Óbitos	Aumento em relação à semana anterior
20/12 a 26/12	291	0
27/12 a 03/01	349	58
04/01 a 10/01	394	45
11/01 a 17/01	415	21
18/01 a 24/01	474	59

Essa última estatística era mesmo assustadora e sem precedentes, um recorde semanal que superou inclusive a última onda da peste em 1656.

Mas tudo isso saiu de pauta outra vez. Começou a esfriar, e as nevascas, que começaram em dezembro, se intensificaram até o final de fevereiro, junto com ventos penetrantes, embora moderados. Com isso, os números caíram de novo, e a cidade ficou saudável. Todo mundo começou a achar que o perigo havia passado, com um detalhe: o número de enterros em St. Giles continuava alto. A partir do começo de abril, em especial, os óbitos estabilizaram em 25 por semana, até a semana do dia 18 ao dia 25, quando houve o registro de trinta mortes na paróquia de St. Giles, sendo duas da peste e oito de febre maculosa (que muitos consideravam a mesma coisa). Da mesma forma, o número total de óbitos por febre maculosa aumentou, sendo oito na semana prévia, e doze na semana mencionada.

Isso nos assustou de novo; e as pessoas sentiam um medo terrível, especialmente com os dias mais quentes que prenunciavam a chegada do verão no Hemisfério Norte. Mas, na semana seguinte, as esperanças se renovaram: os números baixaram; o total de óbitos caiu para apenas 388; nenhum da peste, mas quatro de febre maculosa.

Mas na outra semana tudo voltou, e a doença se espalhou por duas ou três outras paróquias, ou seja, St. Andrew's-Holborn e St. Clement's-Danes. Para grande aflição da cidade, uma pessoa morreu intramuros, na paróquia de St. Mary-Wool-Church, em suma, na Bearbinder Lane, perto da Bolsa de Valores: ao todo, nove com peste e seis com febre maculosa. Mas uma investigação constatou que esse francês morto em Bearbinder Lane antes morava na rua Longacre, perto das casas infectadas, e recentemente se mudara por medo da doença, sem saber que já estava infectado.

Isso foi no início de maio, mas o tempo estava ameno, instável e fresco o suficiente, e as pessoas ainda nutriam certa esperança. Uma coisa as encorajava: a cidade estava saudável. O total de óbitos nas 97 paróquias era de apenas 54. Assim, nutrimos a esperança de que o problema ficasse restrito àquela vizinhança, sem se alastrar. E o que é melhor, na semana seguinte, de 9 a 16 de maio, só morreram três, e nenhum no âmbito da cidade inteira, nem das áreas administrativas chamadas de "liberdades".* St. Andrew's enterrou apenas quinze, número baixíssimo. É verdade, St. Giles havia enterrado 32, mas somente um de peste. O povo começou a se tranquilizar. A estatística geral também foi baixíssima: 347 no total; e na semana anterior, 343. A esperança não durou muito tempo: não havia mais como enganar o povo. Casas foram inspecionadas e se constatou que havia uma disseminação geral da peste, e muita gente morria diariamente por causa dela; agora não adiantava mais minimizar o problema e não tinha mais como escondê-lo. E não foi só isso. Logo ficou claro que a infecção se alastrara de um modo incontrolável. Na paróquia de St. Giles, a peste foi registrada em várias ruas, e várias famílias estavam adoentadas, e essa situação, como previsto, refletiu-se nas estatísticas da semana seguinte. Somente quatorze óbitos foram creditados à peste, mas isso não passava de patifaria e conluio; afinal de contas, na paróquia de St. Giles, nada menos que quarenta foram enterrados no total, e com toda certeza a maioria morreu da peste, embora os óbitos tenham sido atribuídos a outras doenças. O aumento de enterros não superou 32, para um total de 385, mas quatorze foram registrados como febre maculosa e quatorze de peste. No geral, estimamos que cinquenta pessoas morreram da peste naquela semana.

De 23 a 30 de maio, os óbitos da peste foram de dezessete, mas os enterros em St. Giles somaram 53, número assustador! Desses, apenas

---

* Unidade fundiária inglesa cujas terras foram cedidas pela monarquia a um senhor feudal. (N. de T.)

nove foram creditados à peste. Sob um exame mais rigoroso feito pelos juízes de paz, a pedido do prefeito, verificou-se que na verdade mais de vinte tinham morrido da peste naquela paróquia, mas a causa da morte fora registrada como febre maculosa, ou outras enfermidades, além de outras omissões.

Mas isso não é nada perto do que aconteceu logo depois. Com o aumento da temperatura, a partir da primeira semana de junho, a infecção se espalhou de forma horrenda, e os números explodiram. Os registros de óbitos decorrentes de febre, febre maculosa e infecções gengivais em crianças de até três anos subiram vertiginosamente. Todo mundo que podia esconder a peste escondia. Para evitar que os vizinhos se afastassem e parassem de conversar com eles; para evitar que as autoridades interditassem suas casas. Isso ainda não era praticado, mas já fora ameaçado; e o povo tinha pavor só de pensar nisso.

Na segunda semana de junho, a paróquia de St. Giles, ainda o maior foco da infecção, enterrou 120 pessoas, com 68 óbitos causados pela peste. Mas todo mundo falava que eram pelo menos cem, com base na média dos funerais dessa paróquia, já mencionados.

Até esta semana a cidade propriamente dita mantinha-se livre, sem mortes pela peste, à exceção do francês que mencionei antes, em todas as 97 paróquias intramuros. Agora, já havia o registro de quatro óbitos dentro da cidade, um na Wood Street, um na Fenchurch Street e dois em Crooked Lane. Southwark permanecia livre, sem óbitos pela peste naquela margem do rio.

Eu morava perto de Aldgate, a meio caminho entre a Igreja Aldgate e Whitechapel Bars, na mão esquerda, ou lado norte, da rua. E como a doença ainda não chegara a essas bandas da cidade, a nossa vizinhança continuava bem tranquila. Mas na outra ponta da cidade a consternação era muito grande; e a classe mais rica, especialmente a nobreza e a alta burguesia da parte oeste da cidade, começou a emigrar com suas famílias e criados, como nunca antes se vira. E isso aconteceu também em Whitechapel; ou seja, a Broad Street, onde eu morava. Nada se enxergava além de carroças e charretes com bagagens, mulheres, criados, crianças etc. Coches lotados de gente da melhor estirpe, assessorada por cavalariços, e todos com muita pressa. Depois, carroças e charretes apareciam vazias, com cavalos de reposição e criados. Claramente voltavam da área rural para buscar mais gente. Incontáveis homens a cavalo, alguns sozinhos, outros com criados e, em geral, carregados de bagagem e equipados para viajar, como qualquer um percebia.

Um espetáculo terrível e melancólico se descortinava diante de meus olhos, da aurora até o anoitecer (pois de fato nada mais havia a ser visto) e me fazia pensar no sofrimento que a cidade ia enfrentar, e a condição infeliz daqueles que nela permaneceriam.

Tamanho foi esse corre-corre naquelas semanas que uma longa fila se formou na prefeitura para a obtenção de licenças e certificados de saúde para sair da cidade. Sem esses documentos ninguém conseguia atravessar os povoados por onde a estrada passava nem se hospedar nas estalagens. Ora, como ninguém tinha morrido na cidade nesse tempo todo, o prefeito concedeu certificados de saúde sem problemas para todos os que moravam nas 97 paróquias, e também para aqueles que moravam no âmbito das regiões chamadas de "liberdades".

Acredite, essa lufa-lufa continuou ao longo de maio e junho; ainda mais porque corria o boato de que o governo mandaria colocar barreiras e cancelas nas estradas e impedir a circulação das pessoas, e de que as cidades à beira das estradas não permitiriam a passagem de londrinos, por medo de que trouxessem a infecção junto com eles. Mas nenhum desses boatos tinha fundamento, especialmente no início.

• • • • • • • •
FICAR OU NÃO EM LONDRES?

Foi então que comecei a analisar seriamente o meu próprio caso, e o que eu deveria fazer comigo mesmo. Ficar em Londres? Ou fechar a minha casa e debandar, como muitos dos meus vizinhos fizeram? Avaliei essas alternativas com muita cautela, porque sei que isso pode ter algum interesse aos que vierem depois de mim, caso enfrentem a mesma angústia e a mesma necessidade de fazer sua escolha. Portanto, desejo que este relato sirva mais como um norte a ser seguido do que como um relato do que eu fiz. Talvez conhecer o meu destino tenha valor para eles.

Eu tinha duas missões importantes: cuidar de meus negócios e da minha loja, de um porte considerável, na qual eu investira todo o capital que eu tinha nesse mundo. A outra era preservar minha vida enquanto se abatia em toda a cidade uma calamidade aparentemente tão sombria, mas que o meu medo e o medo dos outros tornavam ainda mais sombria.

A primeira missão tinha grande relevância para mim. Meu comércio era uma selaria, e o grosso de meus negócios não consistia em compras casuais na loja, mas sim em transações com os mercadores que negociavam com as colônias inglesas na América, e meus rendimentos dependiam desse comércio. Eu era solteiro, é verdade, mas sustentava uma família de criados com o meu negócio; eu tinha uma casa, loja e armazéns cheios de mercadorias. Em suma, deixar tudo isso como as coisas nesse caso deveriam ser deixadas, ou seja, sem um supervisor ou encarregado de confiança, seria arriscar perder não só a minha loja, mas os meus bens, e, de fato, tudo o que eu tinha no mundo.

Na época o meu irmão mais velho também morava em Londres, oriundo há alguns anos de Portugal. Pedi um conselho a ele. A resposta simples foi a mesma que foi dada em outro caso bem diferente: "Salva-te a ti mesmo!". Em resumo, sugeriu que eu me refugiasse na área rural, a exemplo do que ele próprio e sua família iam fazer. Disse-me que ouvira relatos no exterior de que o melhor jeito de enfrentar a peste era fugir dela. Quanto ao meu argumento de que eu perderia meus negócios, bens ou créditos, ele o refutou plenamente. E, para justificar a minha permanência, eu disse que confiaria a Deus a minha segurança e saúde. Meu irmão disse que eu deveria fazer o mesmo em relação a meu comércio e a meus bens.

— Afinal de contas, se você pode confiar a Deus a sua vida e ficar num local tão perigoso, não é lógico confiar a Deus a chance ou o risco de perder sua loja?

Eu não podia argumentar que não tinha para onde ir, ele sabia que eu tinha vários amigos e parentes em Northamptonshire, região onde a nossa família tem raízes, sem falar na nossa única irmã, muito disposta a me receber em Lincolnshire.

O meu irmão, que já enviara a esposa e os dois filhos a Bedfordshire, resolveu segui-los e me incentivou sinceramente a fazer o mesmo. Quando resolvi seguir os conselhos dele, adivinhe: não consegui mais nenhum cavalo! É bem verdade que nem todo mundo havia saído de Londres, mas arrisco a dizer que, de certa forma, todos os cavalos o fizeram. Tornou-se impossível comprar ou alugar um cavalo em toda a cidade por algumas semanas. Então decidi viajar a pé com um criado, como muitos fizeram, sem parar em estalagens. Em vez disso, pousaríamos numa barraca, no campo, pois o clima estava agradável, sem perigo de friagem. Acredite, muita gente fez isso, em especial quem já esteve no exército, na recente guerra civil. É mister que se diga, falando de segundas causas, que, se a maioria do pessoal que saiu da cidade tivesse seguido essa estratégia, a peste não teria sido levada a tantas cidades e casas do interior, para o grande prejuízo e a ruína de muitas e muitas pessoas.

Mas então o criado que eu tinha a intenção de levar comigo me deixou na mão. Assustado com a disseminação da doença, e sem saber quando eu iria, tomou outras medidas e me abandonou: então tive que adiar minha viagem. E, de um jeito ou de outro, sempre que eu marcava um dia para ir embora, era impedido por um contratempo ou outro que me obrigava a desmarcar e adiar novamente. E isso me faz lembrar uma história que alguém pode rotular de uma digressão desnecessária, ou seja, de que esses contratempos eram coisas do Céu.

Menciono esta história também como o melhor método que posso aconselhar qualquer pessoa a adotar em casos dessa natureza, especialmente se ela tiver consciência de seus deveres, e for direcionada ao que fazer então, ou seja, ficar de olho nas providências particulares que aconteceram naquela época, e analisá-las complexamente, como elas se inter-relacionam, e como tudo junto se relaciona com a questão diante dela: e então, acredito, ela possa tomá-las como intimações dos Céus sobre qual é nesse caso o seu inquestionável dever; eu me refiro a ir embora ou a ficar em nossas casas, no caso de uma pandemia infecciosa visitar nossa cidade.

Certa manhã, enquanto eu refletia sobre isso, um pensamento me veio muito intensamente. Nada nos acontece sem a direção ou a permissão do Poder Divino, então deveria haver algo fantástico nesses contratempos. Eu deveria avaliar se tudo isso não me intimava claramente a pensar que era vontade divina que eu ficasse em Londres. E, nessa linha de pensamento, logo imaginei que se realmente fosse vontade de Deus que eu ficasse, Ele era realmente capaz de me preservar no meio de todas as mortes e perigos que me cercavam. E que se eu tentasse me proteger fugindo de meu lar, e agisse contra essas intimações, que eu acreditava serem divinas, seria como fugir de Deus, e Ele poderia fazer que Sua justiça me alcançasse, quando e onde Lhe aprouvesse.

Esses pensamentos me fizeram mudar de ideia de novo; e quando voltei a conversar com meu irmão, comuniquei-lhe que eu estava inclinado a ficar e aceitar o meu quinhão naquele calvário em que Deus me colocara; e que esse parecia ser meu dever especial, levando em conta o que falei.

Meu irmão, apesar de muito devoto, achou graça de tudo o que eu havia sugerido sobre ser uma intimação divina e me contou várias histórias de pessoas tão imprudentes (como as rotulou) quanto eu estava sendo. E eu deveria de fato me submeter a tudo aquilo como uma obra divina caso eu fosse de alguma forma atingido por doenças ou enfermidades, e assim, se eu não fosse capaz de ir, deveria concordar em ir à direção d'Ele, que, tendo sido meu Criador, exerça um direito indiscutível de soberania em me descartar; e que, então, não havia nenhuma dificuldade para determinar o que era ou não era o chamado de Sua Providência. Mas era ridículo considerar que eu não deveria sair da cidade por uma intimação divina, só porque não pude contratar um cavalo para ir, ou o criado que deveria me acompanhar tinha fugido, já que ao mesmo tempo eu tinha a minha saúde e meus membros, e outros criados, e poderia com facilidade viajar a pé um ou dois dias. Portando um bom certificado de estar em perfeita saúde, eu poderia então alugar um cavalo ou acantonar na estrada, como eu achasse melhor.

Em seguida, passou a me contar as consequências perniciosas da presunção de turcos e maometanos na Ásia, e noutros lugares onde ele esteve (pois o meu irmão, como já observei, era comerciante e viera do exterior anos antes, e estivera por último em Lisboa). Com base em suas professadas ideias de predestinação, de que o destino de cada homem é predeterminado e previamente decretado de modo inalterável, eles frequentavam sem preocupação lugares infectados e conversavam com pessoas infectadas. Com isso, morreram no ritmo de dez ou quinze mil por semana, enquanto europeus, ou cristãos mercantes, que se mantiveram recolhidos em isolamento, em geral escaparam do contágio.

Ao ouvir a argumentação dele, comecei a mudar de ideia outra vez e a pensar em sair de Londres e, assim, encaminhei os preparativos. Além do mais, a infecção fechou o cerco ao meu redor, e a conta dos óbitos semanais subiu para quase 700, e meu irmão me disse que não ia se aventurar a ficar nem mais um dia. Roguei que me deixasse avaliar e dar a resposta definitiva no dia seguinte; como eu já havia feito todos os preparativos da melhor maneira possível, em relação a meus negócios e a quem confiá-los, nada mais havia a fazer, exceto tomar a decisão.

Naquela noite, fui para casa indeciso, com a mente bastante perturbada. Eu havia dedicado aquela noite para estudar o assunto com seriedade, e estava completamente só; o povo já se habituara, por consenso geral, a evitar a circulação após o crepúsculo, pelos motivos que em breve terei a oportunidade de explicar.

Na calada da noite empenhei-me para vislumbrar primeiro qual era o meu dever. Lembrei dos argumentos de meu irmão para me pressionar a ir ao interior e fiz o contraponto com as fortes impressões que eu tinha na cabeça de ficar: o visível chamado que eu parecia ter das circunstâncias particulares e os cuidados que eu deveria ter com a preservação de meus bens e meu patrimônio. Também pensei nas intimações que eu considerava divinas e, para mim, significavam uma espécie de carta branca para eu me arriscar. Então me ocorreu que, se eu tivesse uma carta branca para ficar, deveria supor que nisso havia uma promessa tácita de ser poupado, caso a obedecesse.

Comecei a abraçar essa ideia; e foi me dando uma coragem de ficar como nunca antes eu sentira, apoiada pela secreta satisfação de que eu não seria vitimado pela peste. Mas não foi só isso. Uma Bíblia jazia sobre a mesa à minha frente. Pensando seriamente no assunto, folheei a Bíblia e gritei algo como:

– Não sei o que fazer, meu Deus! Que direção eu devo seguir?

E naquele átimo parei de folhear o livro sagrado no Salmo 91, e o meu olhar bateu no versículo 2, fui lendo até o 6 e continuei até o 10:

> "Direi do Senhor: Ele é o meu Deus, o meu refúgio, a minha fortaleza, e nele confiarei.
> Porque ele te livrará da armadilha do caçador de passarinhos, e da peste perniciosa.
> Ele te cobrirá com as suas plumas, e debaixo das suas asas te confiarás; a sua verdade será o teu escudo e broquel.
> Não terás medo do terror noturno nem da seta diurna.
> Nem da peste que anda no breu, nem da mortandade que assola ao meio-dia.

> Mil cairão ao teu lado, e dez mil à tua direita, mas tu não serás atingido.
> Somente com os teus olhos contemplarás, e verás a recompensa dos ímpios.
> Porque tu, ó Senhor, és o meu refúgio. No Altíssimo fizeste a tua habitação.
> Nenhum mal te sucederá, nem peste alguma chegará à tua tenda."

Desnecessário dizer que a partir desse instante eu tomei a resolução de ficar na cidade. Depositei o meu destino inteiramente na bondade e na proteção do Todo-Poderoso: decidi não procurar outro abrigo, seja lá qual fosse. Já que o meu tempo estava nas mãos d'Ele, em tempo de infecção Ele era capaz de me salvar como no tempo de saúde; e que fizesse de mim o que bem Lhe aprouvesse.

Resoluto fui dormir e fiquei ainda mais convicto no dia seguinte, ao descobrir que a mulher a quem eu tinha a intenção de confiar a minha casa e todos os meus negócios adoecera. Paralelamente, um problema adicional recaiu sobre meus ombros: no dia seguinte também me senti mal; de modo que, mesmo se eu quisesse me ausentar, eu não poderia. Fiquei doente por três ou quatro dias, e isso foi definitivo para minha permanência. Assim, o meu irmão se despediu de mim e rumou a Dorking, em Surrey, para depois se alojar ainda mais longe, em Buckinghamshire ou Bedfordshire, num refúgio que ele havia providenciado para sua família.

Era uma época horrível para se adoentar; pois se alguém se queixava, imediatamente diziam que era a peste. Não apresentei nenhum dos sintomas dessa doença, mas fiquei receoso de estar realmente infectado, pois tive fortes dores de cabeça e de barriga. Mas em três dias melhorei. Na terceira noite descansei bem, suei um pouco e acordei revigorado. O receio de ter sido infectado passou tão rápido quanto as dores, e segui minha vidinha de costume.

Esse problema, contudo, afastou toda e qualquer ideia minha de fugir para o interior. Meu irmão já estava longe e eu não precisava discutir o assunto, nem com ele, nem comigo mesmo.

LONDRES INTEIRA CHORAVA

Estávamos em meados de julho; e a peste, que tinha se alastrado principalmente na outra ponta da cidade, e, como eu já disse, nas paróquias de St. Giles e St. Andrew's-Holborn, em direção a Westminster, agora começou a vir para o leste, para a região onde eu morava. Na verdade, a peste não veio em linha reta em nossa direção; pois a cidade, ou seja, intramuros, continuava saudável e indiferente. Em Southwark a coisa continuava calma, pois embora tivessem sido registrados 1.268 óbitos no total, dos quais novecentos supostamente da peste, na cidade propriamente dita (intramuros), apenas 28, e dezenove em Southwark, incluindo a paróquia de Lambeth; enquanto só nas paróquias de St. Giles e St. Martin's-in-the-Fields, os óbitos chegaram a 421.

Mas percebemos que a infecção se alastrou primeiro nas paróquias da periferia, mais populosas e vulneráveis socialmente, presas mais fáceis para a peste do que a burguesia intramuros, como vou detalhar mais tarde.

Notamos que a peste descambou em nossa direção, ou seja, rumo às paróquias de Clerkenwell, Cripplegate, Shoreditch e Bishopsgate; as últimas duas paróquias são contíguas a Aldgate, Whitechapel e Stepney, e a infecção enfim se alastrou com violência nessas bandas, justo quando amainou nas paróquias da parte oeste, onde tudo começou.

Foi bizarro observar que nesta semana em particular (de 4 a 11 de julho) quase quatrocentas pessoas foram a óbito em decorrência da peste em duas paróquias (St. Martin's e St. Giles-in-the-Fields), mas apenas quatro morreram na paróquia de Aldgate, três na paróquia de Whitechapel e um na paróquia de Stepney.

Da mesma forma, na outra semana (11 a 18 de julho), quando a conta semanal bateu em 1.761, na margem de Southwark foram contabilizados apenas dezesseis óbitos pela peste.

Mas essa situação logo mudou, e a coisa começou a piorar em especial nas paróquias de Cripplegate e de Clerkenwell. Assim, na segunda semana de agosto, a paróquia de Cripplegate sozinha enterrou 886, e Clerkenwell, 155. Na primeira, 850 óbitos foram creditados à peste; e na última, de acordo com os dados oficiais, 145.

Ao longo de julho, como observei, nossa parte da cidade parecia ter sido poupada em comparação com a parte oeste. Assim, eu percorria normalmente as ruas conforme os meus negócios exigiam. Em especial, eu entrava uma vez por dia, ou a cada dois dias, na cidade, para ver a casa de meu irmão, que me encarregou de verificar se ela estava segura. Trazia a chave no bolso, entrava na casa e vistoriava a maioria dos cômodos, para conferir se estava tudo bem. Pode parecer incrível afirmar que alguém em plena calamidade mostre um coração tão endurecido a ponto de roubar e furtar. Mas é certo que toda sorte de patifarias, leviandades e devassidões foram praticadas na cidade, de modo mais escancarado que nunca: não vou dizer que com igual frequência, porque o número de pessoas era bem menor.

Mas agora a peste também começou a visitar a própria cidade, quero dizer, intramuros. Ali o número de habitantes caíra substancialmente, pois uma enorme multidão se refugiara no interior; e mesmo em julho as pessoas continuavam a fugir, embora não como antes. Na realidade, até agosto tanta gente fugira que cheguei a pensar que não havia uma vivalma na cidade, além de magistrados e criados.

Enquanto o povo escapulia da cidade, a corte do rei Carlos II já havia se transferido em junho para Oxford, onde calhou a Deus preservá-los; e a peste, até onde ouvi falar, não lhes tocou. Não posso afirmar que eu tenha observado da parte deles qualquer sinal de gratidão, muito menos alguma melhoria. Tampouco queriam ouvir que seus clamorosos vícios mereciam receber (sem violar a benevolência) boa parcela da culpa por fazer recair sobre a nação inteira aquele terrível julgamento.

Agora a cara de Londres estava mesmo estranhamente mudada: refiro-me à massa inteira de prédios, urbe, liberdades, subúrbios, Westminster, Southwark e tudo o mais; pois quanto à parte especial chamada de cidade, ou intramuros, ainda não estava muito infectada. Mas, no geral, a situação estava mesmo alterada. Cada rosto estampava dor e tristeza, e embora algumas partes ainda não estivessem atingidas, todos mostravam uma profunda preocupação; e à medida que víamos a peste se aproximando cada vez mais, ficava claro o perigo que corríamos. Se fosse possível representar essa época para quem não a viveu e dar ao leitor uma vaga ideia do horror que se insinuava em todos os lugares, isso deixaria suas mentes impressionadas e repletas de surpresa.

Londres inteira chorava. Claro, os pranteadores não saíam às ruas, pois ninguém vestia preto ou traje formal de luto em homenagem aos amigos mais próximos, mas os gemidos de luto eram escutados nas ruas. Gritos de mulheres e crianças nas janelas e portas das casas, onde os parentes mais próximos agonizavam, ou jaziam mortos, trespassavam até o mais forte dos corações dos transeuntes. Lágrimas e lamentos estavam presentes em quase todas as casas, especialmente no começo da pandemia. Com o tempo, os corações humanos foram se endurecendo, e a morte estava sempre tão à vista que o pessoal já nem se preocupava tanto com a perda de amigos, cada qual esperando ser o próximo.

Às vezes, os negócios me obrigavam a visitar o outro lado da cidade, mesmo quando lá estava o maior foco da peste. E como a coisa era nova para mim, e também para todos os outros, foi muito surpreendente ver aquelas ruas, em geral tão abarrotadas, mergulhadas na mais pura desolação, quase desertas, à exceção de uns gatos pingados. Se eu fosse um forasteiro em busca de informação, poderia percorrer ruas e travessas sem topar com ninguém para me orientar, à exceção dos vigias colocados nas portas de algumas casas fechadas, das quais vou falar agora.

Um dia, estando naquela parte da cidade para resolver um assunto especial, a curiosidade me levou a prestar mais atenção nas coisas do que normalmente; e, na verdade, andei uma boa distância além da que eu precisava. Cheguei até Holborn, e lá a rua estava cheia de gente;

mas o povo andava no meio da avenida, e não perto das casas, porque, suponho, não queria se misturar com ninguém que saísse de casa nem sentir cheiros e odores domésticos, que poderiam estar infectados.

As associações de advogados estavam todas fechadas, nem havia muitos advogados em Temple, Lincoln's Inn ou Gray's Inn. A paz reinava e não havia demanda por advogados; além disso, estávamos na época do recesso, em que eles geralmente rumam ao interior. Em alguns lugares, filas inteiras de casas estavam fechadas, todos os moradores foragidos, e apenas um ou dois vigias restavam.

Quando eu me refiro a fileiras de casas fechadas, não quero dizer interditadas por magistrados, mas que grande número de pessoas seguiu a corte, pela necessidade de seus empregos e outras dependências; e à medida que os outros se retiravam, realmente assustados com a peste, as ruas ficavam cada vez mais desoladas. Mas o pavor ainda não era, nem de longe, tão grande na parte intramuros, ou "cidade propriamente dita". Embora o povo estivesse a princípio em uma consternação quase inexprimível, a peste oscilou muitas vezes no início. Por isso, eles ficavam, por assim dizer, sucessivamente assombrados e desassombrados, num ciclo incessante, até que isso começou a se tornar familiar para eles. Mesmo quando a coisa parecia violenta, ao ver que o problema não se espalhou intramuros, nem nas partes leste ou sul, o povo começou a se encorajar, e a ser, digamos, um pouco insensível. É verdade, um grande número de pessoas fugiu, como observei, mas elas eram principalmente do extremo oeste da cidade e de onde chamamos o "coração" da cidade, ou seja, entre os mais ricos, e pessoas sem incumbências de comércios e negócios. Mas o restante, o povo em geral, permaneceu, e pareceu aceitar o pior. Assim, no lugar que chamamos de liberdades, e nos subúrbios, em Southwark, e na parte leste, como em Wapping, Ratcliff, Stepney, Rotherhithe e afins, o povo ficou, exceto aqui e ali algumas famílias ricas, que, como mencionei acima, não dependiam de seus negócios.

Aqui não vamos nos esquecer de que a cidade e os subúrbios eram prodigiosamente populosos no momento dessa pandemia, quero dizer, na época em que ela começou. Eu sobrevivi para ver a população crescer ainda mais, e vastas multidões de pessoas se fixando em Londres, mais do que nunca. Mas, com o fim da guerra, o dispersar dos exércitos e a restauração da família real e da monarquia, muita gente foi tentar a vida em Londres, para depender da corte, ou atendê-la para obter promoções e recompensas por serviços e quejandos. Sempre tivemos a ideia de que a população da cidade computava um extra de cem mil pessoas além do que jamais tivera. De fato, alguns diziam que esse extra somava o dobro, contando uma abundância de famílias da comitiva real e militares que montaram comércios. Com a restauração, a corte trouxe consigo uma nova onda de orgulho, moda e luxo – e muitas famílias – a Londres.

Eu costumava fazer uma analogia. Assim como Jerusalém foi sitiada pelos romanos quando os judeus estavam reunidos para celebrar a Páscoa – e por isso um número incrível de pessoas foi surpreendido, o qual, caso contrário, estaria em outros países –, assim a peste entrou em Londres em meio a um incrível aumento de pessoas ocorrido de modo casual, pelas circunstâncias específicas supramencionadas. Esse fluxo de pessoas para uma corte jovem e alegre fomentou um grande comércio na cidade, especialmente em tudo que envolvia a moda e o refinamento. Consequentemente, esse processo atraiu um grande número de operários, artesãos e quejandos, na sua maioria gente pobre que dependia do suor de seu trabalho. E eu me lembro particularmente de que numa reclamação a meu Senhor Prefeito sobre a condição dos pobres, estimou-se que não havia menos de cem mil tecelãs de fitas na cidade e sua periferia, e o maior número delas morava nas paróquias de Shoreditch, Stepney, Whitechapel e Bishopsgate, esta última, para ser mais exato, perto de Spitalfields; eu quero dizer, onde era Spitalfields na época, pois era cinco vezes menor do que hoje.

Com base nessas informações, a população geral pode ser estimada. Mas uma coisa sempre me deixou pasmo. Na primeira leva, multidões foram embora. Apesar disso, muita gente ainda ficou em Londres e arredores.

A INFLUÊNCIA PERNICIOSA DE MAGOS E ADIVINHÕES

Mas eu preciso voltar ao início dessa época surpreendente. Embora recente, o receio do povo foi estranhamente aumentado por diversos acidentes bizarros. Levando em conta isso tudo, era mesmo incrível que o povo inteiro não se levantasse como um só homem e abandonasse suas habitações, deixando Londres como um terreno destinado pelos céus a ser um Acéldama (campo de sangue), condenado a ser varrido da face da Terra. Tudo que nele se encontrasse pereceria. Só vou dar alguns exemplos, mas certamente foram inúmeros, e, com tantos magos e adivinhões os propagando, muitas vezes me perguntei se algumas pessoas (mulheres em especial) não tinham sido passadas para trás.

Em primeiro lugar, uma estrela ou cometa em chamas apareceu no firmamento por vários meses antes da peste, como aconteceu no ano seguinte, um pouco antes do Grande Incêndio. As senhorinhas e a parte hipocondríaca fleumática do outro sexo (a quem eu quase também poderia chamar de *velhas* senhorinhas) comentaram, especialmente depois de essas duas provações terem terminado, que esses dois cometas passaram diretamente sobre a cidade, e tão perto das casas que era evidente que isso significava algo peculiar e específico para a cidade. O cometa antes da peste tinha uma cor fraca, lânguida e opaca, e o seu movimento era muito pesado, solene e lento. Por sua vez, o cometa antes do incêndio era brilhante e incandescente, ou, como disseram outros, flamejante, e seu movimento, rápido e furioso. Portanto, um pressagiava uma hecatombe vagarosa, mas severa, terrível e assustadora, como foi a peste, enquanto o outro pressagiava um golpe repentino, veloz e ardente, como foi o grande incêndio. De fato, algumas pessoas eram tão específicas que, ao olharem para aquele cometa que precedeu o incêndio, imaginavam que não só o viam passar rápida e ferozmente, mas percebiam o movimento a olho nu e inclusive o escutavam; e ele fazia um ruído apressado, poderoso, feroz e terrível, embora distante e quase imperceptível.

Vi com meus próprios olhos essas duas estrelas e, devo confessar, minha cabeça foi tão bombardeada por essas ideias, que passei a olhar para elas como presságios e avisos dos julgamentos de Deus. Em especial, quando a peste irrompeu após o surgimento da primeira estrela, e me deparei com outra parecida, não contive a pergunta: "Será que Deus ainda não açoitou a cidade o bastante?".

Mas, ao mesmo tempo, eu não poderia levar essas coisas tão a sério quanto os outros levavam, sabendo, também, que causas naturais são atribuídas pelos astrônomos para essas coisas, e que seus movimentos e até mesmo suas revoluções são calculados, ou supostamente calculados, de modo que eles não podem ser perfeitamente considerados precursores, profetas e – muito menos – alcoviteiros de eventos como pestilência, guerra, incêndios e afins.

Sejam lá quais forem meus pensamentos, ou os pensamentos dos filósofos, essas coisas fizeram brotar nas mentes do povo singelo um receio melancólico e quase universal. Algo terrível pairava sobre a cidade. Uma calamidade? Um julgamento? Tudo aumentado pela visão desse cometa e pelo leve alarme que foi dado em dezembro por duas pessoas que morreram em St. Giles, conforme mencionado.

O medo do povo também se intensificou pelas idiossincrasias da época. Não sei por que motivo, mas, na história da humanidade, acho que nunca antes nem depois as pessoas estiveram mais viciadas em profecias, conjurações astrológicas, sonhos e misticismos. Se esse temperamento infeliz foi criado originalmente pelo desvario de algumas pessoas que ganharam dinheiro com isso, ou seja, imprimindo previsões e prognósticos, eu não sei. Mas o certo é que alguns livros deixavam o povo terrivelmente assustado, como "O Almanaque de Lilly", "As previsões astrológicas de Gadbury", "O almanaque do Pobre Robin" e outros dessa estirpe. Também uma porção de falsos livros religiosos – um intitulado "Retire-se, meu povo, para que não sejas partícipe de seus pecados e não incorras nas suas pestes"; outro chamado "Aviso justo"; outro, "Lembrete britânico" e muitos outros – todos, ou a maior parte deles, previam direta ou secretamente a ruína da cidade. De fato, alguns percorriam, com ousadia e entusiasmo, as ruas com suas previsões orais, fingindo terem sido enviados para pregar à cidade. Em particular, um deles, como Jonas em Nínive, bradou nas ruas:

– Em quarenta dias, Londres será destruída.

Não garanto se ele disse "em quarenta dias" ou "em poucos dias".

Outro corria dia e noite pelas ruas em roupas íntimas, como o homem citado por Flávio Josefo, que gritava "Ai de Jerusalém!", pouco antes de aquela cidade ser destruída. Agora essa pobre criatura seminua gritava:

– Ah, Deus terrível e poderoso!

E só repetia essas palavras sem parar, com a voz e o semblante repletos de horror, a passos rápidos, e sem fazer uma pausa, descansar ou se alimentar, ao menos não que alguém tenha visto.

Topei com essa pobre criatura várias vezes nas ruas, e eu teria falado com ele, mas ele não entabulava conversa comigo, nem com ninguém, só continuava em seus gritos sombrios sem cessar.

Essas coisas deixaram as pessoas aterrorizadas, em especial quando duas ou três vezes, como já mencionei, apareceram uma ou duas mortes decorrentes da peste em St. Giles.

Junto a essas coisas públicas estavam os sonhos das anciãs; ou melhor, a interpretação das anciãs sobre os sonhos de outras pessoas; e isso fazia um monte de gente perder a cabeça. Alguns ouviam vozes avisando-os para ir embora, pois Londres seria visitada por uma peste tão violenta que os vivos não seriam capazes de enterrar os mortos; outros viam aparições no ar: e eu me autorizo a dizer (espero, sem violar a benevolência) que eles ouviram vozes que nunca falaram e viram visões que nunca apareceram.

Mas a imaginação do povo realmente foi incendiada e possuída; e não é de admirar que esse pessoal, que ficava continuamente observando as nuvens, enxergasse formas e figuras, representações e aparições, que nada mais eram que ar e vapor. Uma hora afirmavam terem visto um braço empunhando uma espada flamejante que saía da nuvem e apontava diretamente sobre a cidade. Noutra viam carros funerários e caixões sendo carregados no ar para serem enterrados.

E logo depois, uma pilha de cadáveres amontoados esperando enterro. O pavor abastecia a imaginação dessa pobre gente.

> *Ilusões hipocondríacas retratam ao léu*
> *Naus, exércitos, batalhas no céu;*
> *Até que olhos calmos dissolvem*
> *As nuvens e os problemas resolvem.*

Eu poderia preencher esta reportagem com os estranhos relatos que essas pessoas fornecem todos os dias sobre o que viram; e cada uma tinha tanta certeza de ter visto o que fingia ver que não valia a pena contradizê-las, sem violar a amizade, ou ser considerado rude e estúpido por um lado, e profano e impenetrável por outro.

FARSANTES, VISÕES E FANTASMAS

Certa vez, antes do auge da peste (à exceção do que mencionei em St. Giles), acho que foi em março, avistei uma multidão na rua, juntei-me a ela para satisfazer minha curiosidade e constatei que todo mundo olhava para o alto, na tentativa de enxergar o que uma mulher afirmava visualizar claramente: um anjo vestido de branco, com uma espada ardente em punho, brandindo-a sobre a cabeça. Ela insuflou vida na imagem descrita e lhes mostrou o movimento e a forma, e a pobre gente se deixou enganar com muita ansiedade e disposição. Um popular exclamou:

— Sim, estou vendo! Lá está a espada, mais claro impossível.

Outro viu o anjo; e ainda outro viu o próprio rosto da criatura e gritou quão gloriosa ela era. Cada pessoa via uma coisa diferente. Olhei com a mesma sinceridade que os demais, mas talvez não com tanta vontade de ser ludibriado; e falei que realmente eu não enxergava nada além de uma nuvem branquinha que refletia o brilho do sol.

A mulher se esforçou para me mostrar, mas não conseguiu me convencer; se eu tivesse confessado eu teria mentido. Mas a mulher, voltando-se para mim, olhou-me nos olhos e imaginou que eu estava rindo, e nisso ela também foi confundida por sua imaginação, pois na verdade eu não dei risada alguma, apenas refleti seriamente como essa pobre gente estava aterrorizada por força de sua própria imaginação. Porém, ela se virou para mim, me chamou de um sujeito profano e zombador, disse-me que vivíamos numa época de ira de Deus; provações terríveis estavam se aproximando, e desprezadores como eu deveriam vaguear e perecer.

As pessoas ao redor dela ficaram tão enojadas quanto ela, e tentei inutilmente convencê-las de que eu não ri delas, mas notei que era mais fácil acabar linchado do que convencê-los a mudar de ideia. Então me afastei, e essa aparição passou por tão real quanto a própria estrela em chamas.

Tive outro encontro também em plena luz do dia; eu me embrenhei numa estreita ruela que ligava Petty France ao cemitério de Bishopsgate, junto a uma fileira de albergues de acolhimento. Há dois cemitérios na igreja ou paróquia de Bishopsgate. Um fica entre Petty France e a rua Bishopsgate, bem perto da igreja; o outro fica ao lado da ruela dos albergues de acolhimento, à esquerda, cercada de um murinho com uma paliçada à direita, e a muralha da cidade do outro lado, mais à direita.

Nesta ruela um homem estava parado espiando através das paliçadas para o cemitério, cercado de uma aglomeração tão numerosa quanto a estreiteza do lugar permitia sem dificultar a passagem dos outros; e ele falava avidamente para eles com uma voz tonitruante, e apontava ora para um lugar, ora para outro, e afirmava que avistara um fantasma andando sobre uma lápide. Descreveu a forma, a postura e o movimento do espectro com exatidão. Para ele foi o maior espanto no mundo saber que nem todo mundo enxergava o fantasma. Gritou de repente:

– Lá está ele! Agora foi por ali!

Ou senão:

– Ele deu meia-volta!

Até que por fim acabou persuadindo o pessoal a acreditar naquilo com tanta convicção a ponto de imaginar que também viu; e assim ele fazia todos os dias, fazendo um estranho burburinho, considerando que era uma ruela tão estreita, até o relógio de Bishopsgate soar as onze badaladas; e então, o fantasma parecia ter um sobressalto, e, como se tivesse ouvido um chamado, súbito se esvanecia no ar.

Perscrutei com atenção ao redor no exato momento em que esse homem falava, mas não vi nem sinal de fantasma. Tão certo estava esse pobre homem que deixava o pessoal num estado de grande agitação e os mandava embora trêmulos e assustados, até que finalmente o povo que sabia disso começou a evitar cruzar o local durante o dia, e à noite, nem pensar.

Esse espectro, afirmava o pobre homem, gesticulava para as casas, o chão e o povo, claramente insinuando (na percepção deles) que muita gente seria enterrada naquele cemitério, como realmente aconteceu. Mas ele via aspectos em que, devo reconhecer, nunca acreditei, nem pude ver nada parecido, embora eu tentasse sinceramente enxergar aquilo, se é que era possível.

Essas coisas servem para mostrar até que ponto as pessoas estavam realmente dominadas por delírios; e, à medida que elas foram percebendo que uma pandemia se aproxima, todas as suas predições se voltaram para a mais horrenda das pestes, que arruinaria toda a cidade, e até mesmo o reino, e destruiria quase toda a nação, tanto seres humanos quanto animais.

A isso, como já mencionei, os astrólogos, malignamente e com influências perniciosas, divulgaram histórias sobre conjunções de planetas; uma das conjunções aconteceria, e realmente aconteceu, em outubro, e a outra em novembro; e encheram a cabeça do povo com predições sobre esses sinais celestes, dando a entender que essas conjunções prediziam seca, fome e peste. Nas duas primeiras delas, porém, eles se enganaram redondamente, pois não tivemos estação seca. Mas no começo do ano uma intensa friagem começada em dezembro se estendeu quase até março. Seguiram-se temperaturas amenas e ventos refrescantes; em suma, um tempo bem apropriado à estação, junto com várias chuvas muito fortes.

Esforços foram empreendidos para censurar a impressão desses livros que deixavam o povo apavorado. Também as pessoas que os distribuíam foram chamadas para prestar depoimento e depois liberadas. O governo não queria exasperar o povo, que, eu posso garantir, já estava perdendo o controle.

Também não posso absolver aqueles pastores que em seus sermões mais afundavam do que animavam os corações de seus fiéis. Muitos deles, eu não duvido, fizeram isso para fortalecer a resolução do povo e, em especial, para o povo se arrepender mais prontamente. Entretanto, com certeza os fins não justificaram os danos causados. O próprio Deus, por meio de todas as Escrituras, preferivelmente nos atrai a Ele, por meio de convites e chamados, para que nos voltemos a Ele, em vez de nos impelir pelo terror e espanto. Por isso, devo confessar: eu acho que os pastores também deveriam ter feito assim, imitando nesse aspecto o nosso bendito Mestre e Senhor. Afinal de contas, todo o Seu Evangelho está repleto de declarações celestiais sobre a misericórdia de Deus, e a prontidão d'Ele para receber penitentes e perdoá-los, reclamando: "E não quereis vir a Mim para terdes vida". E que, portanto, o Evangelho d'Ele é chamado de Evangelho da Paz e Evangelho da Graça.

Mas tivemos bons homens, gente de todas as convicções e opiniões, cujos discursos eram plenos de terror, que só falavam coisas sombrias; e à medida que juntavam o povo em uma espécie de horror, o mandava embora em lágrimas, profetizando nada além do que más novas, apavorando o povo com os receios de serem totalmente destruídos, não o guiando, ao menos não o suficiente, para clamar ao céu por misericórdia.

Em matéria de religião, a época foi mesmo de violações muito infelizes entre nós. Entre o povo prevaleciam inúmeras seitas e divisões, muitas opiniões divergentes. A Igreja da Inglaterra foi restaurada com a restauração da monarquia, cerca de quatro anos antes, mas os pastores e ministros dos presbiterianos e independentes, e de todos os outros tipos de credos, começaram a criar sociedades separadas e a erigir altar sobre altar, e todas elas faziam seus encontros para louvor à parte, como fazem hoje, mas não tantas na época, os dissidentes não estavam completamente reunidos numa corporação como desde então se tornaram; e essas congregações assim reunidas ainda eram poucas. E mesmo aquelas que existiam, o Governo não as permitia e se esforçava para suprimi-las e proibir suas reuniões.

Mas a pandemia os reconciliou novamente, ao menos por um tempo, e muitos dos melhores e mais valiosos pastores e ministros dos dissidentes receberam permissão para atuar nas igrejas em que os titulares haviam fugido, como muitos fugiram, incapazes de suportar a situação; e o povo, sem distinção, se aglomerava para ouvi-los pregar, sem perguntar quem eles eram ou a qual credo pertenciam. Mas depois que a doença passou, esse espírito de caridade diminuiu; e cada igreja acabou novamente suprida com seus próprios pastores, ou outros foram nomeados quando o pastor havia morrido, e as coisas voltaram novamente ao leito original.

Um dano puxa o outro. Esses terrores e pavores levaram o povo a fazer mil coisas levianas, tolas e perversas, e um tipo de gente muito perversa se aproveitou da situação. O povo começou a consultar cartomantes, videntes e astrólogos, para saber o seu destino, ou, em linguagem coloquial, para que o futuro deles fosse lido, seu mapa astral calculado etc. E essa loucura praticamente fez borbulhar na cidade uma geração perversa de aspirantes a feiticeiros, adeptos da "magia negra", como eles a chamavam, e não gosto nem de imaginar de quantas mil diabólicas perversidades eles foram realmente culpados. E essa atividade se tornou tão aberta e disseminada que era comum ver sinais e inscrições nas portas: "Aqui mora um vidente", "Aqui mora um astrólogo", "Faço o seu mapa astral" e coisa que o valha; e a cabeça de bronze do frade Roger Bacon, que era o sinal costumeiro na morada dessa categoria, podia ser avistada em quase todas as ruas, ou então o sinal de Madre Shipton, ou da cabeça de Merlin etc.

Com que conteúdo cego, absurdo e ridículo esses oráculos do diabo agradavam e satisfaziam o povo, eu não tenho a mínima ideia; mas o certo é que inúmeros clientes se aglomeravam em suas portas todos os dias. E se uma figura sisuda em jaqueta de veludo, colarinho branco e manto preto (o traje habitual desses charlatães conjuradores) fosse avistada nas ruas, era seguida por uma multidão que lhe enchia de perguntas enquanto andava.

Não preciso mencionar que medonha ilusão foi essa, ou suas consequências; mas não havia remédio para ela até que a própria peste acabasse com tudo – e, suponho, limpasse a cidade da maioria desses "calculadores". O problema era que, se os pobres perguntassem a esses supostos astrólogos se haveria uma peste ou não, em geral todos respondiam "Sim", pois isso mantinha vivo o seu negócio. E se isso não tivesse assustado o povo, os magos teriam se tornado inúteis, e seu ofício teria chegado ao fim. Mas eles sempre falavam com o povo sobre estas e aquelas influências das estrelas, das conjunções destes e daqueles planetas, que necessariamente deveriam trazer doenças e enfermidades e, por conseguinte, a peste. E alguns afirmavam com segurança ao povo: a peste já havia começado, o que era verdade, embora os que falavam isso nada soubessem sobre o assunto.

Justiça seja feita, os pastores e ministros dos mais variados, pessoas sérias e compreensivas, ergueram suas vozes contra essas e outras práticas nocivas e expuseram a loucura e a perversidade delas, e as pessoas mais sóbrias e judiciosas desprezavam e abominavam essas práticas. Mas era impossível causar qualquer impressão no povo em geral e nos trabalhadores pobres. Seus medos dominavam as suas paixões, e eles jogavam dinheiro fora da maneira mais relapsa em razão desses caprichos. As criadas eram as principais clientes e, após a primeira pergunta, "Vamos ter uma peste?", as perguntas seguintes geralmente eram: "Ai, meu senhor, pelo amor de Deus, o que será de mim?"; "A minha patroa ficará comigo ou me abandonará?"; "Ela vai ficar aqui ou vai para o interior? E se ela for para o interior, vai me levar com ela ou me deixar aqui para morrer de fome?", e assim por diante, com os criados também.

O caso dos criados pobres era muito deplorável, como terei ocasião de mencionar em breve; pois era evidente que um número prodigioso deles seria prejudicado. E assim foi. Muitos e muitos deles pereceram, e em particular os que acreditaram nesses falsos profetas de que seriam mantidos em seus serviços e levados com seus patrões e patroas ao interior; e se não houvesse caridade pública fornecida a essas pobres criaturas, cujos números eram excessivamente grandes (como seria de se esperar em todos os casos dessa natureza), elas estariam em condições piores do que qualquer outra pessoa na cidade.

Essa agitação insuflou as mentes das pessoas comuns por muitos meses enquanto os primeiros receios tomaram conta deles, e enquanto a peste ainda não havia, digamos, explodido. Mas também não devo esquecer que a parte mais séria dos habitantes se comportou de outra maneira. O governo incentivou a devoção do povo, e marcou rezas públicas, com dias de jejum, humildade e confissão dos pecados, a fim de implorar a misericórdia de Deus e evitar o terrível julgamento que pairava sobre suas cabeças; e é difícil expressar com que espontaneidade as pessoas de todos os credos abraçaram a ocasião, reunindo-se em igrejas e capelas, que lotavam, com gente aglomerada nas portas. Também havia orações diárias marcadas de manhãzinha e à noitinha em várias igrejas, e dias de oração privada em outros lugares, e o pessoal comparecia em massa e com uma devoção incomum. Várias famílias, também, independentemente da religião, faziam jejuns familiares, os quais admitiram apenas a seus parentes mais próximos; de modo que as pessoas realmente sérias e religiosas se aplicaram de uma maneira verdadeiramente cristã ao trabalho adequado de humilhação e arrependimento, como um povo cristão deveria fazer.

Mais uma vez, o povo mostrava que suportaria seu quinhão nessas calamidades. A própria corte, que era então alegre e luxuosa, assumiu uma postura de justa preocupação com o perigo público. Todas as peças teatrais que, copiadas da corte francesa, tinham sido criadas e ganhavam popularidade entre nós foram proibidas de ser encenadas. Mesas de jogos, salões públicos de dança e casas de música, que se multiplicavam e começavam a degenerar os hábitos do povo, foram fechadas e suprimidas; e os bufões, os palhaços, os teatros de marionetes e fantoches, os equilibristas e quejandos, que tinham enfeitiçado as pessoas comuns, cancelaram seus espetáculos e não encontraram mercado, pois a mente das pessoas estava agitada com outras coisas, e uma espécie de tristeza e horror a essas coisas tomou conta do semblante até mesmo das pessoas comuns. A morte estava diante de seus olhos, e todos começaram a pensar em seus túmulos, não em alegria e diversões.

Essas reflexões saudáveis, se bem geridas, teriam alegremente levado o povo a cair de joelhos, confessar seus pecados e pedir perdão ao seu Salvador misericordioso, implorando a compaixão d'Ele numa época de tanta angústia, algo parecido com uma segunda Nínive. Mas isso acabou exercendo um efeito diametralmente oposto na gente simplória, que, ignorantes e estúpidos em suas reflexões (pois já eram bestialmente iníquos e avoados), agora eram levados por seu pavor a extremos de loucura. E, como eu disse antes, eles acorriam a feiticeiros e bruxas e a todo tipo de enganadores, para saber o que seria deles, e esses charlatões alimentavam seus medos e os mantinham sempre alarmados e despertos, propositalmente para iludi-los e esvaziar seus bolsos. Por isso, o povo andava como louco atrás de vigaristas e trapaceiros, e de cada anciã curandeira, em busca de remédios e medicamentos, estocando mil e uma pílulas, poções e preservadores, como eram chamadas essas substâncias, e assim não só gastavam seu dinheiro, mas se envenenavam de antemão, temendo o veneno da infecção, e deixavam seus corpos mais suscetíveis à peste, em vez de fortalecê-los contra ela.

ANTÍDOTOS E POÇÕES "INFALÍVEIS"

Por outro lado, era incrível e quase inimaginável a maneira como os postes de casas e esquinas estavam repletos de cartazes de médicos, e folhetos de sujeitos ignorantes, verdadeiros charlatães da cura, que convidavam as pessoas para visitá-los e conseguirem remédios, os quais eram redigidos com floreios do tipo:

"INFALÍVEL: pílulas que previnem contra a peste";
"GARANTIDO: preservadores contra a infecção";
"EXCELENTES poções contra a putrefação do ar";
"PERFEITOS reguladores corporais em caso de infecção";
"Comprimidos ANTIPESTILÊNCIA";
"INCOMPARÁVEL bebida contra a peste, recém-descoberta";
"Remédio UNIVERSAL para a peste";
"O ÚNICO e VERDADEIRO líquido contra a peste";
"O REAL ANTÍDOTO contra todos os tipos de infecção;

Uma lista interminável que encheria um livro para registrá-los. Outros afixavam convites para que o povo fosse até seus aposentos fazer consultas e pedir conselhos em caso de infecção. Esses também tinham textos ardilosos como:

> Eminente médico holandês, recém-chegado da Holanda, onde residiu durante todo o tempo da grande peste, no ano passado, em Amsterdã, e curou multidões que realmente estavam contaminadas com a peste.

Dama italiana que acabou de chegar de Nápoles, com uma fórmula secreta para prevenir a infecção, que ela descobriu por sua grande experiência, empreendendo maravilhosas curas com essa fórmula na peste que se abateu por lá, que matava 20.000 por dia.

Velha senhora que praticou a medicina com grande sucesso na última peste nesta cidade, em 1636, dá consultas apenas para o sexo feminino. Falar com etc.

Médico experiente, que há muito estuda a doutrina dos antídotos contra todos os tipos de venenos e infecções, chegou, após 40 anos de prática, a habilidades capazes de, com a bênção de Deus, instruir as pessoas a como evitar o contágio por qualquer doença infecciosa. Os pobres serão atendidos de modo gratuito.

Tomei nota desses como exemplo. Poderia transcrever duas ou três dúzias do mesmo tipo e ainda deixar muitos para trás. A partir disso é possível avaliar os humores daquela época, e como um bando de ladrões e batedores de carteiras não só iludia as pessoas pobres, não só surrupiava o dinheiro delas, como também envenenava os seus corpos com preparos odiosos e fatais; alguns com mercúrio, e alguns com outras substâncias tão ruins, com efeito diametralmente oposto ao pretendido, e mais doloroso do que útil ao corpo no caso de uma infecção.

Não posso omitir a sutileza de um desses charlatões que enganava a turba, e os pobres o cercavam, mas ele não os ajudava sem antes receber pagamentos. Ao que parece, ele havia adicionado a seus folhetos, que ele distribuía nas ruas, um anúncio em letras garrafais: "CONSULTAS GRÁTIS AOS POBRES".

Muita gente o procurava, e ele com muita lábia dava muitos belos discursos, examinava o estado de saúde e a constituição corporal, e dava muitas orientações desimportantes. Mas a questão de tudo era a seguinte. Ele tinha um preparo que, se eles tomassem uma colherada todas as manhãs, ele penhoraria sua vida que eles nunca pegariam a peste, nem mesmo se morassem numa casa com gente infectada. Isso convencia todo mundo a fazer a compra, apesar do preço altíssimo (acho que era meia coroa).

– Mas, senhor – murmura uma pobre senhora –, sou uma mendiga mantida pela paróquia, e seus folhetos dizem que o senhor ajuda os pobres de graça.

– Ah, minha boa senhora, e eu faço exatamente isso. A consulta é grátis, mas não meu remédio!

– Ai de mim, meu senhor. Ai de mim! Então essa foi uma armadilha para os pobres, pois o senhor dá a sua consulta e nos aconselha a comprar sua poção, assim como cada lojista vende o seu produto.

Então a senhora começou a lhe destratar, e ficou na porta dele o dia inteiro, contando a história a todo mundo que aparecia, até que o charlatão, ao descobrir que ela espantava os seus clientes, foi obrigado a chamá-la de novo lá em cima e dar-lhe um frasco de sua poção sem cobrar nada, o que talvez, também, ainda fosse muito caro.

Mas vamos retornar ao povo, que já estava confuso o suficiente, e sofria um bombardeio de mal-intencionados das mais variadas espécies. Sem sombra de dúvida, esse tipo de charlatanismo depauperou ainda mais o povo sofrido; dia após dia, as multidões que corriam atrás desses falsos curandeiros ficavam infinitamente maiores, e mais filas se formavam diante de suas portas do que nas portas do dr. Brooks, do dr. Upton, do dr. Hodges, do dr. Berwick ou qualquer outro, embora esses fossem os mais famosos da época; e me disseram que alguns deles embolsavam cinco libras por dia com a venda das poções.

Mas afora isso ainda havia outra loucura, que pode dar uma ideia do quanto as pessoas pobres estavam perturbadas naquela época. Elas seguiam um tipo de enganador pior do que qualquer outro, pois esses ladrões mesquinhos só os iludiam para esvaziar seus bolsos e se apossar do dinheiro deles. Em geral, esse tipo de enganação é mais arte do enganador do que culpa do enganado. Mas, nesse caso que vou mencionar, a culpa principal é do enganado, ou metade de cada um. E isso envolvia a venda de encantos, poções, exorcismos e amuletos, e um sem-número de misturas para fortificar o corpo contra a peste, como se a peste não fosse a mão de Deus, mas uma espécie de possessão de um espírito maligno, que poderia ser evitada fazendo-se o sinal da cruz, os signos do zodíaco, papiros amarrados com múltiplos nós e certas palavras ou figuras escritas neles, em especial a palavra "Abracadabra", em forma de triângulo ou pirâmide, assim:

<pre>
ABRACADABRA
 ABRACADABR
  ABRACADAB
   ABRACADA
    ABRACAD
     ABRACA
      ABRAC
       ABRA
        ABR
         AB
          A
</pre>

Outros tinham a marca dos jesuítas em cruz:

<pre>
I H
 S
</pre>

Outros não tinham nada além desta marca, assim:

Eu poderia gastar boa parte de meu tempo em exclamações contra as loucuras e, de fato, as maldades dessas coisas, numa época tão perigosa, em uma questão de consequências como aquela de uma infecção nacional; mas faço meus relatos dessas coisas para que elas fiquem registradas. De que modo os pobres constataram a insuficiência dessas coisas, e quantos deles foram depois levados nas carroças dos mortos e jogados em valas comuns de todas as paróquias com esses amuletos e quinquilharias pendurados nos pescoços, vai ser comentado na sequência.

Tudo isso era o efeito da agitação em que as pessoas estavam, após o primeiro alerta de que a peste circulava entre eles. Podemos estipular que tudo começou nas festas de São Miguel, em 29 de setembro de 1664, mas, em especial, após a morte de dois homens em St. Giles, no início de dezembro. Em fevereiro, um novo alarme. E quando a peste evidentemente se disseminou, o povo logo começou a perceber a loucura que era confiar nessas criaturas inúteis que haviam embolsado seu dinheiro; e então seus medos funcionaram de modo diferente, ou seja, na forma de espanto e estupor, de não saber que curso tomar ou o que fazer, seja para ajudar ou para aliviar a si mesmos. Corriam da casa de um vizinho para outra, e até mesmo pelas ruas, de porta em porta, gritando sem cessar:

– Senhor, tende misericórdia de nós. O que devemos fazer?

De fato, os pobres eram dignos de pena em uma coisa particular: no sentido de que receberam pouco ou nenhum alívio. Quero mencionar algo com grave espanto e reflexão, e talvez nem todos que estiverem lendo isto vão apreciar. A saber: agora, a morte, podemos dizer, começou a não só pairar sobre a cabeça de cada um, mas a espiar em suas casas e aposentos e a encarar seus rostos. Embora houvesse certo grau de estupidez e de embotamento mental (e isso havia, e muito), ainda assim havia um bom grau de justo alarmismo ecoando no âmago das almas, se assim posso dizer, dos outros. Muitas consciências foram despertadas; muitos corações duros se derreteram em lágrimas; muitas confissões penitentes foram reveladas de crimes há muito ocultados. Feria a alma de todo e qualquer cristão ter que escutar os gemidos moribundos dessas criaturas desesperadas, e ninguém se atrevia a chegar perto para confortá-las. Tantos roubos e homicídios foram então confessados em voz alta, e ninguém sobreviveu para registrar esses relatos. As pessoas podiam ser ouvidas, até mesmo nas ruas à medida que íamos passando, clamando a Deus por misericórdia por intermédio de Jesus Cristo, e dizendo: "Eu roubei", "Cometi adultério", "Matei meu semelhante", e assim por diante, e ninguém ousava parar e fazer o menor questionamento sobre essas coisas ou dar conforto às pobres criaturas que, na angústia da alma e do corpo, assim gritavam. No começo, alguns dos clérigos visitaram os enfermos por um tempo, mas isso não durou muito. Entrar em algumas casas teria sido morte certa. Os próprios sepultadores dos mortos, que eram as criaturas mais insensíveis da cidade, às vezes ficavam com receio e, de tão apavorados, não se arriscavam a entrar nas casas onde famílias inteiras foram levadas de uma só vez, e onde as circunstâncias eram especialmente mais horrendas, como aconteceu na primeira onda.

O tempo acabou os deixando acostumados a tudo e, depois disso, eles se aventuraram em todos os lugares sem hesitação, como terei ocasião de frisar adiante.

Suponho que agora a peste já estava alastrada, como eu disse, e que os magistrados começaram a pensar seriamente nas condições do povo. O que eles fizeram quanto à regulamentação dos habitantes, e das famílias infectadas, vou falar daqui a pouco; mas, quanto ao caso da saúde, é apropriado mencionar aqui o meu testemunho da tola propensão do povo em correr atrás de charlatães, enganadores, magos e adivinhões, coisa que eles fizeram, como mencionei acima, até a beira da loucura.

ELOGIO AOS PROFISSIONAIS DA SAÚDE

O Senhor Prefeito, cavalheiro muito sóbrio e religioso, nomeou médicos e cirurgiões para tratar os pobres, quero dizer os pobres doentes, e em particular ordenou que a Faculdade Real de Medicina publicasse instruções para remédios baratos para os pobres em todas as fases da doença. Essa, de fato, foi uma das medidas mais caridosas e criteriosas que poderiam ser tomadas naquele momento, porque isso ajudou a evitar que o povo assombrasse as portas de cada charlatão e ingerisse, cegamente e sem consideração, veneno como se fosse remédio, e morte em vez da vida.

Essas diretrizes dos médicos foram definidas por meio de uma consulta de todo o corpo docente, e como ela foi particularmente calculada para uso dos pobres, com medicamentos baratos, tornou-se pública, para que todo mundo tivesse acesso, e cópias foram fornecidas de modo gratuito a todos os que o desejassem. Mas como isso é público e notório, não preciso transcrever aqui.

Não pretendo diminuir a autoridade tampouco a capacidade dos médicos quando eu afirmo que a violência da peste, quando ela chegou ao auge, ardeu como o incêndio do ano seguinte. O incêndio, que consumiu tudo que a peste foi incapaz de tocar, desafiou toda e qualquer tentativa de controle. Os carros dos bombeiros estavam quebrados, os baldes foram jogados fora e a força humana foi confundida e eliminada. Da mesma forma, a peste desafiou toda a medicina; os próprios médicos foram contaminados por ela, usando seus preservadores na boca, mas continuavam prescrevendo receitas e orientando o povo. Súbito, as pústulas apareciam, e eles caíam mortos, destruídos pelo próprio inimigo que ensinavam a combater. Isso aconteceu com inúmeros médicos, até mesmo alguns dos mais eminentes, e com vários dos mais hábeis cirurgiões. Uma abundância de charlatães também morreu: cometeram a loucura de confiar em seus próprios remédios! Se fossem honestos consigo mesmos, teriam reconhecido que de nada prestavam. Em vez disso, como outros tipos de ladrões, deveriam ter fugido, cônscios da própria culpa. Afinal de contas, só poderiam esperar um castigo da justiça, uma punição que eles próprios sabiam que mereciam.

Não quero depreciar o trabalho nem a diligência dos médicos ao mencionar que eles caíram na calamidade comum, não é essa minha intenção. Ao contrário, isso serve como elogio pelo fato de terem arriscado suas vidas até mesmo a ponto de sacrificá-las a serviço da humanidade. Eles se dedicaram a fazer o bem e a salvar vidas. Mas não esperávamos que os médicos conseguissem interromper os julgamentos de Deus, tampouco impedir que uma doença eminentemente enviada pelos céus cumprisse a sua fatal incumbência.

Indubitavelmente, os médicos ajudaram muitos com suas habilidades, prudência e procedimentos, para salvar a vida do povo e restaurar sua saúde. Mas não é diminuir sua têmpera ou sua capacidade reconhecer que não conseguiram curar aqueles pacientes que já mostravam os sintomas mais graves, ou aqueles que já estavam mortalmente infectados antes de receberem atendimento médico, como aconteceu com frequência.

Resta mencionar agora quais medidas públicas foram tomadas pelos magistrados para a segurança geral e para evitar a disseminação da peste quando ela irrompeu. Terei frequentes ocasiões para falar da prudência dos magistrados, sua caridade, sua vigilância para com os pobres e para preservar a boa ordem, fornecendo diretrizes, e afins, quando a peste aumentou, como aconteceu depois. Mas agora vou citar as ordens e os regulamentos que eles publicaram para a gestão das famílias infectadas.

A MELANCÓLICA INTERDIÇÃO DAS CASAS

Mencionei acima a expressão "interditar as casas", e é necessário detalhar isso; pois essa parte da história da peste é muito melancólica. No entanto, até a mais dolorosa história deve ser contada.

Por volta de junho, o prefeito de Londres e a câmara de vereadores, como falei, começaram a pensar mais particularmente em regulamentar a cidade.

Os juízes de paz de Middlesex, por ordem do secretário de Estado, começaram a interditar casas nas paróquias de St. Giles-in-the-Fields, St. Martin's, St. Clement's-Danes etc., com sucesso. Em várias ruas onde a peste eclodiu, por meio da guarda rigorosa das casas que estavam infectadas, e tomando-se o cuidado de enterrar aqueles que morriam tão logo eles eram dados como mortos, a peste era interrompida nessas ruas. Observou-se também que a peste diminuiu mais cedo nessas paróquias depois de terem sido contaminadas ao máximo do que nas paróquias de Bishopsgate, Shoreditch, Aldgate, Whitechapel, Stepney, entre outras. Assim, os cuidados precoces adotados acabaram se configurando um grande trunfo para combater a pandemia.

Essa prática de interditar as casas foi um método adotado pela primeira vez, que me consta, na peste ocorrida em 1603, quando o rei James I subiu ao trono; e o poder de isolar as pessoas em suas próprias casas foi concedido por ato parlamentar, intitulado "Lei para o Alívio Caridoso e a Orientação das Pessoas Infectadas com a Peste". Com base nessa lei, o prefeito e os vereadores da cidade de Londres baixaram um decreto em 1º de julho de 1665, quando os infectados intramuros eram poucos; a última estatística das 92 paróquias indicava apenas quatro, com algumas casas interditadas na cidade e algumas pessoas transferidas para o Hospital dos Pestosos, além de Bunhill Fields, a caminho de Islington.

É bom frisar: quando no total havia quase mil óbitos semanais, a estatística na cidade era de apenas 28; e enquanto durou a pandemia, a cidade foi preservada mais saudável, em proporção, do que qualquer outro lugar do entorno.

O DECRETO DO PREFEITO

Esse decreto do Senhor Prefeito foi publicado, como eu já disse, no final de junho, e entrou em vigor a partir de 1º de julho, com o seguinte teor:

DECRETO EMITIDO PELO PREFEITO E VEREADORES DA CIDADE DE LONDRES PARA O CONTROLE DA INFECÇÃO DA PESTE; 1665.

Considerando que no reinado de nosso falecido soberano, rei James, de felizes lembranças, foi criada uma lei em prol do alívio caridoso e a orientação de pessoas infectadas com a peste; a qual imbuiu juízes da paz, prefeitos, oficiais de justiça e outros oficiais chefes com a autoridade de nomear, dentro de suas respectivas jurisdições, inspetores, pesquisadoras, vigias, cuidadoras e coveiros, para as pessoas e lugares infectados, e de ministrar-lhes juramentos para a execução de suas tarefas; e o mesmo estatuto também autorizou a criação de diretrizes a serem seguidas pela necessidade atual e enquanto isso parecer adequado de acordo com os nossos critérios. Agora, mediante estudos cuidadosos e muito convenientes, nomeamos esses funcionários para prevenir e evitar a infecção da doença (com a graça de Deus Todo-Poderoso) e fiscalizar o devido cumprimento destas ordens.

Inspetores serão nomeados em cada paróquia

Em primeiro lugar, é mister, e assim ordenado, que em cada paróquia haja uma, duas ou mais pessoas de boa estirpe e crédito, escolhidas pelos vereadores, adjuntos e conselheiros de cada distrito, para a função de inspetores, que continuarão nesse cargo pelo período de dois meses, no mínimo. E se qualquer pessoa assim nomeada se recusar a assumir o cargo pode ser recolhida à prisão até entrarem em conformidade.

Missão dos inspetores

Esses inspetores nomeados pelos vereadores devem investigar e controlar, de tempos em tempos, em quais casas em cada paróquia há pessoas infectadas, e quais indivíduos estão doentes, e de quais doenças, com a maior exatidão e prontidão possíveis, e, em caso de dúvida, recomendar o isolamento até confirmar qual é a doença; ao constatarem qualquer pessoa infectada com a peste, devem ordenar que a casa seja interditada pela força policial; e, em caso de negligência da polícia, devem avisar os vereadores do distrito.

Vigias

Para cada casa infectada serão nomeados dois vigias, um diurno, outro noturno; esses vigias devem ter o cuidado especial para que nenhuma pessoa entre ou saia dessas casas infectadas que estiverem sob sua responsabilidade, sob pena de punição severa. E os referidos vigias devem estar à disposição de outras missões que a casa doente precise e exija; e se o vigia for enviado para realizar alguma tarefa, deve trancar a casa e levar a chave junto. O vigia diurno ficará até as dez horas da noite, e o vigia noturno, até as seis da manhã.

Pesquisadoras

Fica estabelecida a nomeação de pesquisadoras mulheres em todas as paróquias, com reputação honesta e da melhor estirpe possível em cada local; e essas devem ser incumbidas de realizar pesquisas devidas e relatórios verídicos, ao melhor de seus conhecimentos, e devem relatar do modo mais exato possível se as pessoas cujos cadáveres elas foram designadas a pesquisar morreram mesmo da peste ou de outras doenças. E que os médicos nomeados para a cura e a prevenção da infecção possam entrevistar essas mencionadas pesquisadoras, que devem ser nomeadas para as várias paróquias sob seus respectivos cuidados, com a finalidade de avaliar se elas estão devidamente qualificadas para essa tarefa, e cobrá-las de tempos em tempos, caso elas se mostrem ineficazes em suas funções.

Que nenhuma pesquisadora durante esse período da pandemia seja autorizada a fazer qualquer trabalho ou emprego público, ou cuidar de uma loja ou banca, ou ser empregada como lavadeira, ou em qualquer outro emprego comum.

Cirurgiões

Para ajudar as pesquisadoras a evitar a propagação da infecção, e por mais que tenham ocorrido até agora grandes falhas em comunicar os registros oficiais da doença, ficam determinadas a escolha e a nomeação de cirurgiões capazes e discretos, além daqueles que já pertencem ao Hospital dos Pestosos, e que eles sejam distribuídos onde for mais apto e conveniente, na cidade ou nas liberdades; e que cada um deles tenha uma área determinada como seu limite. E que os ditos cirurgiões, cada qual em suas respectivas áreas de abrangência, trabalhem em conjunto com as pesquisadoras para a inspeção do cadáver no intuito de fazer um relatório verídico sobre a doença.

E mais: que os referidos cirurgiões visitem e procurem essas pessoas indicadas e encaminhadas pelos inspetores de cada paróquia, para que se informem sobre a doença desses indivíduos citados.

E enquanto os ditos cirurgiões ficarem afastados de todas as outras curas, e mantidos apenas nessa doença infecciosa, cada um dos referidos cirurgiões será remunerado por um xelim a cada corpo examinado, valor a ser pago com os bens da família do morto, se ela tiver meios, ou senão pela paróquia.

Enfermeiras cuidadoras

Se qualquer enfermeira cuidadora for transferida de uma casa infectada antes de 28 dias após o falecimento de qualquer pessoa morta em decorrência da peste, a casa para onde a referida enfermeira foi transferida também deve ser interditada até transcorrerem os mencionados 28 dias.

ORDENS SOBRE CASAS INFECTADAS E PESSOAS ADOENTADAS COM A PESTE

Notificação da doença

O dono de cada residência, assim que alguém na casa se queixar de tumores, vesículas arroxeadas ou inchaços em qualquer parte do corpo, ou adoentar-se subitamente sem causa aparente de alguma outra enfermidade, deve comunicar o fato prontamente ao inspetor de saúde, no máximo duas horas após o surgimento do referido sintoma.

Isolamento dos doentes

Tão logo seja constatado por esse inspetor, cirurgião ou pesquisadora que uma pessoa está contaminada pela peste, essa pessoa deve na mesma noite ser isolada naquela mesma casa; e no caso de o(a) paciente ficar isolado(a), então, e não vier a óbito, a casa onde ele adoeceu deve permanecer interditada por um mês após o uso dos devidos preservadores pelos demais habitantes da casa.

Arejamento de itens e pertences

Durante a infecção, itens e pertences como roupas de cama, vestuário e tapeçarias também devem passar por devido isolamento e arejamento com fumaças e incensos, conforme necessário, dentro da casa infectada, antes de serem novamente aproveitados para uso.

Isso deve ser feito por determinação do inspetor.

Interdição da casa

Se qualquer pessoa visitar alguém infectado com a peste, ou entrar voluntariamente em qualquer casa infectada, transgredindo o isolamento, a casa do visitante também deve ser interditada por um tempo, a critério do inspetor.

Ninguém pode ser transferido de uma casa infectada

Nenhuma pessoa pode ser transferida da casa onde contraiu a infecção para outra casa da cidade, a menos que seja para o Hospital dos Pestosos, ou uma barraca, ou para uma casa em que o dono da referida casa vá morar sozinho nela, com seus próprios criados, e de modo que seja dada segurança à referida paróquia para onde for feita essa transferência, e que sejam cumpridas todas as normas acima expressadas sem custo à paróquia destino dessa transferência, a qual deve ser feita exclusivamente à noite.

E estará dentro da lei se qualquer pessoa que tiver duas casas providenciar a transferência das pessoas sadias ou infectadas para a casa de reposição, conforme sua escolha. Mas se ele transferir primeiro as pessoas sadias, não deve enviar para lá as doentes, nem as doentes para onde estão as sadias. As pessoas enviadas devem permanecer por no mínimo uma semana interditadas, em isolamento, para conferir se a infecção não aparece.

Enterro dos mortos

O enterro dos mortos em decorrência deste surto epidêmico deve ser feito nos horários mais convenientes, sempre antes da aurora, ou após o pôr do sol, com o consentimento dos curadores da igreja ou policiais, e não de outra forma; e nenhum vizinho ou amigo pode acompanhar o cadáver até a igreja, ou entrar na casa interditada, sob pena de também ter a casa interditada ou ser preso.

Nenhum cadáver que tenha morrido da infecção deve ser enterrado ou permanecer em qualquer igreja, em horário de orações, sermões ou palestras. Fica proibido que, no momento do enterro de qualquer cadáver, em qualquer igreja, cemitério ou local de enterro, crianças se aproximem do cadáver, caixão ou túmulo; todas as sepulturas devem ter no mínimo 1,80 metro de profundidade.

Além disso, todas as assembleias públicas em outros enterros devem ser evitadas enquanto durar essa pandemia.

Vedada a circulação de materiais infectados

Nenhuma roupa, bugiganga, roupa de cama ou malharia pode ser transportada ou transferida de qualquer casa infectada, e a cessão e o transporte externos de roupas de cama ou roupas velhas para serem vendidas ou penhoradas estão estritamente proibidos e vedados, e nenhum vendedor desse tipo de material usado pode fazer qualquer mostra pública, nem pendurar em suas vendas, fachadas de lojas ou janelas em direção a qualquer rua, alameda, calçada ou travessa, qualquer roupa de cama velha ou vestuário a ser vendido, sob pena de detenção.

E se algum intermediário ou outra pessoa comprar quaisquer roupas de cama, vestuários ou outros itens de qualquer casa infectada, dentro de dois meses após a infecção ter estado lá, a casa desse comerciante deve ser interditada como se estivesse infectada, e assim deve continuar interditada por vinte dias, no mínimo.

Vedado o transporte de pessoas de casas infectadas

Se alguma pessoa contaminada vier, por negligência ou qualquer outro meio, a ser transportada de um lugar infectado a qualquer outro lugar, a paróquia de onde vier essa pessoa, mediante aviso, deve providenciar que a referida pessoa contaminada e fugitiva seja carregada e trazida de volta à noite; e as partes transgressoras da lei nesse caso devem ser punidas sob a supervisão do vereador do distrito, e a casa do anfitrião dessa pessoa contaminada deve ser interditada por vinte dias.

Assinalar todas as casas contaminadas

Todas as casas contaminadas devem ser marcadas com uma cruz vermelha de 30 cm de altura, no meio da porta, onde possa ser claramente avistada, e com a inscrição destas palavras habituais: "Deus tenha misericórdia de nós", a ser colocada perto da mesma cruz, onde deve ficar até o fim da interdição da mesma casa.

Vigiar todas as casas contaminadas

A força policial deve monitorar cada casa interditada, que deve ser controlada por vigias, os quais podem fornecer víveres aos moradores à custa destes, se eles tiverem meios, ou por conta dos cofres públicos, se eles não os tiverem. A interdição deve durar quatro semanas após todos estarem sãos.

É imprescindível que as pesquisadoras, os cirurgiões, as cuidadoras e os sepultadores, ao passarem pelas ruas, estejam portando nas mãos um bastão vermelho de um metro de comprimento, fácil de ser visto; e que não entrem em nenhuma outra casa que não em sua própria, ou para onde forem direcionados ou enviados; e que se abstenham de companhias, em particular quando estiverem recentemente envolvidos em algum caso ou atendimento.

Hóspedes

Se uma casa tiver vários hóspedes, e qualquer pessoa daquela casa for infectada, nenhuma outra pessoa ou família dessa casa pode ser autorizada a mudar de casa sem um certificado emitido pelos inspetores de saúde daquela paróquia; nesse caso, como medida padrão, a casa para onde forem essas pessoas ou famílias também deve ser interditada, como se houvesse a presença da peste.

Carros de aluguel

Cocheiros de carros de aluguel ficam proibidos de fazer algo que alguns deles têm feito, ou seja, após transportar pessoas infectadas ao Hospital dos Pestosos e outros lugares, voltar a utilizar a carruagem para uso comum antes de desinfetar e arejar suas carruagens, que devem ficar sem utilização por cinco ou seis dias após esse tipo de transporte.

ORDENS PARA MANTER AS RUAS LIMPAS E VARRIDAS

Sobre a limpeza das ruas

Primeiro, é necessário e fica, portanto, determinado que cada morador providencie a limpeza da rua diariamente defronte à sua porta, e que mantenha essa área varrida a semana toda.

Passagem dos limpadores

A sujeira e os detritos das casas serão coletados diariamente e levados pelos limpadores, e o limpador deve avisar sobre a sua vinda soprando uma corneta, como de costume.

Fossas e esterqueiras somente fora da cidade

Fossas e esterqueiras devem ser removidas para fora da cidade e das vias públicas, e nenhum limpador de fossa está autorizado a esvaziar qualquer fossa em jardins e hortas situados perto da cidade.

Cuidados com peixe ou carne insalubre e cereais mofados

Um cuidado especial deve ser tomado para que nenhum peixe ou carne putrefatos, ou cereais embolorados, ou outras frutas estragadas, sejam lá de qual espécie, venham a ser comercializados na cidade ou seu entorno.

Cervejarias e tavernas devem ser inspecionadas para procurar barris embolorados e insalubres.

Porcos, cães, gatos, pombos domesticados ou coelhos não podem ser mantidos em qualquer parte da cidade. Se um porco ficar solto perambulando nas ruas ou vias, deve ser apreendido pelo bedel ou qualquer outro oficial, e o proprietário punido de acordo com as leis do conselho ordinário. Os cães devem ser sacrificados por matadores de cães nomeados para esse fim.

ORDENS SOBRE INDIGENTES E AGLOMERAÇÕES OCIOSAS

Mendigos

Um dos principais problemas é a multidão de desgarrados e mendigos errantes que se aglomera em todos os pontos da cidade, fator importante na propagação da infecção, os quais desobedecem a toda e qualquer ordem. Portanto, fica ordenado que a força policial, e outros a quem este assunto possa preocupar, tome um cuidado especial para que nenhum mendigo errante possa circular nas ruas desta cidade, de qualquer forma ou maneira, sob as penas previstas por lei, as quais lhes serão aplicadas devida e severamente.

Peças teatrais

Estão terminantemente proibidos todos os jogos, peças teatrais, rinhas de urso e cães,[*] cantorias, lutas de espada e escudo ou outros espetáculos que promovam aglomerações públicas, e os transgressores serão punidos severamente por todos os vereadores de seu distrito.

---

[*] No original, bear-baiting. Um urso é preso por uma corrente na perna ou no pescoço e a um poste no meio da arena; cães atormentam o urso para o "deleite" da selvagem plateia. (N. de T.)

Banquetes e festas proibidos

Estão proibidas todas as festas públicas, em especial promovidas por grupos, bem como jantares em tavernas, cervejarias e outros lugares de entretenimento público, até nova ordem e permissão, e que o dinheiro assim poupado seja guardado e empregado em benefício e alívio dos pobres contaminados pela infecção.

Bares e tavernas

A prática de beber desordenadamente em tavernas, bares, restaurantes e adegas deve ser considerada uma grave contravenção, e uma ocasião ideal para disseminar a peste. Nenhum grupo ou pessoa tem a permissão de permanecer ou entrar em qualquer taverna, bar ou restaurante, para beber, após as nove horas da noite, de acordo com o antigo código de costumes desta cidade, sob as penalidades da lei.

E para a melhor execução dessas ordens e determinações que, após muita análise, foram consideradas necessárias, fica combinado que os vereadores, adjuntos e conselheiros se reúnam uma, duas, três vezes por semana, ou ainda mais frequentemente, se necessário, em algum local de costume em seus respectivos distritos, que estiver livre da infecção da peste, para avaliar como as referidas ordens estão sendo cumpridas. Nessas reuniões, é claro, fica vedada a presença de quem morar em locais infectados ou nas proximidades desses locais, cuja vinda será considerada duvidosa.

E que os referidos vereadores, adjuntos e conselheiros, em seus vários distritos, possam colocar em vigor quaisquer outras ordens que eles, em suas referidas reuniões, venham a conceber e a divisar para preservar da infecção os súditos de Sua Majestade.

Sir JOHN LAWRENCE,
Prefeito

Sir GEORGE WATERMAN,
Sir CHARLES DOE,
Delegados

Desnecessário dizer que essas ordens se aplicaram apenas a lugares no âmbito da jurisdição do prefeito: por isso, é mister observar que os juízes de paz dentro dessas paróquias e lugares, como eram chamados as "aldeias" e "vilarejos", adotaram o mesmo método. Se eu me recordo bem, as ordens para interditar as casas não ocorreram tão cedo em nossa parte da cidade, porque, como eu disse antes, a peste demorou a chegar a essa parte oriental, ao menos não se tornou violenta até o início de agosto. Por exemplo, as estatísticas de óbitos de 11 a 18 de julho somaram 1.761, mas 71 pessoas morreram da peste em todas as paróquias que chamamos de Tower Hamlets, conforme a seguir:

ÓBITOS NAS PARÓQUIAS DE TOWER HAMLETS

	11 a 18 de julho	19 a 26 de julho	27 de julho a 1º de agosto
Aldgate	14	34	65
Stepney	33	58	76
Whitechapel	21	48	79
St. Kath. Tower	2	4	4
Trin. Minories	1	1	4
TOTAIS	**71**	**145**	**228**

Foi uma onda mesmo violenta, pois os enterros naquela mesma semana foram, nas paróquias adjacentes, os seguintes:

ÓBITOS NAS PARÓQUIAS ADJACENTES

	11 a 18 de julho	19 a 26 de julho	27 de julho a 1º de agosto
St. L. Shoreditch	64	84	110
St. But. Bishopsg	65	105	116
St. Giles's Crippl.	213	431	554
TOTAIS	**342**	**620**	**780**

ESTRATAGEMAS PARA BURLAR A INTERDIÇÃO DAS CASAS

A princípio, essa interdição das casas foi considerada um método muito cruel e não cristão, e os pobres assim confinados fizeram amargos lamentos. Reclamações quanto ao rigor disso também eram diariamente trazidas ao meu Senhor Prefeito, sobre casas interditadas sem motivo, e outras, de modo mal-intencionado. Não posso garantir, mas após uma investigação, verificou-se que muitos dos que reclamavam com tanta veemência foram encontrados numa condição de manter a interdição; e outros, mediante inspeção na pessoa doente, e a doença não parecendo infecciosa, eram liberados. Em caso de dúvida, e se a pessoa concordasse, era levada ao Hospital dos Pestosos.

É verdade que trancar as portas das casas com as pessoas dentro, e colocar um vigia lá noite e dia para evitar que alguém saísse ou fizesse uma visita, quando talvez as pessoas sadias na família pudessem ter escapado se tivessem sido removidas do meio das doentes, parecia algo muito rigoroso e cruel. Muita gente que acabou morrendo por conta desse mísero confinamento, é razoável acreditar, não teria se contaminado caso tivesse tido liberdade para sair, apesar da presença da peste na casa. Por conta disso, no começo, houve um clamor popular, uma insatisfação, e várias violências foram cometidas e ferimentos provocados aos homens designados para vigiar as casas assim interditadas. Da mesma forma, várias pessoas irrompiam à força em muitos lugares, como vou observar mais tarde. Mas era o bem público que justificava o dano privado, e não havia como obter a menor mitigação por meio de qualquer solicitação a magistrados ou ao governo naquela época, ao menos não que eu tenha ouvido falar. Isso levou o povo a inventar toda sorte de estratagemas para, se possível, conseguir escapar. Seria necessário um livrinho à parte para registrar todos os artifícios aplicados pelos moradores dessas casas para fechar os olhos dos vigias contratados, para enganá-los e escapar ou fugir deles, situações em que brigas frequentes e algumas tropelias aconteceram.

Certa manhã, lá pelas oito horas, eu passava perto de Houndsditch e escutei um grande tumulto. É verdade, não havia uma multidão, porque as pessoas não tinham muita liberdade para se aglomerar, nem para ficar juntas por muito tempo, nem eu permaneci por muito tempo ali; mas o clamor era alto o suficiente para provocar minha curiosidade, e chamei uma pessoa, debruçada a uma janela, e indaguei qual era o problema.

Ao que parece, um vigia havia sido contratado para manter seu posto à porta de uma casa infectada, ou supostamente infectada, a qual foi interditada. Ele já havia feito guarda ali por duas noites, contou-me ele, e o vigia diurno tinha estado lá um dia, e agora estava vindo para rendê-lo. Durante esse tempo todo, nenhum barulho tinha sido ouvido na casa, nenhuma luz tinha sido vista, ninguém pediu nada, não lhe solicitaram que buscasse nada (o que costumava ser a principal tarefa dos vigias), nem criaram problemas, contou ele, desde segunda-feira à tarde. Foi quando ele ouviu um alarido de gritos e choros na casa, que, como ele supunha, foi ocasionado pela morte de alguém da família naquele momento. Parece que, na noite da véspera, a sinistramente chamada "carroça dos mortos" tinha parado lá, e o corpo de uma criada havia sido trazido à soleira da porta. E os "coveiros" ou "sepultadores", como eram chamados, a colocaram na carroça, envolta apenas num tapete verde, e a levaram embora.

O vigia bateu à porta, ao que parece, quando ouviu o barulho de choro que já mencionei, e ninguém respondeu por um bom tempo; mas, no fim, uma pessoa colocou a cabeça para fora e disse em tom irritado e rápido, com uma voz ainda chorosa:

— O que você quer batendo desse jeito na porta?

Ele respondeu:

– Sou o vigia. O que está havendo? Qual é o problema?

A pessoa respondeu:

– Não é da sua conta! Mande parar a carroça dos mortos.

Isso, ao que parece, foi por volta de uma hora. Logo depois, como disse o companheiro, ele chamou a carroça dos mortos, e em seguida bateu à porta novamente, mas ninguém respondeu; ele continuou batendo, e o sineiro anunciou várias vezes:

– Tragam seus mortos!

Mas ninguém respondeu, até que o condutor, sendo chamado para outras casas, não esperou mais e foi embora.

O vigia não sabia o que fazer com tudo isso, então ele os deixou em paz até que o vigia da manhã, ou "diurno", como o chamavam, veio para rendê-lo. Relatou o acontecido e os dois bateram à porta por um bom tempo, mas ninguém respondeu; observaram que a janela de onde a pessoa olhara e respondera antes continuava aberta, em um andar superior.

Nisso os dois homens, para satisfazer sua curiosidade, conseguiram uma escada comprida, e um deles subiu até a janela e olhou para o interior do quarto, onde viu uma mulher morta no chão, em situação deprimente, sem roupas além da camisola. Chamou em voz alta, enfiou o braço no quarto e bateu no chão com sua pesada bengala. Nada de resposta ou movimento. Não se escutava qualquer ruído na casa.

Nisso ele desceu, e avisou seu companheiro, que subiu também; e confirmando a situação, os dois resolveram avisar o Prefeito ou algum outro magistrado, mas não se ofereceram para entrar pela janela. O magistrado, ao que parece, com a informação da dupla, ordenou que a casa fosse aberta, e a missão coube a um policial, junto com outras testemunhas, para garantir que nada fosse saqueado. Dito e feito. Entretanto, ninguém foi encontrado na casa além daquela jovem, que, infectada e sem chances de recuperação, havia sido abandonada pelos demais para morrer sozinha. Todos escapuliram após encontrar uma maneira de iludir o vigia, seja abrindo a porta da frente, ou por uma porta dos fundos, ou pulando de telhado em telhado; o fato é que o vigia não percebeu. E quanto aos gritos e choros que ele ouviu, supunha-se que eram os gritos apaixonados da família nessa despedida, a qual, com certeza, foi amarga para todos eles, pois a moça era irmã da dona da casa; o dono da casa, a esposa, vários filhos e criados, todos tinham fugido. Sãos ou doentes? Isso eu jamais fiquei sabendo, nem me dei ao trabalho de investigar.

Muitas dessas fugas aconteceram a partir de casas infectadas, especialmente quando o vigia era enviado a alguma missão, pois era dever dele fazer pequenas incumbências que a família mandasse. Isso incluía: buscar artigos de primeira necessidade, como víveres e remédios; buscar médicos, ou tentar buscá-los, ou cirurgiões, ou enfermeiras; encomendar a carroça dos mortos; e assim por diante. Mas com uma condição: antes de sair, ele deveria trancar a porta externa da casa e levar a chave com ele. Para driblar isso, e trapacear os vigias, as pessoas mandavam fazer duas ou três cópias de suas chaves, ou encontravam maneiras de desaparafusar as fechaduras e, assim, tirá-las, estando dentro da casa, e enquanto mandavam o vigia ao mercado, à padaria, ou fazer este ou aquele mandalete, abriam a porta e saíam com a frequência desejada. Mas, ao serem descobertos, os oficiais depois recebiam ordens de trancar as portas por fora, e de colocar ferrolhos nelas se achassem adequado.

Disseram-me que noutra casa, numa rua já dentro de Aldgate, uma família inteira estava interditada e trancada porque a criada adoecera. Por intermédio de amigos, o dono da casa havia reclamado ao vereador local e ao prefeito, e tinha consentido que a criada fosse transferida ao Hospital dos Pestosos, mas a proposta foi recusada: então a porta foi marcada com uma cruz vermelha, um cadeado do lado de fora, como explicado acima, e um vigia foi nomeado para monitorar a porta, conforme rezava o decreto.

Após descobrir que não havia remédio, e que ele, a esposa e os filhos estavam encarcerados com a pobre criada doente, o dono da casa chamou o vigia e lhe mandou que conseguisse uma enfermeira para cuidar da pobre moça, porque obrigar os patrões a cuidar dela seria morte certa para todo mundo na casa. Se o vigia não cumprisse a ordem, a criada morreria não da doença, mas sim de fome, porque ele havia decidido que ninguém da família se aproximaria dela; e ela jazia no sótão, no alto do prédio de quatro andares, onde ela não podia gritar nem chamar ninguém para ajudar.

O vigia concordou com isso e foi buscar uma enfermeira, conforme solicitado, e trouxe-a para eles na mesma noite. Nesse ínterim, o dono da casa aproveitou para abrir um grande buraco na parede nos fundos de sua loja. Assim, conseguiu acesso a uma pequena oficina, antes alugada por um sapateiro, mas o inquilino, como seria de esperar em meio àquele pandemônio, havia morrido ou se mudado, e então o chefe da família tinha a chave em seu poder. Após entrar na oficina, coisa que não poderia ter feito se o vigia estivesse à porta, pois o barulho o teria alertado, preparou a rota de fuga e voltou para casa. O vigia retornou com a enfermeira. Um dia se passou. Então, na noite seguinte, mandou o vigia dar uma voltinha que lhe tomasse um tempo, como ir ao boticário buscar para a criada um emplastro, cujo preparo deveria ficar aguardando. Nesse meio-tempo escapou com toda a sua família, e deixou a enfermeira e o vigia para enterrar a pobre criada, ou seja, jogá-la na carroça e tomar conta da casa.

Eu poderia contar muitas histórias como essas, curiosas o bastante, sobre as quais tomei conhecimento ao longo daquele ano sombrio (ou seja, histórias de que ouvi falar) e que com certeza são verdadeiras, ou muito próximas da verdade. Quer dizer, verdade em termos gerais, afinal de contas, era impossível numa situação dessas ficar sabendo de todos os detalhes. Da mesma forma, foi registrado o uso de violência contra os vigias, conforme relatado em muitos locais. E eu creio que desde o início até o fim da pandemia, não menos de dezoito ou vinte deles foram mortos, ou tão feridos a ponto de serem considerados mortos, violências supostamente perpetradas pelos moradores das casas infectadas que estavam interditadas, e de onde tentaram sair e sofreram oposição.

De fato, não poderíamos esperar menos do que isso. Afinal, na cidade havia tantas prisões quanto casas interditadas. E as pessoas nelas cativas não haviam cometido crime algum, apenas interditadas por uma situação desoladora, e isso tornava as coisas ainda mais intoleráveis para elas.

Tinha também esta diferença: cada prisão dessas, como podemos chamá-las, tinha apenas um carcereiro, e como ele tinha a casa inteira para vigiar, e muitas casas estavam situadas de modo a ter várias saídas, algumas mais, outras menos, e algumas para várias ruas diferentes, tornava-se impossível para um homem só cuidar de todas as passagens a fim de impedir a fuga de pessoas desesperadas por temerem suas circunstâncias, por terem tolhidos os seus hábitos ou por estarem dominadas pela fúria da própria pestilência. Assim, elas chamavam o vigia para conversar em um lado da casa, enquanto a família fugia pelo outro lado.

Por exemplo, na Coleman Street, havia uma abundância de becos, como ainda hoje existe. Uma casa estava interditada no beco chamado de White's Alley; e na dita casa havia uma janela traseira, não uma porta, que dava para um pátio conectado com o Bell Alley. Um vigia foi orientado pelo guarda a se posicionar na porta desta casa, e lá estava ele, ou seu camarada, diuturnamente. Enquanto isso, a família inteira escapuliu à noitinha pulando pela janela do pátio, deixando os pobres vigias de prontidão por quase duas semanas.

Não muito longe desse mesmo lugar explodiram um vigia com pólvora, e o pobre coitado sofreu queimaduras terríveis; enquanto ele dava gritos hediondos, e ninguém se aventurava a se aproximar para ajudá-lo, todos os membros da família capazes de se mexer saíram pelas janelas (um andar de altura), e dois doentes foram deixados para trás, implorando por ajuda. Tomou-se o cuidado de escalar enfermeiras para cuidar deles; mas os fugitivos nunca foram encontrados e só voltaram ao terminar a onda da peste. Mas nada pôde ser provado, portanto não sofreram sanções.

É preciso considerar, também, que essas "prisões" não tinham barras nem ferrolhos e outros equipamentos existentes em nossas prisões comuns. Assim, as pessoas se jogavam pelas janelas, até mesmo na frente do vigia, portando espadas ou pistolas nas mãos, e ameaçavam disparar no pobre homem se ele reagisse ou chamasse ajuda.

Noutros casos, alguns tinham jardins e muros, ou cercas, ou quintais, entre eles e seus vizinhos de fundo; por amizade e súplicas, obtinham licença para passar por esses muros ou cercas, e então sair pelas portas de seus vizinhos, ou dando dinheiro aos criados dos vizinhos, para deixá-los atravessar durante a noite. Em suma, a interdição das casas não era algo confiável; não atingia os objetivos e servia para aumentar o desespero das pessoas e levá-las a medidas extremas, tentando escapar a qualquer custo.

E o que era ainda pior, aqueles que assim fugiam espalhavam ainda mais a infecção, pois saíam perambulando com a doença neles impregnada, naquela situação desesperadora. Talvez tivessem tomado outras medidas caso a interdição não vigorasse. Analisando-se todas as particularidades nesses casos, reconhece-se, sem sombra de dúvida, que essa interdição compulsória deixava o povo transtornado. Os interditados faziam de tudo para escapulir de casa, infestados com a peste, sem saber para onde ir, nem o que fazer, ou até mesmo sem se importar com isso. E muita gente que foi submetida a essas terríveis exigências e situações graves acabou perecendo nas ruas ou nos campos por mero impulso, ou foi derrubada pela virulência da febre que se abateu sobre eles. Outras pessoas vagavam pelos campos e caminhavam a esmo, guiadas pelo desespero, sem saber para onde ir nem onde ficar, até que, exaustas e debilitadas, sem obter qualquer alívio, as casas e aldeias na estrada se recusando a hospedá-las, infectadas ou não, pereciam à beira da estrada, ou entravam em celeiros e lá morriam, e ninguém ousava procurá-las para oferecer ajuda, embora talvez não estivessem infectadas, mas ninguém acreditava nelas.

Por outro lado, quando a peste a princípio atacava uma família, ou seja, quando um membro da família quebrava o isolamento social e, incauto, pegava a doença e a trazia para casa, certamente a família descobria antes dos inspetores, que, conforme o decreto, tinham sido nomeados para examinar as circunstâncias de todas as pessoas doentes, tão logo eram informados da doença.

No intervalo de tempo entre o começo da doença e a chegada dos inspetores, o dono da casa tinha a liberdade e o arbítrio para se mudar, ou toda a sua família, se ele soubesse para onde ir; e muitos fizeram isso.

A FALTA DE ESCRÚPULOS AUMENTA A DISSEMINAÇÃO

O maior desastre não foi esse. Muita gente driblava os inspetores depois de realmente se infectar, disseminando assim a doença para as casas de gente tão hospitaleira a ponto de recebê-los; o que, convenhamos, era uma coisa muito cruel e ingrata.

E em parte esse foi o motivo da ideia geral, ou melhor, do escândalo que acontecia na disposição mental das pessoas infectadas: ou seja, que elas não tomavam o mínimo cuidado ou demonstravam quaisquer escrúpulos para não infectar as outras. Embora eu não possa afirmar, talvez possa haver alguma verdade nisso, mas não de modo tão generalizado como foi relatado. Que motivo natural pode ser dado para uma coisa tão perversa no exato momento em que estavam prestes a aparecer no banco dos réus da Justiça divina, eu desconheço. Por enquanto, me satisfaço em pensar que não há como reconciliar isso com a religião e os princípios tampouco com a generosidade e a humanidade, mas volto a tocar nesse assunto.

Agora estou falando de gente desesperada pelo medo de ter a casa interditada. A fuga por estratagema ou força, antes ou após a interdição, não aplacava seu sofrimento, mas sim tristemente o aumentava. Por outro lado, muitos que assim escaparam tinham refúgios para onde ir, e outras casas, onde se trancaram e mantiveram-se escondidos até acabar a onda da peste. Outras famílias, prevendo a aproximação da doença, estocaram provisões suficientes para suas famílias inteiras, e se mantiveram em isolamento, quase tão rigoroso, que não foram vistas nem ouvidas até que a infecção estivesse totalmente controlada, e então apareceram, sãs e salvas. Eu poderia citar vários casos semelhantes e esmiuçar os detalhes de suas estratégias; pois, sem dúvida, esse foi o passo mais seguro e eficaz que poderia ser dado pelas famílias que não tinham outros locais para se refugiar. Ao se isolarem desse modo, foi como se estivessem a centenas de milhas de distância. Famílias que adotaram esse método tiveram sucesso, até onde eu me lembro. Entre elas, vale mencionar as de vários comerciantes holandeses, os quais mantiveram suas casas como se fossem pequenas guarnições sitiadas, não permitindo que ninguém entrasse ou saísse, nem se aproximasse. Uma família dessas morava numa mansão em Throckmorton Street, com vista para o Drapers' Garden.

O CASO DA FILHA ÚNICA

Mas quero voltar ao caso das famílias infectadas e interditadas pelas autoridades. Não há como expressar o sofrimento dessas famílias; em geral, era dessas casas que se ouviam os gritos e guinchos mais sombrios da pobre gente, assustada, até mesmo aterrorizada com a perspectiva da morte, pela visão do estado deplorável de seus parentes mais queridos, pelo pavor de estarem aprisionados como estavam.

Eu me lembro, e ao escrever estas linhas volto a escutar os sons daqueles gritos: aos dezenove anos, uma donzela era a filha única de uma ricaça, dona de uma fortuna considerável. As duas moravam sozinhas na casa com os criados. A jovem, a mãe dela e a criada tinham saído de casa em certa ocasião, pois a casa não estava interditada. Voltaram para casa e, duas horas depois, a moça se queixou de enjoo; quinze minutos depois estava vomitando, com fortes dores de cabeça.

– Tomara Deus – exclamou a mãe dela, apavorada – que a minha filha não tenha pegado a peste!

A dor de cabeça aumentou, e a mãe dela ordenou que a cama fosse aquecida. Resolveu colocá-la na cama e se preparou para dar-lhe coisas para suar, que era o remédio comum a ser adotado quando começavam os primeiros sintomas da doença.

Enquanto a cama estava sendo arejada, a mãe despiu a jovem e a ajudou a deitar-se. À luz de vela, perscrutou o corpo da filha e logo detectou as pústulas fatais na parte interna das coxas. A mãe da moça, incapaz de se conter, deixou a vela cair e gritou. Foi um grito tão assustador que podia instalar o horror no coração mais forte do mundo. Mas não foi só um grito ou um choro: o pavor tomou conta de sua alma. Primeiro desmaiou, depois se recuperou, percorreu toda a casa (subindo e descendo as escadas) como uma desvairada, e realmente estava em desvario, pois continuou guinchando e gritando por várias horas, completamente descontrolada. Perdera a razão e nunca a recuperou, pelo que me disseram. Quanto à jovem donzela, era um cadáver a partir daquele momento, pois a gangrena, que ocasionava as manchas, havia se espalhado por todo o corpo; ela morreu em menos de duas horas. Ainda assim a mãe continuou gritando, sem saber nada de sua filha, por várias horas depois de ela falecer. Faz muito tempo, não tenho certeza, mas acho que a mãe não se recuperou e morreu duas ou três semanas depois.

Esse caso foi extraordinário e, por isso, entrei em mais detalhes sobre ele, porque fiquei a par dos pormenores; mas houve inúmeros casos semelhantes, e raramente as estatísticas semanais eram publicadas sem aparecer dois ou três casos de pessoas "apavoradas"; isto é, literalmente mortas de pavor. Mas, além daquelas que estavam tão apavoradas a ponto de morrer no local, um grande número de pessoas revelava seu pavor de outras formas, umas perdendo sua racionalidade; outras, a memória; ainda outras, o discernimento. Mas eu volto ao problema da interdição das residências.

• • • • • • • •
O SUBORNO DOS VIGIAS

Quero realçar um fato. Enquanto várias pessoas lançavam mão de estratagemas para escapulir de suas casas interditadas, outras saíam subornando os vigias para deixá-las sair escondidas na calada da noite. Devo confessar que naquela época considerei essa prática a corrupção mais inocente de que alguém poderia ser acusado. Portanto, tive muita pena de três desses vigias, coitados, que foram açoitados publicamente por terem deixado as pessoas saírem de casas interditadas.

Mas, apesar dessa severidade, o dinheiro falava mais alto para esses pobres homens, e muitas famílias tentavam escapar dessa maneira, após terem sido interditadas. Em geral esse pessoal fazia isso quando tinha um lugar para se refugiar. Embora não houvesse trânsito fácil pelas estradas rumo a qualquer destino após o dia 1º de agosto, havia muitos meios para bater em retirada. Em especial, como sugeri antes, alguns conseguiam barracas e as montavam nos campos, levando camas ou improvisando leitos de palha; traziam provisões para comer e assim viviam como ermitões, pois ninguém se aventurava a chegar perto deles.

Várias histórias foram contadas sobre isso, algumas cômicas, outras trágicas, dessa gente que viveu como peregrinos errantes nos descampados. É difícil de acreditar, mas salvaram-se ao se exilar e ainda gozavam de mais liberdade do que seria esperado nesses casos.

• • • • • • •

UM TRIO DE AMIGOS PLANEJA FUGIR DA CIDADE

Isso me faz lembrar da história de dois irmãos e seu conterrâneo, que, sendo solteiros, tinham permanecido na cidade e perderam a ocasião de fugir. Seja como for, não sabiam para onde ir. Sem ter um refúgio nem meios de viajar para longe, adotaram uma tática de autopreservação, a qual, embora à primeira vista possa parecer desesperada, ainda assim era tão natural que era de se admirar que outros também não a tivessem adotado naquele momento.

Eram de classe média, mas não pobres; tinham acesso a algumas pequenas conveniências, do tipo que ajudam a conectar a vida e a alma. Ao notarem que a peste se alastrava de modo terrível, resolveram procurar uma alternativa de sair pela tangente.

Um deles havia servido como soldado na recente Revolução Puritana, e antes disso, em refregas na Bélgica e na Holanda; e tendo habilitação para nenhum ofício particular que não fosse braçal, e além do mais, sendo ferido em combate, e incapaz de trabalhar arduamente, empregara-se por um tempo como auxiliar de uma padaria em Wapping.

O irmão dele também era marinheiro, mas de algum modo havia lesionado a perna, e não mais podia ir ao mar, mas ganhava a vida como veleiro (fabricante de velas para barcos) em Wapping, ou nas proximidades. Controlado nas finanças, havia amealhado um pé de meia, e era o mais remediado dos três.

O terceiro homem era carpinteiro de profissão, sujeito útil, cuja riqueza limitava-se à sua sacola de ferramentas, com a ajuda da qual ele poderia ganhar a vida a qualquer momento (à exceção naquele auge da pandemia), seja lá onde estivesse; e ele morava perto de Shadwell.

Todos moravam na paróquia de Stepney, a qual, como já disse, acabou sendo a última a ser infectada, ao menos de um modo mais violento. Ficaram ali enquanto a peste assolava a parte oeste da cidade e a viram se aproximar do lado leste, onde moravam.

Com a permissão do leitor, vou contar a história desses três homens em suas próprias vozes, sem me deter em detalhes, da forma mais clara que eu puder, pois acredito que essa história será um ótimo exemplo a ser seguido por qualquer pessoa pobre, caso uma calamidade pública desse tipo volte a ocorrer por aqui. E se uma ocasião dessas não se repetir (que Deus nos conceda sua infinita misericórdia!), mesmo assim a história pode ser muito útil, e espero que nunca alguém possa dizer que esse relato não foi proveitoso.

Menciono tudo isso antes de entrar na história, pois agora eu tenho, de momento, ainda muito a dizer sobre o que eu vi com meus próprios olhos.

ANDANÇAS POR UMA LONDRES DEVASTADA

Toda a primeira parte do tempo andei livremente pelas ruas, embora não tão livremente a ponto de me expor ao perigo aparente, exceto quando eles cavaram a grande sepultura no cemitério de nossa paróquia de Aldgate. Era um terrível sepulcro, e não pude resistir à curiosidade. Fui vê-lo. Até onde eu posso julgar, tinha cerca de 12 metros de comprimento, e uns cinco metros de largura, e na hora em que a vi pela primeira vez estava com três metros de profundidade. Mas me disseram que depois continuaram escavando até quase seis metros de profundidade e numa parte inclusive tiveram de parar ao encontrar água. Tinham, ao que parece, escavado outros buracos antes desse. Afinal de contas, embora a peste tivesse demorado a chegar à nossa paróquia, quando ela veio foi fulminante. Em nenhuma outra paróquia de Londres a peste foi tão violenta quanto nas duas paróquias de Aldgate e Whitechapel.

Falei que foram escavadas muitas sepulturas em outro terreno quando a doença começou a se espalhar em nossa paróquia, e em especial quando as carroças de mortos começaram a passar, coisa que só aconteceu em nossa paróquia no início de agosto. Em cada um desses sepulcros eram jogados talvez cinquenta ou sessenta cadáveres; então os escavaram ainda maiores, onde enterravam tudo o que a carroça trazia numa semana, número que, em meados de agosto, alcançou de duzentos a quatrocentos por semana. E esses jazigos não poderiam ser escavados com mais largura, por ordem dos magistrados, que os obrigavam a manter os corpos a no mínimo 1,80 metro de profundidade; e com água aflorando por volta de 5,5 metros, não havia como colocar mais gente em cada vala. Mas agora, no início de setembro, com a peste atacando de modo hediondo, e o número de sepultamentos em nossa paróquia alcançando um recorde jamais registrado em qualquer paróquia de Londres de população similar, foi ordenada a escavação desta abominável sepultura, ou melhor seria dizer, vala.

Ao fazer o serviço imaginavam que essa vala lhes daria espaço para um mês ou mais; e alguns culparam os curadores da igreja por fazer uma coisa tão assustadora, dizendo-lhes que estavam fazendo preparativos para enterrar toda a paróquia, e coisa parecida. Mas o tempo mostrou que os curadores da igreja sabiam a condição da paróquia melhor do que eles. A vala foi terminada em 4 de setembro, começou a ser utilizada no dia 6, e no dia 20, em apenas duas semanas, havia recebido 1.114 corpos, quando foram obrigados a tapá-la com uma camada de terra de 1,80 metro de espessura. Não duvido de que ainda possa haver algumas pessoas antigas vivas na paróquia capazes de confirmar esse relato e até de mostrar mesmo em que lugar do cemitério fica o valão, melhor do que eu posso. Os seus vestígios permaneceram por muitos anos na superfície, em sentido longitudinal, a par da passagem que costeia o muro oeste do cemitério de Houndsditch e dobra a leste em Whitechapel, perto da estalagem Three Nuns.

Foi no dia 10 de setembro. A minha curiosidade me levou, ou melhor, me obrigou, a ir ver este buraco outra vez, quando havia cerca de quatrocentas pessoas enterradas nele. E achei melhor não visitar o local à luz do dia, como eu tinha feito antes – pois antes não havia nada a ser visto além da terra solta, pois todos os corpos que eram jogados eram imediatamente cobertos com uma camada de terra pelos assim chamados "coveiros", também chamados de "sepultadores". Fui à noite para presenciar alguns corpos sendo jogados.

Havia uma ordem estrita de que o povo evitasse se aproximar desses buracos, para prevenir a contaminação. Mas após algum tempo essa ordem se tornou mais necessária, pois algumas pessoas infectadas, perto do fim, e delirantes também, corriam para esses valões envoltos em cobertores, ou tapetes, e neles se atiravam, e, como diziam, "enterravam-se". Não posso dizer que as autoridades permitiam que qualquer pessoa, voluntariamente, lá fosse atirar-se. Mas ouvi falar que em uma grande cova em Finsbury, na paróquia de Cripplegate (que se abria direto para os campos, pois ainda não era cercada de muros), muitas pessoas vinham e nela se jogavam, e lá davam seu último suspiro, antes que alguém as cobrisse de terra; e que quando o pessoal vinha para enterrar os outros, lá os encontravam, bem mortos, mas ainda quentes.

Isso serve para dar uma ideia das condições terríveis daquela época. Para quem não viu coisa parecida, é impossível descrever o quadro, além de dizer que era muito, muito, muito horripilante, algo que língua nenhuma conseguiria expressar.

Pude adentrar no cemitério por ser amigo do sacristão, o qual permitiu meu acesso, não sem antes tentar me convencer enfaticamente a não ir, avisando-me com bastante seriedade (pois ele era um homem bom, religioso e sensato) que era realmente atribuição dele se aventurar, e correr todos os riscos, e que nisso eles poderiam esperar ser preservados. Mas eu? Eu não tinha nenhum motivo aparente para estar ali, além de minha própria curiosidade. Ele disse não acreditar que isso era suficiente para justificar tanto risco. Eu disse a ele que algo em minha mente havia me pressionado a ir, e que talvez pudesse ser uma visão esclarecedora e útil.

– Verdade – disse o bom homem. – Se você quiser se aventurar, em nome de Deus, vá em frente. Será um sermão para você, talvez o melhor que você já ouviu em sua vida. É uma visão que fala por si, e com uma voz tão alta, que nos leva todos ao arrependimento. – Nisso ele abriu a porta e disse: – Vá, se você quiser.

Seus avisos me balançaram um pouco, e hesitei por um bom tempo; mas naquele intervalo avistei duas tochas se aproximando, oriundas das Minories, e ouvi o sineiro tocando. Então, pelas ruas apareceu a "carroça dos mortos", como eles a chamavam: não mais pude resistir ao meu desejo de vê-la e entrei.

HORROR NA CARROÇA DOS MORTOS

Não havia ninguém, logo percebi, no cemitério ou entrando nele, além dos sepultadores e do cocheiro na boleia da carroça, que a conduzia, ou melhor, conduzia o cavalo e a carreta; mas quando chegaram à beira da vala, viram um homem andando para lá e para cá, envolto num manto marrom, mexendo as mãos sob o manto, como se estivesse em grande agonia. E os sepultadores logo se aproximaram dele, supondo que ele era uma daquelas pobres criaturas delirantes ou desesperadas que tencionavam, como expliquei, enterrar a si mesmas. Ele nada disse enquanto caminhava, mas duas ou três vezes soltou gemidos profundos e altos, e um suspiro de partir o coração.

Quando os sepultadores chegaram, descobriram que ele não era uma pessoa infectada e desesperada, como observei acima, nem uma pessoa com doença mental, mas sim oprimida com o terrível fardo de ter a esposa e vários de seus filhos no carro que acabara de chegar, o qual ele seguira num misto de agonia e suprema tristeza. Chorava de corpo e alma, como era fácil de ver, mas com uma espécie de luto viril, que não se traduzia em lágrimas. Calmamente, pediu que os sepultadores o deixassem em paz, pois só queria ver eles jogarem os corpos antes de ir embora. Então pararam de importuná-lo, mas tão logo a carroça deu a volta e os corpos começaram a ser atirados à vala indiscriminadamente – o que lhe deixou surpreso, pois esperava que ao menos eles fossem decentemente dispostos, embora, de fato, depois se convenceu de que isso teria sido inviável –, assim que se deparou com aquela cena, não mais se conteve e soltou um grito lancinante. Não pude ouvir o que ele disse, mas recuou dois ou três passos e desmaiou. Os sepultadores correram até ele e o levantaram, e pouco depois voltou a si, e foi levado à Taverna Pye, nos arrabaldes de Houndsditch, onde, ao que parece, o homem era conhecido, e onde cuidaram dele. Ele fitou o buraco novamente enquanto se afastava, mas os sepultadores tinham tapado os corpos com tanta prontidão, jogando terra, que, embora houvesse luz suficiente (pois havia lanternas e velas acesas durante a noite inteira ao redor do buraco, no topo dos montes de terra, umas sete ou oito, ou talvez mais), nada pôde avistar.

Cena verdadeiramente triste, que me afetou, quase tanto quanto a que veio depois. Mas a outra foi horripilante, e repleta de terror: a carroça trouxe dezesseis ou dezessete cadáveres; uns enrolados em lençóis de linho, outros em tapetes e ainda outros praticamente descobertos, ou tão frouxamente cobertos que se soltavam ao serem descarregados, caindo completamente nus no meio dos demais; aquilo não tinha mais importância para eles, nem para a decência pública. Estavam todos mortos e amontoados na vala comum da humanidade, como podemos chamá-la; ali não fazia diferença quem você era, pois ricos e pobres acabavam juntos. Não havia outra forma de sepultamento, nem era possível que houvesse caixões para os números prodigiosos que sucumbiram a essa calamidade.

Corria o boato de que alguns sepultadores, quando o cadáver era entregue a eles envolto em tecido decente, por exemplo, um lençol enrolado e amarrado nos pés e na cabeça (coisa que certas famílias faziam, em geral, com lençóis bons), acredite se quiser: esses sepultadores eram malvados o suficiente para despi-los no carro e jogá-los desnudos na vala. De minha parte, prefiro não acreditar em algo tão vil entre cristãos, e, numa época tão cheia de horrores, só me cabe fazer o registro e deixá-lo indeterminado.

Também circulavam inúmeras histórias sobre comportamentos e práticas cruéis de cuidadores que atendiam os doentes, mas aceleravam o destino dos pacientes. Adiante voltarei a tocar nesse assunto mórbido.

Fiquei mesmo chocado e deprimido com aquela visão; fui-me embora com o coração perturbado, cheio de pensamentos aflitos, que mal consigo descrever. Logo ao sair da igreja, dobrei a esquina em direção à minha própria casa, e vi outra carroça, com tochas, e um sineiro à frente, saindo de Harrow Alley, na Butcher Row, do outro lado do caminho; e estando, como percebi, lotado de cadáveres, entrou na rua em direção à igreja. Entreparei, mas não tive estômago para voltar e rever a mesma cena sombria: fui direto para casa, onde não pude deixar de considerar com gratidão o risco que tinha corrido, acreditando que eu não havia contraído nenhuma lesão, como realmente não tinha.

Nisso a dor do pobre e infeliz cavalheiro entrou em minha cabeça novamente, e de fato verti lágrimas ao refletir sobre aquilo, talvez mais do que ele próprio. E o caso dele pulsava tanto em minha mente que precisei sair de novo, agora rumo à Taverna Pye, para investigar o que havia sido feito dele.

A esta altura já era uma hora da manhã, e ainda assim lá estava o pobre cavalheiro. A verdade é que o pessoal da casa o conhecia, e o receberam e o mantiveram lá a noite toda, apesar do perigo de ser infectado por ele, embora o sujeito aparentasse estar em perfeita saúde.

É com pesar que eu menciono esta taverna. Os donos eram educados, gentis, um tipo de gente bastante amável, e até aquele momento puderam manter seu estabelecimento de portas abertas, e o negócio funcionando, embora não tão publicamente quanto antes. Mas um grupo de sujeitos medonhos frequentava o local, e, no meio desse horror todo, lá se reunia todas as noites, comportando-se com todas as extravagâncias festeiras e espalhafatosas usuais nessa gente em outros momentos, e de fato em graus tão ofensivos que o próprio casal dono do bar primeiro começou a sentir vergonha por sua presença, e depois, pavor.

Em geral se reuniam num salão perto da rua e ficavam sempre até altas horas. Assim, quando a carroça dos mortos passava rumo a Houndsditch, cruzava bem defronte às janelas da taverna. Logo que ouviam o sino tocando, eles costumavam abrir as janelas para ver melhor. Quase invariavelmente, ao ouvir os tristes lamentos do povo nas ruas, ou em suas janelas, enquanto os carros passavam, eles faziam gracejos e zombarias insolentes, principalmente se ouviam aquela pobre gente invocar a misericórdia divina, como acontecia muitas vezes nessas ocasiões.

Esses cidadãos se sentiram incomodados com a chegada do pobre cavalheiro à taverna e ficaram muito zangados com o dono do bar por receber um sujeito daqueles, como eles o chamaram, direto do cemitério. O dono do bar respondeu que o homem era vizinho dele, estava saudável, mas deprimido com a calamidade em sua família. Foi então que eles direcionaram sua raiva para ridicularizar o homem e a tristeza dele por sua esposa e filhos. Em tom de bazófia, provocaram-no, acusando-o de não ter coragem para saltar no grande buraco e ir para o céu junto com eles, em meio a expressões desrespeitosas e até blasfêmias.

Estavam eles nessa vil tarefa quando voltei ao bar, e até onde pude ver, embora o homem estivesse quieto, mudo e desconsolado, e as afrontas dos outros não conseguissem lhe desviar da tristeza, ele mostrava estar sofrendo e se ofendendo com aquela conversa. Ao me deparar com a cena, gentilmente os reprovei, já estando bem familiarizados com suas personalidades, pois um ou dois deles eram meus conhecidos.

De pronto caíram em cima de mim com linguagem chula e xingamentos, me perguntaram o que é que eu fazia fora do meu túmulo àquela hora, quando tantos homens honestos tinham sido levados ao cemitério, e por que é que eu não estava em casa fazendo minhas orações, para quando o carro dos mortos viesse me buscar, e coisas desse tipo.

Fiquei realmente atônito com a insolência e o modo como esses homens me trataram, mas em momento algum perdi a compostura nem o autocontrole. Falei para eles que, embora eu os desafiasse, e a qualquer homem no mundo, a me apontar alguma desonestidade, reconhecia que, em meio àquele terrível julgamento de Deus, era muito melhor que eu fosse arrebatado e levado para o túmulo. Mas, para responder diretamente à pergunta deles, eis que eu estava sendo misericordiosamente poupado por esse grande Deus cujo nome eles tinham blasfemado e tomado em vão por xingar e praguejar de maneira hedionda. E que eu acreditava ter sido poupado, em especial, entre outros fins da bondade divina, para poder repreendê-los por sua audaciosa ousadia em comportar-se daquela maneira, e num momento tão terrível por que passávamos. Onde já se viu, zombar e fazer troça dum cavalheiro honesto? Um vizinho, que alguns deles conheciam, visivelmente triste com as dolorosas perdas que Deus quisera infligir sobre sua família?

Não me lembro exatamente a resposta deles à minha fala, mas duma coisa tenho certeza: foram provocações diabólicas e abomináveis! Sentiram-se ameaçados, ao que parece, pelo fato de eu não ter sentido qualquer receio ao manifestar meu pensamento. Ainda que porventura eu me lembrasse das palavras exatas, não poderia transcrevê-las neste relato, tão hórridos foram os enxovalhos, os insultos e os vis xingatórios que ouvi. O tipo de vocabulário que nem mesmo as piores e mais reles criaturas na rua usariam naquela hora do dia, a não ser esses insensíveis e perversos canalhas. Ah, se eles tivessem em suas mentes um pingo de terror da Poderosa mão que num átimo poderia esmagá-los!

Mas o pior em toda aquela linguagem diabólica era que eles não tinham medo de ateisticamente blasfemar contra Deus e zombaram de mim porque chamei a peste de "mão de Deus". Gracejaram e riram da palavra "julgamento", como se a providência divina não tivesse influência numa pandemia tão desoladora. Insinuaram que as pessoas que clamavam por Deus, enquanto assistiam às carroças transportando os cadáveres, eram todas fanáticas, patéticas e presunçosas.

Balbuciei uma resposta, que achei apropriada, mas que nem de longe os impediu que continuassem a se expressar daquele jeito horrendo. Ao contrário: me xingaram ainda mais! Tanto que eu confesso ter sido dominado por uma espécie de fúria; e me afastei, não sem antes frisar, oxalá a mão daquele Julgamento que visitara a cidade toda glorificasse a Sua vingança sobre eles e a todos que estivessem perto deles.

Receberam essa reprovação com supremo desprezo, e fizeram comigo o maior deboche possível, dirigindo à minha pessoa todas as chacotas de escárnio e insolência que puderam pensar, e (pasme!) ainda tiveram a petulância de pedir que eu rezasse por eles. Essa foi a gota d'água: fiquei ainda mais enfurecido, e me fui embora, agradecendo a

Deus, porém, em minha mente, por tê-los desafiado, não obstante os insultos que recebi.

Continuaram nesse comportamento deplorável por três ou quatro dias depois disso, em zombarias e deboches contínuos de tudo o que se mostrava religioso ou sério, ou que insinuasse que pudessem ser de qualquer maneira tocados com a sensação do terrível julgamento de Deus sobre nós; e fui informado de que eles desrespeitavam igualmente as pessoas bondosas, que, apesar do risco de contágio, se encontravam na igreja, jejuavam e rezavam para que Deus aliviasse a Sua mão sobre eles.

Assim eles continuaram nesse caminho terrível por três ou quatro dias (acho que não mais do que isso), quando um deles, justo aquele que perguntava às pessoas o que elas faziam fora de seus túmulos, foi atingido pelo Céu com a peste e morreu da maneira mais degradante; para encurtar a história, eles foram, um por um, levados à grande vala que mencionei acima, antes que ela estivesse completamente cheia, coisa que não levou mais que uma quinzena ou por aí.

Esses homens eram culpados de muitas extravagâncias, que só de pensar fariam estremecer a natureza humana. Num momento de pânico geral que vivíamos, escarneciam e ridicularizavam toda e qualquer manifestação de fé das pessoas, até a zelosa peregrinação ao local de adoração pública, a fim de implorar misericórdia dos céus naqueles dias de angústia. Fizeram da taverna um clubinho do qual avistavam a porta da igreja e se aproveitavam disso para alimentar sua hilaridade ateística e profana.

Antes que o incidente por mim relatado acontecesse, eles já tinham começado a se acalmar um pouco; afinal de contas, a infecção agora aumentava tão violentamente nessa parte da cidade, que as pessoas começaram a ter medo de ir à igreja: ao menos o número de fiéis já não era o de costume. Muitos dos clérigos, da mesma forma, estavam mortos, e outros foram para o interior, pois realmente exigia uma coragem constante e uma sólida fé para que um homem se aventurasse a ficar na cidade num momento como este, que dirá então se aventurar a ir à igreja e executar o trabalho de pastor para uma congregação cujos muitos de seus membros, certamente, estavam realmente infectados com a peste, e fazer isso todos os dias, uma ou duas vezes por dia, como em alguns lugares.

É verdade que o povo demonstrou um zelo extraordinário nessas práticas religiosas, e como as portas da igreja estavam sempre abertas, as pessoas entravam nela sozinhas o tempo todo, estando ou não o pastor pregando, sentavam-se isoladas em bancos separados e ficavam orando a Deus com grande fervor e devoção.

Outros se reuniam em capelas, cada um guiado conforme suas opiniões distintas sobre essas coisas, mas todas eram motivo do promíscuo deboche desses homens, especialmente no início da pandemia.

Por terem insultado abertamente a religião daquela maneira, ficaram marcados por muitos cidadãos de bem, das mais variadas crenças. Por conta disso, e com a crescente virulência da infecção, eles amainaram bastante as grosserias por um tempo. Mas quando o cavalheiro apareceu lá, foi tanto o clamor que tiveram uma recaída de obscenidade e ateísmo, talvez insuflados pelo mesmo demônio que me dominou quando respondi aos desaforos, embora no começo eu os tenha tratado com todas as boas maneiras, civilidades e serenidades a meu alcance. Eles pensaram que eu temia o ressentimento deles e por isso me insultaram ainda mais. Só mais tarde descobriram que estavam errados.

Fui para casa triste e aflito com a abominável perversidade daqueles homens, não duvidando, porém, de que eles se tornariam exemplos terríveis da justiça de Deus. Pois eu considerava esse período sombrio como uma temporada particular da vingança divina, e que Deus nesta ocasião destacaria os alvos próprios de Seu desagrado de uma forma mais especial e notável do que em outras épocas. Eu acreditava que muitas pessoas de bem pereceriam, e pereceram, em meio à calamidade geral, e que não havia uma regra certa para qualquer um ser distinguido nesse período de destruição geral. Mas, apesar disso, eu digo: era razoável acreditar que Deus não acharia adequado mostrar misericórdia e poupar inimigos tão declarados, que Lhe insultavam o nome, desafiavam a Sua vingança e zombavam de Sua adoração e de Seus adoradores naquele momento. Por misericórdia, tinham sido poupados noutras ocasiões. Agora, porém, vivíamos dias de pandemia, dias de ira divina, e estas palavras vieram ao meu pensamento, Jeremias, capítulo 5, versículo 9, em que o Senhor indaga:

> Porventura eu não deveria castigá-los por essas atitudes?
> E não deveria me vingar de uma nação que se comporta assim?

Com esses pensamentos, fui para casa muito triste e abatido com a horrível perversidade desses homens. Como alguém podia ser tão vil, tão insensível e tão escancaradamente perverso a ponto de rogar pragas a Deus e a seus devotos daquela forma? Num momento em que Ele tinha, por assim dizer, a espada em punho, com o propósito de se vingar, não apenas deles, mas de toda a nação?

No começo eles me deixaram um pouco indignado, mas o que realmente me chocou não foram as afrontas contra a minha pessoa, mas o horror infundido por suas línguas blasfemas. Porém, fiquei em dúvida se o meu ressentimento não era creditável à minha própria conta; afinal, eles também não me pouparam os xingamentos, eu me refiro a nível pessoal. Após meditar um pouco, com um peso dolorido em minha mente, eu me recolhi a meus aposentos assim que cheguei em casa (mas não preguei o olho naquela noite). Agradeci aos céus por me preservar em meio ao iminente perigo que eu corria e tomei a honesta resolução de rezar com a maior sinceridade por aqueles desesperados infelizes, para que Deus os perdoasse, abrisse seus olhos e os deixasse humildes.

Com isso, não só fiz meu dever, ou seja, orar por aqueles que malevolamente me destrataram, mas desafiei completamente o meu próprio coração, para minha plena satisfação, a se libertar de qualquer espírito de ressentimento em relação às ofensas que recebi; e humildemente recomendo a todos esse método, isto é, separar o nosso fervor pela honra de Deus dos efeitos de nossas paixões e ressentimentos privados.

Mas preciso voltar aos incidentes específicos que me vêm à mente sobre a época da pandemia, em especial o período da interdição das casas na primeira onda da enfermidade; pois, antes de a doença chegar ao auge, as pessoas tiveram mais oportunidade de fazer suas observações do que depois; mas, quando ela chegou ao ápice, não havia como se comunicar com os outros, como de costume.

Durante a interdição das casas, como eu disse, alguns vigias foram tratados com certa violência. Quanto a soldados, não havia nem sinal deles. Comparado com dias mais recentes, na época o rei tinha uma guarda de números bem reduzidos, e esses poucos guardas estavam dispersos. Parte deles estava em Oxford com a corte real, ou aquartelados em regiões mais remotas do país, à exceção de pequenos destacamentos, que exerciam suas funções na Torre e em Whitehall, e esses eram uns gatos pingados. Eu nem posso afirmar com certeza que havia qualquer outro guarda na Torre além das sentinelas, como eles os chamavam, que ficam no portão, com seus uniformes e chapéus, iguais aos dos alabardeiros da guarda real, exceto os artilheiros comuns, que eram vinte e quatro, e os oficiais nomeados para cuidar do paiol, que eram chamados de armeiros. Quanto a grupos táticos, não havia possibilidade de formação de nenhum; nem se a Tenência de Londres ou de Middlesex tivesse mandado os tambores baterem pela milícia alguma das companhias teria, eu acredito, se reunido, independentemente do risco que teriam corrido.

Com isso, os vigias ficaram sem apoio, e isso talvez provocou maiores violências contra eles. Aproveito para mencionar que essa estratégia de escalar vigias para manter as pessoas interditadas foi, antes de tudo, ineficaz. Afinal, o povo conseguia sair, à força ou por meio de estratagemas, quase a seu bel-prazer. Em segundo lugar, aqueles que assim conseguiam burlar a interdição e sair geralmente eram pessoas infectadas que, em seu desespero, corriam de um lugar para outro, sem avaliar a quem estavam prejudicando. E, como eu disse antes, talvez essa tenha sido a origem dos relatos de que era natural entre as pessoas infectadas o desejo de infectar outras pessoas, um relato que na verdade era falso.

E eu sei disso em primeira mão, de muitos e muitos casos, sobre os quais eu poderia dar vários relatos. Gente boa, piedosa e religiosa que, contaminada pela peste, tomou atitudes que nem de longe tencionavam infectar outras pessoas. Por exemplo, proibiam suas próprias famílias de chegar perto delas, na esperança de poupar seus familiares, ou até mesmo morriam sem ver seus parentes mais próximos para que não servissem de instrumento de contágio, para não lhes transmitir a peste, infectá-los e colocá-los em perigo. Se, então, houve casos em que as pessoas infectadas foram descuidadas com os danos que causaram aos outros, certamente esse foi um desses casos, se não o principal, ou seja, quando as pessoas que tinham a doença irrompiam das casas que estavam interditadas e, tendo sido levadas ao extremo pela falta de provisões ou de entretenimento, tinham se esforçado para esconder sua condição e, portanto, servido como vetores para infectar involuntariamente outros que andavam desinformados e incautos.

Por essas e outras que na época eu acreditei, e ainda acredito, que essa interdição das casas por meio da força, coibindo, ou melhor, aprisionando as pessoas em suas próprias casas, como falei acima, teve pouca ou nenhuma eficácia no geral. Acredite, na minha opinião essa prática foi bastante dolorosa, a prática de obrigar aquelas pessoas desesperadas a vagar por aí com a peste no corpo, as quais, de outro modo, teriam morrido silenciosamente em suas camas.

• • • • • • • •
POUSADA EM PÂNICO

Eu me lembro de um cidadão que, tendo escapado de sua residência na rua Aldersgate ou perto dali, enveredou estrada afora rumo a Islington. Tentou se refugiar na pousada Angel, e depois disso na estalagem White Horse, mas foi recusado. Assim, foi obrigado a pedir guarida na Pyed Bull (Touro Pintado). Nessa pousada, pediu hospedagem por uma só noite, fingindo rumar a Lincolnshire e assegurando-lhes que estava muito bem, livre da infecção. Diga-se de passagem, a peste naquela época ainda não tinha afetado aquelas bandas de modo intenso.

Disseram-lhe que não tinham vaga disponível exceto uma cama no sótão, e que só podiam oferecer aquela cama por uma noite, já que uns tropeiros eram esperados no dia seguinte com gado; então, se ele aceitasse esse quarto, poderia ficar, e foi isso o que ele fez. Assim, uma atendente o acompanhou ao sótão com uma vela. Ele estava muito bem vestido, e parecia uma pessoa não acostumada a deitar-se num sótão; e ao entrar no quartinho, exalou um fundo suspiro e disse à moça:

– Raramente fico num alojamento assim.

Porém, a funcionária lhe garantiu de novo que não havia disponibilidade de quarto melhor.

– Bem. Tenho que me conformar. Vivemos tempos horríveis, e vai ser só por uma noite.

Então se sentou ao lado da cama e pediu que a moça lhe trouxesse um *pint* de cerveja quente. A moça foi buscar a cerveja, mas o hotel estava um corre-corre danado, e ela acabou se envolvendo noutras tarefas, e se esqueceu do pedido e não voltou a subir para atender o hóspede do sótão.

Na manhã seguinte, nada do cavalheiro aparecer, até que alguém na casa mandou a criada que lhe havia mostrado os aposentos verificar o que acontecera com ele. Ela teve um sobressalto.

– Ai de mim! Eu me esqueci completamente dele. Ele pediu um copo de cerveja quente, mas eu me esqueci.

Nisso, não a moça, mas outra pessoa, foi enviada para ver o que houve e, ao entrar no quarto, encontrou o hóspede morto, quase frio, atravessado na cama. Ele havia tirado a roupa e estava com o queixo caído, o olhar arregalado assustadoramente, uma das mãos agarrada ao tapete com força. Ficou claro que ele morrera logo após a atendente o deixar; e é provável que, se ela tivesse levado a cerveja lá em cima, o encontrasse morto minutos após sentar-se na cama.

Grande foi o alarme no hotel, como qualquer um pode supor; eles estavam livres da doença até aquele desastre, que, trazendo a infecção para a casa, espalhou-a imediatamente a outras casas no entorno. Não me lembro de quantos morreram no mesmo hotel, mas acho que a moça que subiu primeiro com ele adoeceu de pavor, e vários outros. Sei que na semana anterior as estatísticas apontavam dois óbitos em Islington em decorrência da peste, e na semana seguinte, dezessete óbitos no total, sendo quatorze da peste. Isso foi na semana de 11 a 18 de julho.

Na primeira onda da peste, ao verem suas casas infectadas, algumas famílias, e não foram poucas, adotaram o seguinte estratagema: bandearam-se para o interior, buscando refúgio entre amigos. Em geral deixavam um de seus vizinhos ou parentes encarregados de cuidar das casas, em prol da segurança dos bens e afins. Algumas casas foram mesmo totalmente lacradas, as portas trancadas, as janelas e portas com tábuas pregadas sobre elas. Os próprios vigias comuns e as autoridades paroquiais se encarregavam de inspecioná-las, mas essas eram pouco numerosas.

Calculava-se que havia não menos de dez mil casas abandonadas pelos habitantes da cidade e subúrbios, incluindo as que ficavam nas paróquias externas e em Surrey, ou na margem do rio que eles chamavam de Southwark. Somando a esse número os inquilinos e hóspedes que fugiram de outras famílias, o total computado alcançava duzentas mil almas migradas. Adiante volto a tocar no assunto. Outro detalhe neste relato é que havia uma espécie de regra. Todo mundo que tinha duas casas sob sua guarda ou cuidado, quando alguém adoecia numa família, o chefe da família, em vez de avisar os inspetores ou qualquer outra autoridade, imediatamente enviava todo o restante da família, incluindo filhos ou criados se houvesse, para essa outra casa. Só então comunicava sobre a pessoa doente ao inspetor, contratava uma ou duas enfermeiras, e mais uma pessoa para ficar encerrada na casa com elas (o que muita gente fazia em troca de dinheiro), tomando conta da casa no caso de a pessoa morrer.

Isso equivalia, em muitos casos, a salvar uma família inteira, que, se tivesse ficado trancafiada com a pessoa doente, inevitavelmente teria morrido. Mas, por outro lado, esse era outro dos inconvenientes de interditar as casas. Os medos e os terrores de ficar trancado faziam muita gente fugir com o resto da família, que ainda não estava toda doente. O que não era do conhecimento público é que eles já estavam infectados pela doença; e, assim, por ter a liberdade de ir e vir, mesmo obrigados a esconder suas circunstâncias, ou talvez nem tendo consciência delas, transmitiam a peste aos outros e alastravam a infecção de forma terrível, como vou explicar adiante.

E aqui posso fazer uma ou duas observações pessoais, as quais podem ser úteis a partir de agora para aqueles em cujas mãos cair este texto, se é que algum dia vão se deparar com uma pandemia tão horrenda.

(1) Em geral, a infecção entrava nas casas dos cidadãos por intermédios de seus criados, a quem eles eram obrigados a enviar às ruas em busca de gêneros de primeira necessidade; ou seja, alimentos e remédios, em padarias, lojas de fermentos, mercados etc. E para quem saía necessariamente rua afora e frequentava lojas e mercados, era impossível não entrar em contato, de uma forma ou de outra, com pessoas enfermas, que transmitiam o sopro fatal para elas, e elas o carregavam até as famílias onde trabalhavam.

(2) Foi um grande erro o fato de uma cidade tão grande como a nossa ter apenas um Hospital dos Pestosos. Caso houvesse, em vez de um Hospital dos Pestosos – isto é, além de Bunhill Fields, que, no máximo, podia receber talvez duzentas ou trezentas pessoas –, eu

quero dizer, digamos, se houvesse, em vez de apenas esse, vários Hospitais dos Pestosos, cada um capaz de receber mil pessoas, sem a necessidade de colocar dois enfermos em uma só cama ou duas camas num quarto; e se cada chefe de família, assim que um criado ou criada em especial adoecesse em sua casa, tomasse a iniciativa de enviá-los ao Hospital dos Pestosos mais próximo, se os enfermos estivessem dispostos a serem internados, como muitos estavam, e os inspetores fizessem o mesmo entre as pessoas pobres, quando alguém fosse atingido pela infecção, eu digo, se isso tivesse sido feito onde as pessoas estivessem dispostas (e não de outra forma), e as casas não fossem interditadas, estou persuadido, e o tempo todo mantive essa opinião, de que isso teria poupado milhares de vidas. Foram observados casos, e eu poderia dar vários exemplos dos quais tomei conhecimento, em que um criado ficou doente, e a família teve tempo para mandá-lo embora ou de sair da casa e deixar a pessoa doente, como mencionei acima, e todos foram preservados. Ao contrário, quando, após o surgimento de uma ou mais pessoas doentes na família, a casa foi interditada, toda a família pereceu, e os carregadores foram obrigados a coletar os cadáveres, pois não sobrou ninguém vivo na casa para trazê-los até a porta.

(3) A meu ver, isso mostrou que sem sombra de dúvida a calamidade se alastrava por meio de infecção. Ou seja, por meio de certos vapores ou bafejos, que os médicos chamam de eflúvio, pela respiração, ou pelo suor, ou pelo fedor das pústulas dos enfermos, ou por alguma outra forma, talvez, até mesmo fora do alcance dos próprios médicos. Esses eflúvios afetaram as pessoas sadias que não mantiveram distanciamento dos contaminados, penetrando imediatamente nos órgãos vitais das referidas pessoas sãs, colocando o sangue delas em imediata fermentação e excitando seus espíritos a ponto de se notar essa agitação. E, assim, essas pessoas recém-infectadas transmitiam a peste a outras pessoas sãs, de modo semelhante. E disso posso dar alguns exemplos, que hão de convencer as pessoas a pensarem seriamente no caso. Fico pasmo ao me deparar com gente que, agora

que tudo acabou, falam que o contágio era um golpe imediato do céu, sem a agência de vetores, com licença para fulminar esta ou aquela pessoa em particular, e nenhuma outra – opinião que eu considero com desdém e mais parece o efeito de manifesta ignorância e entusiasmo; e assim também considero a opinião daqueles que defendem que a infecção é transmitida pelo ar apenas, carregando consigo um grande número de animáculos e criaturas invisíveis, que entram no corpo com a respiração, ou mesmo pelos poros com o ar, e aí geram ou emitem venenos agudos, ou óvulos ou ovos venenosos, que se misturam com o sangue, e assim contagiam o corpo: um discurso cheio de erudita simplicidade, manifestado por meio da experiência universal; mas vou me deter nisso adiante.

Aqui devo ressaltar que nada foi mais fatal para os habitantes desta cidade do que a negligência passiva do próprio povo, que, durante os longos avisos ou alertas que tiveram sobre a pandemia, não fizeram nenhuma provisão para isso, não estocaram víveres ou outros artigos de primeira necessidade, com os quais poderiam ter se refugiado e sobrevivido no interior de suas próprias casas, como observei que outros fizeram, e que foram em grande parte preservados por essa cautela. Tampouco evitaram, após estarem um pouco insensíveis com a situação, conversar uns com os outros, quando já estavam infectados, como no início: não, embora já soubessem disso.

Reconheço que fui uma dessas pessoas irrefletidas que fizeram tão escassas provisões que meus criados eram obrigados a sair de casa para comprar cada ninharia por um *penny* e meio *penny*, assim como antes da pandemia começar. Então a minha experiência me mostrou que isso era loucura, e comecei a ser mais sábio, mas isso foi tão tarde que mal tive tempo de me abastecer com víveres suficientes para nossa subsistência comum por um mês.

Na minha família havia só uma velha governanta que administrava a casa, uma criada, dois aprendizes e eu. Com a peste começando a fechar o cerco, tive muitos pensamentos tristes sobre qual curso eu deveria tomar e como deveria agir. Os inúmeros fatos sombrios que aconteciam em todas as ruas por onde eu passava enchiam minha cabeça de um grande horror, por medo da própria doença, a qual era muito horrível por si só, em alguns pacientes mais do que outros. Os inchaços, em geral no pescoço ou na virilha, quando endureciam e não rompiam, ficavam tão dolorosos que eram como a tortura mais requintada. Alguns, incapazes de suportar o tormento, jogavam-se de janelas altas, ou davam tiros em si mesmos, ou se suicidavam de outra forma, e eu vi vários fatos sombrios desse tipo. Outras pessoas, incapazes de se conter, expressavam sua dor com rugidos incessantes; esses gritos fortes e cortantes ecoavam pelas ruas enquanto caminhávamos, paralisando o coração só de pensar naquilo, em especial se você lembrava que o mesmo flagelo terrível poderia, a qualquer momento, recair sobre nós.

Não posso negar que nesse momento comecei a balançar em minhas convicções. Meu coração fraquejou e dolorosamente me arrependi da minha precipitação, por ter saído e me deparado com as coisas terríveis que eu contei. Digo que me arrependi da minha imprudência em me aventurar a permanecer na cidade, e muitas vezes desejei não ter tomado a decisão de ficar; oxalá eu tivesse ido embora com meu irmão e a família dele.

Aterrorizado por esses fatos apavorantes, eu me enfurnava em casa às vezes, decidido a não sair mais; e cumpria essa resolução por três ou quatro dias, tempo em que passava na mais séria gratidão pela minha preservação e a de minha família, e em constante confissão dos meus pecados, entregando-me a Deus todos os dias, e aplicando-me a Ele com jejum, arrependimento e meditação. Dedicava-me nesses intervalos à leitura de livros e à escrita de meu diário sobre os fatos ocorridos no dia, com base no qual, mais tarde, compus a maior parte deste trabalho, quando se refere às minhas observações externas. O que escrevi sobre minhas meditações privadas eu reservo para uso privado e desejo que não seja tornado público sob circunstância alguma.

Também escrevi outras meditações sobre temas divinos, que me ocorreram na época, e eram vantajosas a mim mesmo, mas não eram adequadas a olhos alheios, portanto, melhor não falar mais nisso.

AS DICAS DO BONDOSO DR. HEATH

Eu tinha um excelente amigo, um médico, cujo nome era Heath, e eu costumava visitá-lo durante esse período sombrio. Sou muito grato a ele, pois me orientava sobre como prevenir a infecção quando eu saía de casa (coisa que ele descobriu que eu fazia com frequência), como a providência de fechar a boca ao caminhar pelas ruas. Ele também veio muitas vezes me ver, e como ele era um bom cristão, além de bom médico, sua conversa agradável foi para mim um apoio imenso no pior momento desse ano terrível.

Estávamos agora no início de agosto, e a peste se alastrou violenta e terrivelmente na minha vizinhança. O dr. Heath veio me visitar e descobriu que eu continuava me aventurando a sair muitas vezes nas ruas. Foi então que com muita seriedade ele me convenceu a me isolar, com as pessoas da casa, e não permitir que ninguém saísse; a manter todas as nossas janelas, persianas e cortinas fechadas, e nunca as abrir sem antes fazer uma fumaça bem forte na sala, perto de onde a janela ou a porta deveria ser aberta, com resina, betume, enxofre e pólvora, e afins; e fizemos isso por algum tempo. Mas, como eu não fizera estoque de víveres para esse retiro, era impossível nos mantermos completamente isolados dentro de casa. Porém, tentei, um pouco tarde, fazer algo a respeito. Sabíamos como preparar cerveja e pão em casa, por isso, comprei duas sacas de farinha e, por várias semanas, assamos todo o pão de que precisávamos. Também comprei malte e enchi de cerveja artesanal todas as garrafas que tínhamos, o suficiente para abastecer a casa por cinco ou seis semanas. Também adquiri um lote de manteiga salgada e queijo Cheshire, mas eu não tinha como comprar carne. No outro lado de nossa rua havia um tradicional núcleo de açougues e matadouros, mas a peste se disseminou com tanta violência no meio deles, que não era nada aconselhável atravessar a rua naquela direção.

E aqui volto a observar que essa necessidade de sair de nossas casas para comprar provisões era em grande medida a ruína de toda a cidade; pois as pessoas contraíam a doença, nessas ocasiões, umas das outras; e até mesmo os próprios víveres estavam muitas vezes contaminados (ao menos tenho bons motivos para acreditar nisso). Portanto, não posso garantir que seja verdadeiro algo que se repete com grande convicção, que o pessoal do mercado, e os que traziam as provisões para a cidade, nunca foram infectados. Estou certo de que os açougueiros de Whitechapel, onde a maior parte do gado era abatido, foram terrivelmente contaminados, e a tal ponto que poucas de suas lojas continuavam abertas; e aquelas que permaneciam ativas matavam o gado em Mile End e, depois, traziam a carne ao mercado em carretas puxadas por cavalos.

Porém, os mais pobres não conseguiam fazer provisões, e havia necessidade de ir ao mercado para comprar, e outros enviavam criados ou filhos; e como essa necessidade se renovava diariamente, isso trazia uma abundância de pessoas doentes aos mercados; e muitos que iam para lá com saúde traziam a morte para casa junto com eles.

É verdade, o povo tomava todas as precauções possíveis. Quem comprava um pedaço de carne no mercado não pegava a carne da mão do açougueiro, mas o próprio freguês a tirava dos ganchos. Por outro lado, o açougueiro não tocava no dinheiro, mas o colocava num pote cheio de vinagre, que ele guardava para esse fim. O comprador sempre carregava dinheiro miúdo para fazer qualquer quantia avulsa, de modo a não precisar de troco. Carregavam frascos com aromas e perfumes nas mãos e aplicavam todos os meios possíveis. No entanto, a gente pobre não podia fazer nem mesmo essas coisas e estava exposta a todos os perigos.

Nesse sentido ouvíamos diariamente inúmeras histórias sombrias. Às vezes, um cliente caía morto nos mercados; pois muitas pessoas que portavam a peste não se davam conta disso até que a gangrena interna tivesse afetado seus órgãos vitais, quando morriam num piscar de olhos. Por isso, muita gente acabava perecendo na rua de morte súbita, sem prévio aviso; alguns, talvez, tinham tempo de se abrigar no estábulo mais próximo, ou em qualquer porta ou varanda, onde simplesmente sentavam no chão e morriam, como eu disse antes.

Tão frequentes eram esses casos nas ruas, que quando a peste alcançava o ápice de violência em uma parte da cidade, era raro passar na rua sem topar, aqui e ali, com cadáveres espalhados no chão. No início as pessoas até paravam para chamar os vizinhos para ver se conheciam os mortos, mas depois ninguém mais se importava com eles. Se em algum momento encontrávamos um cadáver deitado, atravessávamos a rua, sem chegar perto dele; ou, se estivéssemos numa ruela ou passagem estreita, dávamos meia-volta e procurávamos outra maneira de chegar ao nosso destino. E, nesses casos, o cadáver sempre ficava exposto até que as autoridades fossem notificadas e viessem levá-lo embora, ou até a noite, quando os sepultadores, que trabalhavam na carroça dos mortos, recolhessem-no e o levassem embora. Tampouco essas criaturas destemidas que cumpriam suas missões deixavam de revistar os bolsos dos mortos e, às vezes, arrancar suas roupas, se eles estivessem bem vestidos, como às vezes estavam, e se apossavam do que fosse possível.

• • • • • • •
MORTE NOS MERCADOS

De volta aos mercados: os açougueiros tomaram seus cuidados. Se alguma pessoa morresse no mercado, tinham as autoridades sempre disponíveis para tirá-la dali em um carrinho de mão e levá-la ao cemitério mais próximo. Isso era tão frequente que essas pessoas acabavam fora da estatística semanal, como as encontradas mortas nas ruas ou nos campos, como é o caso agora, engolidas na confusão geral da grande peste.

Entretanto, agora a fúria da doença havia crescido a tal ponto que até mesmo os mercados estavam com problemas de abastecimento, e o movimento de compradores era menor. O prefeito ordenou que as pessoas do campo que trouxessem seus produtos fossem paradas nas ruas que conduziam à cidade, para, ali mesmo, expor e vender suas mercadorias, e imediatamente ir embora. E os camponeses, assim incentivados, vendiam seus produtos nas vias de acesso à cidade, e até mesmo nos campos, em especial nas áreas além de Whitechapel, em Spittlefields. Note que essas ruas hoje chamadas Spittlefields na época eram campos abertos; também em St. George's Fields, em Southwark, em Bunhill Fields, e num grande descampado chamado Wood's Close, perto de Islington. Para lá, prefeito, vereadores e magistrados enviavam seus oficiais e criados fazer compras para suas famílias, mantendo-se em isolamento, dentro de casa, o máximo possível, a exemplo de muitas outras pessoas. Após a adoção desse método, o povo do campo vinha com grande alegria e trazia alimentos de todos os tipos, e muito raro se contaminava, o que, suponho, ajudou a criar a ideia de que essas pessoas eram milagrosamente preservadas.

Quanto a meu pequeno núcleo familiar, como expliquei, aceitei o conselho do dr. Heath: consegui fazer estoque de pão, manteiga, queijo e cerveja. Tranquei-me em casa e enfrentei a dificuldade de viver alguns meses sem carne fresca, em vez de arriscar as nossas vidas para comprá-la.

Confinei a minha família, mas, por conta de minha curiosidade insaciável, eu acabava rompendo o isolamento e saía, embora com menos frequência. E embora eu sempre voltasse para casa assustado e aterrorizado, isso não me impedia de sair.

Eu tinha, de fato, algumas obrigações a cumprir, como vigiar a casa do meu irmão, que ficava na paróquia da Coleman Street, a qual ele deixara a meus cuidados; e no início eu a conferia todos os dias, mas depois só uma ou duas vezes por semana.

Nessas caminhadas eu me deparava com muitas cenas sombrias, como, particularmente, pessoas caindo mortas nas ruas, mulheres em agonia abrindo as janelas de seus quartos para dar gritos terríveis, surpreendentes e sombrios. As paixões da gente pobre se expressavam por atitudes tão diversas que é impossível descrever.

Passando pela Token-House Yard, em Lothbury, súbito um batente se abriu violentamente bem sobre minha cabeça. Uma mulher deu três berros horrendos e então gritou:

– Ah, morte, morte, morte!

O seu tom inimitável me gelou o sangue e me deixou arrepiado de horror.

Não havia uma vivalma na rua inteira, muito menos outra janela aberta, pois agora as pessoas não tinham mais curiosidade por nada, nem eram capazes de se ajudar umas às outras; então avancei rumo à Bell Alley.

Lá chegando, do lado direito da rua, ecoou um grito mais terrível do que o de antes, embora não viesse de perto da janela. Mas a família inteira estava em meio a um pavor terrível, e eu pude ouvir mulheres e crianças correndo, aos gritos, pelos cômodos, como se estivessem desvairados. A janela do sótão se abriu, e alguém de outra janela do outro lado do beco indagou:

– Qual é o problema?
Ao que a pessoa da primeira janela respondeu:
– Ó, Senhor, meu velho mestre enforcou-se!
A outra pessoa questionou:
– Ele está completamente morto?
E a primeira respondeu:
– Ai, ai, bem morto; bem morto e frio!

Era um comerciante, vereador adjunto, riquíssimo. Não é preciso mencionar o nome dele, embora eu o saiba, mas isso causaria constrangimentos à família, que hoje está florescendo novamente.

O TORMENTO DOS INCHAÇOS

Mas esse é apenas um caso. É praticamente inacreditável o horror que grassava em cada lar, todos os dias. Gente no ápice da peste, ou no intolerável tormento de seus inchaços, perdendo a razão, em desvario, muitas vezes direcionando a violência contra si mesmas, jogando-se do alto das janelas, apontando armas de fogo contra si e apertando o gatilho; mães assassinando os próprios filhos em sua loucura; gente morrendo em um calvário de pura dor, ou apenas de medo e espanto, sem qualquer infecção; outros, imersos em terror e em desvios de comportamento, em tola desorientação, gente lunática, desesperada; gente em melancólica loucura.

Principalmente a dor do inchaço era violentíssima e, para algumas pessoas, intolerável. Pode-se dizer que médicos e cirurgiões torturaram muitas dessas pobres criaturas até a morte. Em alguns pacientes esses inchaços ficavam endurecidos, e os médicos aplicavam violentos emplastros e cataplasmas, para rompê-los. Caso não abrissem, eles os cortavam e os escarificavam de maneira terrível. Em alguns, esses tumores endureciam, pela gravidade da doença e por terem sido violentamente apertados, e ficavam tão duros que nenhum instrumento poderia cortá-los; e então eles os queimavam com produtos cáusticos, e muitos morriam enlouquecidos com o tormento, e alguns na própria cirurgia. Nessas angústias, alguns, por falta de ajuda de alguém para os segurar em suas camas ou cuidar deles, se autoflagelavam; outros eclodiam nas ruas, talvez nus, e corriam diretamente para o rio, se não fossem parados pelos vigias ou outros oficiais, e mergulhavam nas águas assim que as vissem.

Muitas vezes a minha alma se confrangeu ao escutar os gemidos e gritos dessa gente atormentada. Mas, das duas formas, esse era considerado o melhor prognóstico em toda a infecção: pois se esses inchaços evoluíssem, abrissem e fossem drenados, ou, na linguagem dos cirurgiões, "digeridos", o paciente geralmente se recuperava. Já aqueles que, como a filha da madame, eram atingidos pela morte no início, e só tardiamente mostravam as pústulas no corpo, em geral pareciam indiferentes e tranquilos até um pouco antes de morrer, e alguns até o momento em que caíam ao chão, como acontece em ataques apopléticos e epilépticos. Essas pessoas eram acometidas pela doença repentinamente e corriam a um banco ou um abrigo, ou a qualquer lugar conveniente que se oferecesse, ou a suas próprias casas, se possível, como mencionei antes, e lá se sentavam, perdiam os sentidos e morriam. Esse tipo de morte era o mesmo daqueles que morriam de gangrenas comuns, que morrem num desmaio e, por assim dizer, vão embora num sonho. Quem morreu assim nem se deu conta de sua infecção até a gangrena já estar espalhada por todo o seu corpo; nem os próprios médicos conseguiam ter certeza do diagnóstico até desabotoar as roupas da vítima e detectar as pústulas no peito ou em outras partes do corpo.

Ouviam-se, nessa época, muitas histórias assustadoras sobre cuidadoras e vigias que "tomavam conta" de doentes moribundos (ou seja, pessoas contratadas para cuidar dos infectados), tratando-os com tirania, fazendo-os passar fome, sufocando-os, ou, por outros meios perversos, acelerando o seu fim, ou seja, assassinando-os. E vigias que, escalados para controlar casas interditadas, quando só restava uma pessoa acamada, invadiam a casa para matar o paciente, que era imediatamente jogado para fora e levado, ainda morno, na carroça dos mortos, direto à sepultura.

Não sei exatamente quantos desses assassinatos foram cometidos; dois criminosos foram enviados à prisão por isso, mas morreram antes de serem julgados; e ouvi dizer que outros três, em ocasiões diversas, foram perdoados por assassinatos semelhantes. Mas devo dizer que não acredito que esse tipo de crime era tão comum como alguns têm tido o prazer de afirmar; isso não parecia racional. Os doentes estavam em condições tão degradantes que já não havia mais volta, e raramente se recuperavam. Por isso, não havia a tentação de cometer um assassinato: as pessoas morreriam em tão pouco tempo, não conseguiriam sobreviver.

HISTÓRIAS DE CRIMES HEDIONDOS

Muitas perversidades e roubalheiras foram cometidas até mesmo nesse momento terrível, eu não vou negar. A ganância de alguns era tanta que eles corriam qualquer perigo para roubar e saquear. Por exemplo, em casas onde todos os familiares ou habitantes tinham morrido e sido trasladados, eles arrombavam a casa e entravam, ignorando os riscos. Sem levar em conta o perigo da infecção, arrancavam até mesmo as roupas dos cadáveres restantes, e as roupas de cama onde outros jaziam mortos.

Esse, suponho, foi o caso de uma família em Houndsditch, onde um homem e sua filha (o resto da família, imagino, já fora levado antes pela carroça dos mortos) foram encontrados nus, cada qual em seu quarto, mortos, estirados no chão, e as roupas de cama haviam sido roubadas e levadas (de onde se conclui que foram arrancadas por ladrões).

Convém observar que, ao longo desta calamidade, as criaturas mais angustiadas, desavergonhadas e precipitadas eram as mulheres. E, como havia um grande número delas na função de cuidadoras dos doentes, elas cometiam inúmeros pequenos furtos nas casas; e algumas delas foram chicoteadas publicamente por isso, quando talvez devessem ter sido enforcadas para dar exemplo. Muitas casas foram furtadas nessas ocasiões; até que, por fim, adotou-se o critério pelo qual as autoridades paroquiais recomendavam cuidadoras aos doentes, e sempre controlavam a pessoa que havia sido enviada, de modo que pudessem chamá-las para prestar contas se a casa onde trabalhavam viesse a sofrer algum tipo de abuso.

Mas os objetos furtados se limitavam principalmente a roupas, lençóis, anéis e dinheiro da pessoa morta, e não a um saque geral das casas. E eu posso relatar o caso de uma cuidadora que, anos depois, em seu leito de morte, confessou horrorizada os roubos que havia cometido na época da peste, por meio dos quais havia enriquecido ilicitamente. Mas quanto a assassinatos, não acho que tenha havido provas do ocorrido, da maneira como foi relatado, além do supramencionado.

De fato, me contaram sobre uma cuidadora que havia tapado o rosto de uma paciente moribunda com um pano molhado, acelerando a morte que já se aproximava. E sobre outra que estava sufocando uma jovem de quem cuidava, quando ela estava inconsciente, e súbito a vítima acordara; outras que mataram com veneno, outras pela fome, interrompendo o fornecimento de comida. Mas essas histórias sempre traziam duas marcas suspeitas, que sempre me levavam a desconfiar delas e a encará-las como meros recursos para continuar assustando o povo:

(1) Não importa onde a ouvíssemos, sempre colocavam a cena no extremo mais distante ou remoto da cidade, longe dali. Se você ouvia a história em Whitechapel, acontecera em St. Giles, ou em Westminster, ou Holborn, ou na outra ponta da cidade; se você a ouvisse naquela região urbana, então acontecera em Whitechapel, ou nas Minories, ou na paróquia Cripplegate; se você ouvisse falar dela na cidade intramuros, havia acontecido em Southwark; e, se você ouvia falar dela em Southwark, então acontecera intramuros, e assim por diante.

(2) Além disso, em qualquer parte que você ouvisse a história, os detalhes eram sempre os mesmos, especialmente o de colocar um pano úmido dobrado no rosto de um moribundo e o de sufocar uma jovem. De modo que era evidente, pelo menos para o meu julgamento, que havia mais de invenção do que de verdade nessas coisas.

Porém, não posso afirmar que isso não exerceu efeito sobre as pessoas. Em especial, como já me referi, elas ficaram mais cautelosas na hora de recrutar cuidadoras a quem seriam confiadas suas vidas, e sempre que possível exigiam referências; e quando não era possível encontrar alguém assim, solicitavam às autoridades paroquiais.

Mas aqui novamente o sofrimento daquela época recaía sobre os pobres que, estando infectados, não tinham comida nem remédios, nem médico ou boticário para medicá-los, ou enfermeira para atendê-los. Muitos desses morreram pedindo ajuda, e até mesmo itens de subsistência, por suas janelas, da maneira mais consternada e deplorável, mas deve ser acrescentada uma informação. Sempre que os casos dessas pessoas ou famílias eram comunicados ao meu Senhor Prefeito, elas recebiam ajuda.

É verdade, nalgumas casas de gente remediada, mas que talvez tivesse enviado esposas e filhos embora, e dispensado os criados disponíveis (digo que isso aconteceu mesmo para economizar despesas), muitos se trancafiaram por conta própria e, sem receber ajuda, morreram sozinhos.

Um vizinho meu, credor de um lojista na Whitecross Street ou imediações, enviou seu aprendiz de dezoito anos de idade para cobrar a dívida. O rapaz chegou à porta e, encontrando-a fechada, bateu com força. Pensou ter ouvido alguém responder lá dentro, mas não teve certeza; então, após esperar um pouco, bateu de novo, e então uma terceira vez, quando ouviu alguém descendo as escadas.

Enfim o dono da casa veio até a porta. Vestia ceroulas, colete de flanela amarela, mocassins sem meias e touca branca. Em seu rosto, a morte estampada. Abriu a porta e disparou:

– Por que está me importunando assim?

O garoto, um pouco surpreso, respondeu:

– Meu patrão me enviou para buscar o dinheiro. Ele diz que o senhor sabe do que se trata.

– Muito bem, meu filho – responde o fantasma vivo. – Passe na Igreja Cripplegate e peça-lhes para que toquem o sino.

E com essas palavras fechou a porta, subiu os degraus e morreu no mesmo dia, ou melhor, talvez na mesma hora.

Ouvi este relato dos lábios do próprio jovem, por isso tenho motivos para acreditar. A peste não havia chegado ao auge. Acho que foi perto do fim de junho. Deve ter sido antes de surgirem as carroças dos mortos, quando ainda usavam a cerimônia de tocar o sino para os mortos, a qual foi suspensa, com certeza, naquela paróquia ao menos, antes do mês de julho; pois no dia 25 de julho, os óbitos semanais alcançaram 550, e ricos e pobres eram enterrados em valas comuns, indiscriminadamente.

A OCASIÃO FAZ O LADRÃO

Mencionei acima, que, apesar dessa terrível calamidade, um bom número de gatunos, em geral mulheres, atuava em todas as ocasiões em que encontravam vítimas. Certa manhã, por volta das onze horas, eu tinha ido até a casa do meu irmão na paróquia da Coleman Street, como fizera muitas vezes, para ver se tudo estava seguro.

A casa do meu irmão tinha um pequeno pátio frontal, cercado por um murinho de tijolos com um portão, e no terreno havia uns depósitos, que guardavam bens de diversos tipos. Acontece que em um desses armazéns havia vários pacotes de chapéus femininos, fabricados no interior, com destino, suponho eu, à exportação, não sei para qual país.

Fiquei surpreso ao me aproximar do portão da casa, situada num local chamado Swan Alley, e passar por três ou quatro mulheres com chapéus na cabeça. Mais tarde, recordei: uma delas, ou mais de uma, tinha outros chapéus nas mãos. Como eu não as vi saindo da porta do meu irmão, e sem saber que o meu irmão tinha esse tipo de mercadoria em seu depósito, não dirigi a palavra a elas; ao contrário, atravessei a rua para não cruzar por elas, como eu costumava fazer naquele momento, por medo da peste. Ao chegar mais perto do portão, no entanto, topei com outra mulher, com mais chapéus, saindo do portão.

– Que tipo de negócio – interpelei – a madame foi fazer lá dentro?

– Tem mais gente ali – disse ela. – Não fiz mais negócios lá do que elas.

Nisso eu me apressei para chegar ao portão, e não mais lhe dirigi a palavra. Ela aproveitou e deu o fora. Mas, chegando ao portão, vi mais duas atravessando o quintal, prestes a sair, também com chapéus na cabeça e debaixo dos braços; então empurrei o portão atrás de mim, que, tendo uma fechadura de mola, se trancou. E me dirigi às mulheres assim:

– O que as senhoras estão fazendo aqui?

E fui arrancando os chapéus delas.

Uma delas, que, confesso, não parecia uma ladra, declarou:

– Na verdade, estamos erradas, mas nos disseram que eram itens sem dono: temos o prazer de devolvê-los. E lá dentro há mais clientes como nós.

Ela chorou, e fiquei constrangido; então peguei os chapéus dela, abri o portão e as mandei embora, pois na verdade senti pena delas. Mas quando olhei para o armazém, como ela dissera, havia mais seis ou sete mulheres, experimentando chapéus, tão despreocupadas e calmas como se estivessem na loja de um chapeleiro comprando a dinheiro.

Fiquei surpreso, não só por ver tantas ladras, mas pelas circunstâncias em que eu estava; ser obrigado agora a me apresentar diante de tanta gente, após várias e várias semanas de tímido isolamento, a ponto de me encontrar com alguém na rua e atravessá-la só para manter a distância.

Elas ficaram igualmente surpresas, embora por outro motivo. Todas me disseram que moravam no bairro. Tinham ouvido falar que era só chegar e levar, que os chapéus não tinham dono e coisa parecida. No começo engrossei o tom da conversa; voltei ao portão e tirei a chave dele, de modo que todas ficaram minhas prisioneiras; ameacei trancafiá-las no depósito e ir chamar a guarda municipal para prendê-las.

Elas imploraram com todo o coração, protestaram que encontraram o portão aberto e a porta do depósito aberta, e que não tinham dúvidas de que ela fora arrombada por gente que esperava encontrar bens de maior valor. Fui levado a acreditar no relato, pois a fechadura estava quebrada, e o cadeado pendurado do lado externo da porta também estava aberto, e o estoque de chapéus estava praticamente intacto.

No fim das contas, ponderei que não era o momento de ser cruel e rigoroso; e, além disso, entregá-las à polícia exigiria um grande esforço, acompanhar várias pessoas para lá e para cá, gente cujas circunstâncias de saúde eu desconhecia completamente. E àquela altura, a peste estava chegando ao auge, com os óbitos semanais batendo na casa dos quatro mil. Assim, ao mostrar meu ressentimento, ou mesmo ao buscar justiça pelos bens do meu irmão, eu poderia perder minha própria vida. Então me contentei em tomar nota dos nomes e endereços de algumas delas, realmente moradoras do bairro, ameaçando que o meu irmão as chamaria para ouvir um relato sobre aquilo quando voltasse a Londres.

Então aproveitei para dar uma lição nelas e questioná-las. Como eram capazes de fazer isso em plena época de calamidade pública? E, por assim dizer, diante dos julgamentos mais terríveis de Deus, com a peste rondando suas próprias portas e, talvez, já dentro de suas próprias casas? Não sabiam elas que a carroça dos mortos poderia parar em suas portas em poucas horas, para levá-las a suas sepulturas?

Aparentemente durante o tempo inteiro o meu discurso não surtiu muito efeito sobre elas, até que apareceram dois homens do bairro, atraídos pelo tumulto e, conhecendo meu irmão (pois ambos já tinham trabalhado para ele), vieram em meu auxílio.

Os dois eram, como eu disse, vizinhos, e conheciam três das mulheres, e me disseram quem eram, e onde viviam, e parece que antes elas tinham me dado informações verdadeiras sobre si mesmas. Isso me faz lembrar outro fato referente a esses dois cidadãos.

O GAITEIRO SALVO NA HORA "H"

Um deles chamava-se John Hayward, que na época era "subsacristão" da paróquia de St. Stephen, na Coleman Street (naquela época, o subsacristão atuava no transporte e sepultamento dos mortos). Este homem carregava, ou ajudava a carregar, todos os mortos, que eram enterrados naquela grande paróquia e eram levados em cerimônias fúnebres, para seus túmulos. Depois que essa forma de funeral foi interrompida, ele conduzia a carroça dos mortos e o sino para coletar os corpos nas casas onde estavam, e foi pegar muitos desses cadáveres em seus quartos e casas. Afinal de contas, essa paróquia destacava-se, e ainda se destaca, entre todas as paróquias de Londres, pelo número especialmente grande de becos e vias, muito compridas, inacessíveis a carroças e outros veículos. Assim, os transportadores de corpos eram obrigados a resgatá-los e carregá-los por uma distância muito longa, e alguns becos ainda permanecem como testemunho disso: White's Alley, Cross Keys Court, Swan Alley, Bell Alley, White Horse Alley, e muitos outros. Nesses casos, eles usavam uma espécie de carrinho de mão, onde largavam os corpos e os levavam até as carroças. Hayward trabalhava nisso e nunca pegou a doença. Ao terminar a epidemia, viveu por mais vinte anos aproximadamente, permanecendo na função até morrer. A mulher dele na época trabalhava como enfermeira de pessoas infectadas com a peste, e atendeu muitos que morreram na paróquia, e as autoridades paroquiais a recomendavam por sua honestidade. Mas ela também nunca foi infectada.

Ele nunca usou nenhum outro preservador contra a infecção, além de manter alho e arruda na boca e fumar tabaco. Isso eu também ouvi de sua própria boca. E o remédio da mulher dele era lavar a cabeça e salpicar suas toucas com vinagre para mantê-las sempre úmidas; e, se o cheiro de qualquer paciente que ela cuidava fosse mais ofensivo do que o comum, ela espargia vinagre no nariz, salpicava vinagre na touca e tapava a boca com um lenço embebido em vinagre.

Deve-se confessar que, embora a peste ocorresse principalmente entre os pobres, eles eram os mais ousados e destemidos diante dela, e realizavam seus ofícios com uma espécie de coragem brutal: devo chamá-la assim, pois não se fundamentava na religião, nem na prudência. Raramente tomavam qualquer cautela, e estavam sempre prontos para encarar qualquer desafio e fazer qualquer trabalho, por mais arriscado que fosse. Assim era a missão de cuidar dos doentes, vigiar as casas interditadas, transportar as pessoas infectadas ao Hospital dos Pestosos, e, o que era ainda pior, levar os mortos para suas sepulturas.

Foi sob os cuidados deste John Hayward, e dentro de sua zona de atuação, que aconteceu a história do gaiteiro de fole, que tanta alegria proporcionava ao povo, e ele me assegurou que era verdade. O pessoal contava que o flautista era cego, mas John me disse que o sujeito não era cego, mas ignorante, fraco e pobre, e em geral percorria as ruas por volta das dez horas da noite, e saía tocando a gaita de fole de porta em porta. E as pessoas costumavam levá-lo a *pubs* onde o conheciam, e lhe davam comes e bebes, e às vezes algumas moedinhas. Ele, em troca, cantava e soprava sua gaita, ou apenas falava, o que distraía as pessoas; e assim ele ganhava a vida. A pandemia era um momento péssimo para esse tipo de divertimento, como eu disse; mas o pobre coitado não desistia, pois, como de costume, estava quase passando fome. Quando alguém lhe perguntava como ele estava, respondia que a carroça dos mortos ainda não o levara, mas que haviam prometido fazê-lo na próxima semana.

Aconteceu uma noite que esse pobre sujeito, não sei se alguém lhe dera muita bebida ou não (John Hayward disse que ele não tinha bebida em casa, mas que o pessoal lhe dera umas garrafas de bebida a mais do que o usual num *pub* da Coleman Street), e o pobre sujeito, como estava de barriga vazia, talvez há um bom tempo, deitou-se num estábulo ou barraco e dormiu como uma pedra, nas proximidades das Muralhas de Londres, perto de Cripplegate. E que, nesse mesmo estábulo ou barraco, as pessoas da casa da esquina do beco, ouvindo o sino (que sempre soava quando a carroça ia passando), tinham colocado ao lado dele o corpo de uma pessoa realmente morta em decorrência da peste, pensando também que esse pobre coitado fosse um cadáver assim como o outro.

Assim, quando John Hayward apareceu com o sino dele, e a carroça se aproximou, encontrando dois corpos no estábulo, eles os levaram com o carrinho de mão e os trasladaram para a carroça; e tudo isso enquanto o gaiteiro dormia profundamente.

A partir daí foram passando, juntando outros corpos, até que, como o honesto John Hayward me disse, o gaiteiro quase foi soterrado vivo na própria carroça; mas o tempo todo ele dormia profundamente. Por fim, a carroça chegou ao local em que os corpos deveriam ser jogados, que, se não estou enganado, ficava em Mountmill; estacionaram a carroça e, como sempre, demoraram uns instantes se preparando para baldear a melancólica carga. Tão logo a carroça estacou, o sujeito acordou e, à custa de um bom esforço, enfiou a cabeça por entre os mortos e levantou num pulo, bradando:

– Ei, onde estou?

John Hayward levou um susto danado, mas após uma pausa, recuperou o controle e disse:

– Deus nos abençoe! Alguém na carga não estava bem morto!

Então outro coveiro o interpelou:

– Quem é você?

O sujeito respondeu:

– Sou o pobre tocador de gaita de fole. Onde é que eu estou?

– Onde é que o senhor está? – repetiu Hayward. – Ora, está na carroça dos mortos, pronto para ser enterrado.

– Mas não estou morto, por acaso? – responde o gaiteiro, fazendo o pessoal cair na risada, apesar do susto inicial. Então ajudaram o pobre coitado a descer da carroça, e ele foi cuidar de seus afazeres.

Uma outra versão da história conta que ele começou a tocar a gaita na carroça, assustando os sepultadores, que saíram correndo. Mas não foi assim que John Hayward me contou a história; não comentou nada sobre ele ter tocado a gaita e coisa parecida. Só contou que era um pobre gaiteiro e que foi transportado conforme narrado acima, e estou plenamente convencido de que esses fatos são verdadeiros.

O DESPREPARO DAS AUTORIDADES

Aqui convém observar que as carroças dos mortos na cidade não estavam confinadas a paróquias específicas: a mesma carroça passava por várias paróquias, conforme o número de mortos apresentados. Também não havia restrição que os obrigasse a levar os mortos a suas respectivas paróquias; na verdade, muitos mortos coletados na cidade eram levados para locais de enterro extramuros, por falta de espaço.

Já mencionei a surpresa que esse julgamento causou entre o povo. Se me permitem vou fazer umas ponderações sobre a parte mais séria e religiosa. Nunca antes uma cidade, certamente não deste tamanho e magnitude, foi arrebatada em condições de tão perfeito despreparo para uma pandemia tão horrenda, e nisso estou falando de preparativos tanto civis quanto religiosos. Eles agiam, de fato, como se não houvesse qualquer aviso, nenhuma previsão, nenhum receio e, assim, as providências tomadas de modo público foram as mínimas imagináveis.

Por exemplo, o Senhor Prefeito e os delegados não haviam nomeado magistrados para fiscalizar os regulamentos que deveriam ser observados. Não haviam tomado medidas para o alívio dos pobres.

Os cidadãos não tinham depósitos ou armazéns públicos para se abastecer com cereais ou farinha para a subsistência dos pobres. Caso isso tivesse sido providenciado, como é feito nesses casos no exterior, muitas famílias vulneráveis que agora estavam reduzidas às maiores angústias teriam sido aliviadas, de um modo melhor do que poderia ser feito agora.

Quanto às reservas monetárias da cidade, quase nada tenho a dizer. A Câmara de Londres era considerada extremamente rica, e talvez possamos concluir que sim, a levarmos em conta as maciças quantias por ela liberadas para a reconstrução dos edifícios públicos após o incêndio de Londres e na construção de novas obras. Em uma primeira etapa, o Guildhall, o Blackwell Hall, parte de Leadenhall, metade da Exchange, a Session House, o Compter, as penitenciárias de Ludgate, Newgate etc., vários cais, escadas e locais de atracação ao longo do rio, todos os quais foram queimados ou danificados pelo grande incêndio de Londres, no ano seguinte da peste. E, numa segunda etapa, o Monument, o Fleet Ditch com suas pontes e o Hospital de Bethlem ou de Bedlam etc. Mas possivelmente os gestores das finanças municipais naquela época tiveram mais escrúpulos em aplicar o dinheiro dos órfãos a fim de mostrar caridade aos cidadãos necessitados do que os gestores nos anos seguintes a fim de embelezar a cidade e reconstruir os edifícios. Embora, no primeiro caso, os perdedores pensassem que suas fortunas seriam mais bem aplicadas, e a fé pública da cidade estaria menos sujeita a escândalos e críticas.

Convém reconhecer que os cidadãos ausentes, embora tivessem escapado em busca de segurança no interior, ainda assim continuavam muitissimamente interessados no bem-estar dos que ficaram para trás. Não se esqueciam de contribuir liberalmente para o alívio dos pobres, e grandes somas também foram coletadas entre as cidades comerciais nas regiões mais remotas da Inglaterra. Também ouvi falar que a nobreza e a burguesia rural em todas as partes da Inglaterra levaram em conta a deplorável condição da cidade e destinaram grandes somas de dinheiro para caridade ao Senhor Prefeito e aos magistrados para o alívio dos socialmente vulneráveis. O rei também, conforme me disseram, ordenou que mil libras por semana fossem distribuídas em quatro partes: um quarto para a cidade e a liberdade de Westminster; um quarto entre os habitantes da margem do lado de Southwark; um quarto para a liberdade e as partes intramuros, exclusiva para a cidade no limite interno das muralhas; e uma quarta parte para os subúrbios do condado de Middlesex e as partes leste e norte da cidade. Sobre essa última informação estou apenas transmitindo um relato.

Uma coisa é certa: a maior parte dos pobres ou das famílias que antes vivia de seu trabalho, ou do comércio varejista, agora vivia da caridade. Se prodigiosas somas monetárias não tivessem sido doadas por cristãos bem-intencionados e caridosos para o apoio dessa gente, a cidade jamais teria subsistido. Sem dúvida, há registros sobre a caridade desses benfeitores e da justa distribuição dos valores por intermédio dos magistrados. Mas, como muitíssimos desses mesmos oficiais morreram ao distribuir as doações, e também, como me disseram, a maioria dos registros oficiais sobre isso se perdeu no grande incêndio acontecido no ano seguinte, o qual incinerou até o escritório do tesoureiro municipal e muitos de seus documentos, então eu nunca tive acesso aos valores específicos, apesar de meus grandes esforços.

Pode ser, no entanto, um caminho no caso de uma nova pandemia semelhante se aproximar, que Deus proteja a nossa cidade disso. Talvez seja útil observar que, pelo cuidado do Senhor Prefeito e dos vereadores naquele período em distribuir grandes somas semanais de dinheiro para alívio dos pobres, massas foram auxiliadas e tiveram suas vidas preservadas; caso contrário, teriam perecido. E aqui me permita fazer uma breve descrição do caso dos pobres naquela época, o que se pode aprender com isso, o que podemos julgar a partir disso de agora em diante e o que pode ser esperado se uma angústia semelhante recair sobre a nossa metrópole.

A ECONOMIA PARA
– E O CAOS AUMENTA

A peste avançou, e já não havia mais esperanças de que ela não fosse se alastrar pela cidade inteira. Todos que tinham amigos ou propriedades no interior lá se refugiaram com suas famílias. Alguém poderia pensar que a própria cidade estava fugindo portões afora, e que não ficaria ninguém para trás. A partir desse momento, todo o comércio não essencial, exceto aquele relacionado à subsistência imediata, entrou, por assim dizer, em completa quarentena.

Esse assunto é tão pulsante e revelador sobre a real condição do povo, que será bom eu me aprofundar nele. Vou detalhar as várias categorias ou classes de pessoas que entraram em caos imediato nesta ocasião. Por exemplo:

1. Todos os donos de manufaturas, em especial fábricas de ornamentos e de peças de vestuário menos necessárias, acessórios e mobílias; envolvendo ofícios como tecelãs de fitas e outros tecelões, fazedoras de laços dourados e prateados, artesões de joias, costureiras, estilistas, sapateiros, chapeleiros, fabricantes de luvas, também estofadores, marceneiros, carpinteiros, vidraceiros e inúmeros negócios correlatos: todos os donos desses estabelecimentos paralisaram suas atividades, dispensaram funcionários fixos e avulsos, bem como todos os seus dependentes.

2. O transporte de mercadorias entrou em estagnação completa (pois raríssimas embarcações se aventuravam a subir o rio e

nenhuma zarpava). Assim, todos os oficiais extraordinários da alfândega, e também os marujos, carroceiros, carregadores, e todos os pobres cujo trabalho dependia dos comerciantes, viram-se imediatamente demitidos e desempregados.

3. Todos os operários geralmente empregados na construção ou reforma de casas estavam em completa inatividade, pois a necessidade de construir casas era nula num contexto em que tantas mil casas estavam totalmente despojadas de seus habitantes; de modo que essa situação prejudicou todos os trabalhadores comuns desse tipo de negócio, como pedreiros, carpinteiros, marceneiros, gesseiros, pintores, vidraceiros, ferreiros, encanadores, funileiros e todos os operários deles dependentes.

4. Como a navegação estava parada, os nossos barcos não entravam ou saíam como antes, então os marinheiros estavam todos sem emprego, e muitos deles nos últimos e mais degradantes níveis de angústia. E com os marinheiros estavam todos os vários comerciantes e operários pertencentes e dependentes da construção e montagem das naus; como carpinteiros, técnicos de calafetagem, fabricantes de cordas, fabricantes de barris, veleiros, ferreiros de âncoras e outros ferreiros, fabricantes de polias e roldanas, entalhadores, armeiros e quejandos. Os patrões desse pessoal provavelmente conseguiam sobreviver de suas economias, mas os comerciantes estavam universalmente parados e, por conseguinte, com todos os seus funcionários dispensados. Some-se a isso o fato de que o rio estava praticamente sem barcos, e todos ou a maior parte dos barqueiros, balseiros, fabricantes de barcos, balsas e barcaças andavam ociosos e esquecidos.

5. Todas as famílias diminuíram seus gastos o máximo possível, tanto as que fugiram quanto as que ficaram, de modo que um número incontável de trabalhadores avulsos, como lacaios, serventes, artesãos, lojistas, guarda-livros e esse tipo de profissionais, e em especial criadas pobres, foram dispensados, e deixados ao Deus dará, com uma mão na frente e outra atrás, sem emprego e sem habitação; e essa era uma situação realmente sombria.

Acho que eu posso ser mais específico nessa parte; mas basta mencionar que, em geral, com a interrupção de todo o comércio não essencial, a oferta de emprego cessou. O trabalho foi cortado e, com isso, os pobres ficaram sem o pão de cada dia. No começo, os lamentos dos pobres foram tristes de ouvir, mas com a distribuição de caridade, o sofrimento deles foi aplacado. Muita gente, na verdade, refugiou-se no interior, mas milhares deles, que haviam permanecido em Londres até quando puderam, foram levados a sair movidos pelo desespero e colhidos pela morte na estrada, e serviram apenas como mensageiros da morte. Portavam a infecção e desafortunadamente alastraram a peste nas partes mais remotas do reinado.

Um misérrimo desespero tomou conta de muitas dessas pessoas que foram tragadas pela destruição que se seguiu. Pode-se dizer que elas não pereceram pela infecção em si, mas na verdade por suas consequências. Ou seja, a fome e a angústia. A falta de tudo: estavam sem alojamento, sem dinheiro, sem amigos, sem meios para obter o pão de cada dia, sem ninguém para lhes dar. Afinal, muitas delas estavam sem o que chamamos de contratos legais e, portanto, não podiam reivindicar a ajuda das paróquias, e todo o apoio e auxílio que tiveram foi por iniciativa dos magistrados. E para dar o devido crédito aos magistrados, eles se dedicaram a essa tarefa com dedicação. E quem ficou para trás não passou pelo tipo de necessidade e angústia sentido por aqueles que foram embora antes.

Você pode imaginar as multidões de pessoas que obtêm seu alimento diário nesta cidade com o suor de seu trabalho, sejam elas artífices ou meros operários. Imagine então quais seriam as desoladoras condições desta cidade se, de repente, o povo inteiro perdesse os seus empregos, se a demanda por mão de obra cessasse e por um tempo ninguém recebesse seus salários.

Foi exatamente isso que aconteceu naquela época! Se as somas de dinheiro doadas por caridade por gente bem-disposta de todos os tipos, tanto de fora quanto local, não tivessem sido prodigiosamente altas, a paz pública teria escapado das mãos do Senhor Prefeito e dos delegados. Também havia o receio de que o desespero pressionasse o povo a fazer tumultos e a tomar medidas extremas, como saquear as casas dos ricos e pilhar os mercados de provisões. Nesse caso, o povo do interior, que trazia seus hortifrútis com muita liberalidade e coragem para a cidade, teria ficado aterrorizado e parado de abastecer a cidade, a qual teria afundado numa fome inexorável.

Mas a prudência de meu Senhor Prefeito e da câmara de vereadores, no âmbito da cidade, e dos juízes de paz nas regiões de fora da cidade, foi tamanha, e o povo foi tão bem apoiado com dinheiro oriundo de todas as partes, que os pobres foram mantidos calmos, e suas necessidades em todos os lugares foram supridas, até onde era possível supri-las.

Além disso, duas coisas contribuíram para evitar que a multidão fizesse quaisquer danos ou delinquências. Primeiro: os próprios ricos realmente não tinham armazenado provisões em suas casas, como de fato deveriam ter feito, e se eles tivessem sido sábios o suficiente para fazer um isolamento em suas casas. Os poucos que assim fizeram tiveram mais chances de escapar da doença com eficácia. Mas como não fizeram isso, então a plebe não contava encontrar estoques de provisões caso tivesse promovido arrastões nas residências. Claro, em certas ocasiões isso ficou muito próximo de acontecer. Se isso tivesse acontecido, teria sido a pá de cal para selar a ruína da cidade, pois não havia tropas operacionais para conter a turba, nem grupos táticos poderiam ter sido formados para defender a cidade, já que não se encontrava homem algum capaz de portar armamentos.

Mas a vigilância do Senhor Prefeito e desses magistrados que estavam disponíveis (pois alguns, mesmo entre os vereadores, estavam mortos, e outros ausentes) impediu isso; e conseguiram isso com os métodos mais bondosos e gentis que puderam imaginar, especialmente com um auxílio em dinheiro para os mais desesperados e conseguindo trabalho para uma parte deles, na função de vigiar casas que estavam infectadas e interditadas. E como o número dessas casas era muito grande (pois corria a informação de que esse número alcançou dez mil casas interditadas, e cada casa tinha dois vigias para guardá-la, a saber, um vigia diurno e outro noturno), isso beneficiou um grande número de desempregados.

As criadas e empregadas demitidas de suas funções foram contratadas como enfermeiras para cuidar dos doentes em todos os lugares, e isso empregou um grande número delas.

E esse fato, embora melancólico, por outro lado foi uma libertação a seu modo, ou seja, a peste, que grassou terrivelmente desde meados de agosto até meados de outubro, matou nesse período trinta a quarenta mil dessas mesmas pessoas, as quais, sem esses trabalhos, certamente teriam sofrido penúrias em decorrência de sua pobreza. Em outras palavras, a cidade inteira não as teria sustentado, nem lhes fornecido alimento, e elas teriam sido obrigadas pela necessidade a saquear a própria cidade, ou o campo adjacente, como meio de subsistência, o que teria transformado, mais cedo ou mais tarde, a nação inteira, assim como a cidade, num caos de confusão e terror.

A SUBNOTIFICAÇÃO DOS CASOS

Essa situação calamitosa tornou o povo bastante humilde. Àquela altura, por nove semanas seguidas, o número diário de óbitos superava a casa dos mil, dia após dia. Isso de acordo com as estatísticas oficiais. Mas tenho razões para crer que elas continham um bom grau de subnotificação. Era tanta a confusão, com as carroças trabalhando à noite para transportar os mortos, que em certos locais os dados não eram sequer registrados, que dirá repassados. Os clérigos e sacristãos pararam o atendimento por várias semanas, e o número exato dos mortos transportados se perdeu. Os números oficiais informavam o seguinte:

ÓBITOS NO AUGE DA PESTE

Semana de 1665	Óbitos de todas as doenças	Óbitos decorrentes da peste
8 a 15 de agosto	5.319	3.880
15 a 22 de agosto	5.568	4.237
22 a 29 de agosto	7.496	6.102
29 de agosto a 5 de setembro	8.252	6.988
5 a 12 de setembro	7.690	6.544
12 a 19 de setembro	8.297	7.165
19 a 30 de setembro	6.460	5.533
27 de setembro a 3 de outubro	5.720	4.979
3 a 10 de outubro	5.068	4.327
TOTAIS	**59.870**	**49.705**

Esses são os óbitos registrados oficialmente nesses dois meses; o número total de mortos pela peste alcançava 68.590; nesses dois meses chegou a quase cinquenta mil. Arredondei para cinquenta mil, pois faltaram apenas 295 para alcançar este número segundo os dados oficiais neste período de dois meses e dois dias.

Ora, quando eu afirmo que as autoridades paroquiais não forneciam números completos, ou que esses números não eram confiáveis, basta pensar como seria possível alguém manter a exatidão nesse período de terrível aflição, em que muitos desses mesmos funcionários adoeciam e morriam antes de esses dados serem registrados (eu me refiro aos funcionários das paróquias ou oficiais inferiores). Afinal de contas, esses pobres homens corriam toda sorte de riscos e não estavam isentos da calamidade, ainda mais se considerarmos que a paróquia de Stepney empregou ao longo daquele ano 116 sacristãos, coveiros e seus ajudantes, ou seja, sepultadores, sineiros e condutores das carroças para o transporte dos cadáveres.

De fato, a natureza desse trabalho não lhes permitia o tempo livre para fazer um relato exato dos corpos, que eram todos amontoados no escuro dentro de uma vala, e ninguém podia se aproximar dessa vala ou trincheira sem correr um grandíssimo perigo. Observei que muitas vezes, nas paróquias de Aldgate, Cripplegate, Whitechapel e Stepney, havia quinhentos, seiscentos, setecentos e oitocentos óbitos semanais, enquanto que, se fôssemos dar crédito à opinião daqueles que moraram na cidade o tempo todo, assim como eu, o número verdadeiro foi de dois mil óbitos semanais nessas paróquias. E vi nas mãos de alguém que fez um exame tão estrito quanto possível que realmente morreram cem mil pessoas da peste naquele ano; enquanto, pelas estatísticas oficiais, os óbitos da peste somaram apenas 68.590.

Se me permitem dar a minha opinião, com base no que eu vi com meus próprios olhos, e ouvi de outras pessoas que foram testemunhas oculares, eu realmente acredito nos números não oficiais. Ou seja, morreram pelo menos cem mil pessoas em decorrência especificamente da peste, afora outras doenças, e afora as que morreram em campos, estradas e lugares secretos, fora do alcance das comunicações, como se dizia, e que não foram registradas nas contas, embora realmente pertencessem ao corpo dos habitantes. Era sabido e consabido que muitas dessas pobres criaturas desesperadas que portavam a doença, estupidificadas e mergulhadas na melancolia por seu sofrimento (como aconteceu com muita gente), dispersavam rumo a campos e bosques, e para destinos desconhecidos, onde rastejavam para dentro de um arbusto ou de uma cerca-viva, e ali morriam.

Moradores das aldeias vizinhas sentiam pena deles e lhes forneciam comida a distância, para que os doentes pudessem buscá-la, se pudessem; e às vezes eles não conseguiam. E na próxima vez que iam olhar encontravam os pobres miseráveis estirados, mortos, sem terem sequer tocado a comida. Esses pobres coitados somavam uma multidão enorme; e ouvi falar de tanta gente que pereceu assim, e exatamente onde, que acho que eu poderia encontrar o local exato e ainda desenterrar seus ossos. Afinal de conta, os habitantes do campo cavavam um buraco longe dos cadáveres e, com a ajuda de varas com ganchos na ponta, arrastavam os corpos para esses buracos e depois os cobriam de terra, na medida do possível, sempre atentos à direção de onde o vento soprava, e ficando do lado que os marinheiros chamam de "barlavento", ou seja, de onde o vento sopra, para que assim o cheiro dos corpos fosse soprado na direção contrária. E assim muita gente acabava morrendo sem registro e ficava de fora das estatísticas oficiais de mortalidade.

De fato, fiquei sabendo disso, principalmente, apenas com base no relato de outras pessoas; pois eu raramente caminhava nos campos, exceto em direção a Bethnal Green e Hackney, ou como aconteceu a seguir. Mas, quando eu andava, sempre via muitos pobres andarilhos ao longe, mas pouco sabia de seus casos; pois, nas ruas ou nos campos, se avistávamos alguém vindo, o método geral era se afastar. Entretanto, acredito que o relato é a pura verdade.

Já que isso me levou a mencionar minhas andanças pelas ruas e campos, não posso deixar de observar como, naquela época, a cidade se tornara um local de desolação. A grande rua em que eu morava, conhecida por ser uma das mais amplas de todas as ruas de Londres (incluindo subúrbios, liberdades, todo o setor em que os açougueiros viviam, especialmente fora dos muros da cidade), mais parecia um campo verde do que uma rua pavimentada; e em geral o pessoal circulava a cavalo ou em carroças. É verdade que o fim da rua, perto da Igreja Whitechapel, não era sequer pavimentado, mas até a parte pavimentada também estava cheia de grama. Mas isso não causava estranheza, já que as grandes ruas da cidade, como Leadenhall Street, Bishopsgate Street, Cornhill e até a própria Exchange tinham grama crescendo nelas em vários pontos. Nem carroças ou carruagens eram vistas nas ruas de manhã à noite, à exceção de algumas carretas vindas do campo para trazer tubérculos e feijões, ervilhas, feno e palha ao mercado, mas raríssimas em comparação ao que era habitual. Quanto a carruagens, eram raramente usadas, a não ser para transportar doentes ao Hospital dos Pestosos e outros hospitais, e algumas poucas para levar médicos a lugares que eles se aventuravam a visitar. Carruagens eram ambientes perigosos, e as pessoas não se arriscavam a embarcar nelas, porque não tinham ideia de quem haviam sido os últimos passageiros; e normalmente os infectados eram, como eu disse, transportados nelas ao Hospital dos Pestosos; e, às vezes, faleciam durante o traslado.

Uma coisa é verdade. Quando a infecção atingiu um nível tão alto como o que eu acabo de mencionar, raríssimos médicos mostravam interesse em visitar as casas dos doentes, e muitos dos mais eminentes membros dessa profissão tinham morrido, bem como os cirurgiões. Passávamos realmente por um momento sombrio, ao ponto que durante um mês inteiro, sem levar em conta as estatísticas oficiais de mortalidade, acredito que diariamente morriam não menos que 1.500, 1.700 pessoas, em média.

Durante todo esse tempo, um dos piores dias que tivemos, penso eu, foi no início de setembro, quando a boa gente começou a crer que Deus estava decidido a dar um fim completo ao povo desta sofrida cidade. Foi nessa época que a peste se alastrou arrasadoramente pelas paróquias da parte leste da cidade. A paróquia de Aldgate, na minha humilde opinião, enterrou mais de mil por semana por duas semanas, número superior às estatísticas oficiais; e o ritmo da infecção era tão sombrio que o cerco foi se fechando: a cada vinte casas, apenas uma não estava infectada. Nas Minories, em Houndsditch e naquelas partes da paróquia de Aldgate perto de Butcher Row (Ala dos Açougueiros) e as ruelas no meu entorno – eu afirmo que nesses lugares a morte reinava em todos os cantos. A paróquia de Whitechapel estava na mesma condição, e embora menor do que a paróquia em que eu morava, ainda enterrava perto de seiscentos corpos por semana, pelas estatísticas oficiais, e na minha opinião quase o dobro. Famílias inteiras, ou melhor, ruas inteiras foram varridas do mapa, de uma só vez. Assim, era comum os vizinhos chamarem a carroça dos mortos para ela passar nessa ou naquela casa e fazer a coleta, pois todas as pessoas da casa estavam mortas.

DEMORA NA REMOÇÃO
DOS CORPOS

Súbito o trabalho de remover os cadáveres com as carroças cresceu de um modo tão odioso e perigoso. Reclamações sobre a demora do serviço começaram a espocar. Em algumas casas, os carregadores não tinham o cuidado de verificar bem todos os cômodos e onde todos os habitantes estavam mortos, ficando assim alguns dos corpos para trás, até que as famílias vizinhas sentissem o fedor e, consequentemente, acabassem infectadas. E essa negligência dos oficiais era tanta, que os curadores da igreja e policiais foram convocados para cuidar dela; e até os juízes das aldeias sem igreja própria eram obrigados a arriscar suas vidas no meio deles, para animá-los e incentivá-los; pois inúmeros carregadores acabavam perecendo da doença, infectados pelos cadáveres dos quais eram obrigados a se aproximar tanto. E como era grande o número de pessoas necessitadas que precisava de emprego, e do pão de cada dia, como eu já disse, isso os levava a aceitar qualquer trabalho e a arriscar qualquer coisa, caso contrário eles nunca teriam encontrado pessoas para serem empregadas; e então os corpos dos mortos teriam ficado acima do solo, deteriorando-se e apodrecendo de uma maneira terrível.

Mas nisso é preciso reconhecer o mérito dos magistrados, pois eles mantiveram uma boa organização para o enterro dos mortos. Tão logo algum desses contratados para levar e enterrar os mortos adoecia ou morria (como aconteceu bastante), imediatamente era providenciada a substituição. Isso não era tarefa difícil por conta do grande número de pobres que tinham ficado desempregados, como expliquei acima. Um número infinito de pessoas morreu e adoeceu numa onda, mas os corpos sempre eram transportados e enterrados todas as noites. E é por isso que nunca se poderá dizer de Londres que os vivos não foram capazes de enterrar os mortos.

A desolação crescia naqueles tempos terríveis, o espanto aumentava na forma de mil coisas inexplicáveis: o povo, na violência de seu pavor; os infectados, na agonia de sua doença. Essa parte foi muito impactante. Alguns saíam pelas ruas bramindo, chorando e retorcendo as mãos; outros rezando com as mãos para o céu, clamando misericórdia a Deus. Sintoma de desorientação? Talvez. Seja como for, indicava seriedade e uso do bom senso, e ainda era muito melhor ouvir as rezas do que os gritos e choros assustadores pelas ruas, noite após noite. Imagino que o mundo já tenha ouvido falar de Solomon Eagle, o famoso cancioneiro. Seu corpo escapou da infecção, mas a cabeça dele, não. Uma coisa horripilante! Completamente nu, saía pelas ruas denunciando o julgamento da cidade, com uma panela de carvão em brasa na cabeça. O que ele dizia ou pretendia, de fato, nunca fiquei sabendo direito.

E o que dizer daquele clérigo de Whitechapel? Não sei se ele havia perdido ou não o juízo, ou se fazia isso por genuíno zelo pela gente pobre que todas as noites saía pelas ruas. Ele erguia as mãos e repetia sem parar este trecho da liturgia da igreja: "Poupe-nos, bom Deus; poupe o seu povo que o Senhor redimiu com o Seu mais precioso sangue". Não estou em condições de entrar em detalhes; esses fatos sombrios se descortinavam quando eu espiava pelas janelas de meu quarto. Raramente eu abria os batentes enquanto estive confinado dentro de casa durante a mais violenta fúria da pestilência, quando muita gente inclusive começou a pensar, e até mesmo a dizer, que não haveria escapatória para ninguém. Também comecei a pensar isso e me enfurnei por quinze dias, sem tirar o pé de casa. Mas não aguentei mais. Além disso, um grupo de pessoas, apesar do perigo, não deixou de participar publicamente do culto a Deus, mesmo no período mais perigoso. Um grande número de clérigos fechou suas igrejas e fugiu, como outras pessoas o fizeram, em prol da segurança de suas vidas, mas nem todos eles seguiram esse critério. Alguns se aventuravam a rezar missa e a manter as assembleias do povo, por meio de orações constantes, e às vezes sermões ou breves exortações ao arrependimento e à reforma; e isso enquanto os fiéis os ouvissem. E os dissidentes protestantes também fizeram o mesmo, e até nas paróquias onde os pastores tinham morrido ou fugido; nem havia espaço para fazer qualquer diferenciação num momento como aquele.

Realmente era transtornador ouvir os tristes lamentos das pobres criaturas moribundas clamando por pastores para confortá-las e orar com elas, para aconselhá-las e orientá-las, rogando a Deus por perdão e misericórdia, confessando em voz alta seus pecados antigos. Era de fazer sangrar o mais forte dos corações ouvir os avisos dos penitentes moribundos para que os outros não adiassem e postergassem seus arrependimentos para o dia do calvário; uma hora assim tão calamitosa não era hora para arrependimentos, não era hora de invocar a Deus. Oxalá eu pudesse reproduzir os gritos e gemidos que escutei de algumas dessas pobres criaturas moribundas no auge de sua agonia e aflição. Assim, a leitora e o leitor poderiam escutá-los, como agora eu imagino escutá-los, pois os sons ainda parecem ecoar em meus ouvidos.

Se eu ao menos conseguisse contar essa parte com detalhes comoventes, capazes de tocar a própria alma dos leitores, eu me regozijaria por ter feito esses registros, por mais breves e imperfeitos.

Agradava a Deus que eu ainda fosse poupado, e muito bem-disposto, com boa saúde, mas muito impaciente de ficar trancafiado dentro de casa, sem ar puro, como eu estava já há mais de catorze dias. E não pude mais me conter, então fui ao correio enviar uma carta a meu irmão e encontrei as ruas imersas em profundo silêncio. Chegando ao correio, fui postar minha carta e avistei um senhor parado num canto do pátio, conversando com outro numa janela; um terceiro tinha aberto a porta que pertencia ao escritório. No meio do pátio havia uma pequena bolsa de couro, com duas chaves penduradas e dinheiro; mas ninguém se arriscava a tocar naquilo. Perguntei há quanto tempo estava lá. O homem na janela disse que fazia uma hora, mas ninguém se intrometeu, pois achavam que a pessoa que deixou cair voltaria atrás do objeto. Eu não tinha essa necessidade de dinheiro, nem a quantia era tão grande que me desse a tentação de mexer nele ou obter dinheiro com o risco de que ele estivesse contaminado. Fiz menção de me afastar, quando o homem que tinha aberto a porta anunciou que pegaria o dinheiro somente para guardar e, caso o dono certo viesse buscá-lo, não perderia a viagem. Então entrou, pegou um balde d'água e o colocou com ímpeto ao lado da bolsa, depois foi novamente buscar pólvora, polvilhou bastante na bolsa e em seguida fez um rastilho a partir do ponto em que havia espargido sobre a bolsa (o rastilho de pólvora atingiu uns dois metros). Sumiu uma terceira vez e voltou com uma pinça em brasa, a qual ele havia preparado, imagino, para aquele propósito; primeiro ateou fogo no rastilho de pólvora, que chamuscou a bolsa e também deixou o ar bastante defumado. Não contente com isso, pegou a bolsa com a pinça e a segurou até a pinça queimar a bolsa, então a chacoalhou e fez o dinheiro cair no balde d'água: e foi assim que ele o levou para dentro. Se bem me recordo, o dinheiro somava cerca de treze xelins e uns centavos.

Talvez outras pessoas tivessem se arriscado pelo dinheiro. Mas você pode perceber facilmente com base em minhas observações que as poucas pessoas que foram poupadas eram muito cuidadosas consigo mesmas nesse período de excessiva angústia.

O BARQUEIRO

Quase na mesma época, saí caminhando pelos campos rumo às bandas de Bow, pois eu estava muito curioso para ver como as coisas estavam sendo gerenciadas no rio e entre os barcos. Como eu tinha algum conhecimento no ramo, algo me dizia que uma das melhores maneiras de alguém se proteger da infecção era se refugiar num barco. E, pensando em matar a minha curiosidade nesse ponto, contornei os campos, de Bow a Bromley, e até Blackwall, nas escadarias que ali existem para embarque e desembarque.

Deparei-me então com um senhor desprovido caminhando solitariamente na margem, ou "muralhas marinhas", como o pessoal diz. Também vaguei um pouco por ali e notei que as casas estavam todas fechadas. Até que resolvi puxar conversa, a distância, com esse pobre homem. Primeiro, perguntei como as pessoas estavam indo no bairro.

– Ai de mim, meu senhor! Uma desolação, todo mundo morto ou doente; poucas famílias restaram por aqui ou naquela aldeia – ele gesticulou na direção de Poplar –, onde a metade que ainda não morreu está doente.

Apontou para uma casa e comentou:

– Estão todos mortos, mas a casa está aberta, ninguém se arrisca a entrar nela. Um ladrão, coitado, se aventurou a roubar algo, mas pagou caro por seu roubo. Também foi levado ao cemitério, ontem à noite.

Em seguida apontou para várias outras casas.

– Lá todo mundo morreu, o casal e os cinco filhos. Ali estão interditados, pode ver que tem um vigia na porta.

Percebi que isso acontecia com outras casas também. Indaguei:

– Mas por que o senhor anda por aqui sozinho?

– Porque sou pobre e desolado: por vontade de Deus, eu ainda não estou infectado, mas a minha família está, e um de meus filhos já morreu.

– Como sabe, então, que não está infectado?

– Bem, aquela é a minha casa – e apontou para uma casinha de aluguel –, onde a minha pobre esposa mora com nossos dois filhos, se é que eu posso dizer isso, pois ela e um de meus filhos foram infectados, mas eu não entro lá.

E nisso eu vi as lágrimas escorrendo copiosamente no rosto dele; e não pude conter as minhas, posso lhe garantir.

– Mas por que o senhor não visita a família? Como é que abandonou o sangue de seu sangue?

– Ai, meu senhor! Deus que me perdoe! Eu não os abandonei, eu trabalho para eles o máximo que posso; e bendito seja Deus! Nada lhes falta.

Ergueu o olhar aos céus, e o semblante dele realmente me confirmou que eu não falava com um hipócrita, mas com um homem sério, religioso e bondoso. Mesmo na condição em que estava, afirmou, com gratidão, que a família dele não passava necessidade. Respondi:

– Bem, o senhor é honesto. Isso é uma grande misericórdia na atual conjuntura. Mas como o senhor se sustenta e como evita a horrível calamidade que hoje recai sobre todos nós?

– Ora, meu amigo, sou barqueiro, e lá está o meu barco, e é nele que estou morando. Trabalho nele durante o dia e durmo nele à noite. E o que eu ganho eu deixo em cima daquela pedra.

Apontou uma grande rocha do outro lado da rua, a uma boa distância da casa da família dele, e prosseguiu:

– Então eu chamo a minha gente, eles escutam e vêm buscar.

– Mas como o senhor ganha dinheiro como barqueiro? Alguém anda de barco nesta época?

– Sim, meu senhor, estou contratado. Está vendo aquelas cinco naus ancoradas rio abaixo? E aquela fileira de oito ou dez naus também ancoradas rio acima? Todos esses barcos têm famílias a bordo, de seus comerciantes e donos, e esse povo resolveu se isolar nos barcos e morar a bordo, por medo da infecção. Sou eu que levo e trago coisas e cartas para eles, faço o essencial, para que não sejam obrigados a desembarcar. E, todas as noites, eu amarro o meu barco a par daqueles barcos e lá eu durmo sozinho e, bendito seja Deus, até agora fui preservado.

— Bem, mas eles o deixam subir a bordo sabendo que o senhor esteve em terra firme e andou por lugares tão terríveis e infectados?

— Ora, eu raramente subo a bordo. Encosto na lateral do barco deles, e eles içam a encomenda a bordo. Mesmo se eu subisse a bordo, acho que eles não correriam perigo, porque nunca entro em casa alguma em terra firme, nem toco em ninguém, não, nem nas pessoas de minha própria família, eu só busco provisões para eles.

— Mas o senhor conseguiu esses víveres de alguém, e como toda essa parte da cidade está infectada, é perigoso até mesmo falar com outras pessoas. Esta aldeia é, digamos assim, o começo de Londres, embora esteja a certa distância.

— Verdade, mas acho que o senhor não me entendeu direito. Eu não compro provisões para eles aqui. Vou remando rio acima até Greenwich e compro carne fresca lá, e às vezes desço o rio até Woolwich e faço as compras por lá. Vou parando nas fazendas no distrito de Kentish, onde o pessoal já me conhece, e ali eu compro aves, ovos e manteiga, e levo para as naus conforme a encomenda, às vezes um, às vezes outro. Eu raramente piso em terra firme aqui, e só agora eu vim chamar a minha esposa e saber como minha pequena família vai indo, e repassar um pouco de dinheiro que recebi ontem à noite.

— Coitado! E quanto você conseguiu para eles?

— Quatro xelins, o que é uma grande soma, do jeito que as coisas andam para os pobres. Mas também me deram um saco de pão, um peixe salgado e um pouco de carne: então tudo ajuda.

— Bem, e você já deu a eles?

— Ainda não, mas fiz o chamado, e a minha esposa respondeu que ela só podia sair daqui meia hora, e estou esperando por ela. Pobre de minha mulher! Anda triste e abatida, teve um inchaço que rompeu, e espero que ela se recupere, mas receio que a criança morra. Está nas mãos de Deus!

Súbito desatou a chorar. Eu ponderei:

– Bem, meu caro, o jeito é se conformar e se resignar à vontade divina. Ele está colocando todos nós em provação.

– Ah, meu amigo! Vai ser uma misericórdia infinita se algum de nós for poupado; mas quem sou eu para me afligir!

– Não fale assim, bom homem. A minha fé não chega aos pés da sua!

E o meu coração se confrangeu, sentindo realmente o quanto a fé desse pobre homem, que corria tantos perigos, estava mais bem alicerçada do que a minha. Ele não tinha lugar algum para fugir; era responsável por cuidar de uma família, coisa que eu não tinha; a minha fé era mera presunção, a dele, uma confiança verdadeira e uma coragem que repousavam em Deus. Mesmo assim, ele recorria a todas as cautelas possíveis a bem da própria segurança.

Afastei-me um pouco do homem enquanto esses pensamentos me envolviam; como ele, eu já não conseguia mais conter as lágrimas. Por fim, após mais um pouco de conversa, a pobre esposa abriu a porta e chamou:

– Robert, Robert!

Ele respondeu e acenou para que ela esperasse um minuto até ele voltar. Então ele desceu as escadas até o barco e pegou um saco que continha as provisões trazidas dos outros barcos. Ao voltar, chamou de novo, foi até a pedranceira, esvaziou o saco, deixou tudo ali, num montinho, e se afastou. A esposa veio com um garotinho para buscá-los; e ele fez uma saudação, e falou, capitão fulano mandou tal coisa e capitão sicrano tal coisa, e no final acrescentou:

– Deus enviou tudo: dê graças a Ele.

A pobre senhora recolheu tudo nos braços, mas estava tão fraca que não conseguiu carregar tudo, embora o peso também não fosse grande. Então ela deixou os biscoitos, que estavam numa sacolinha, e deixou o garotinho cuidando até que ela voltasse.

Eu não contive a curiosidade:

– Mas, afinal, o senhor também deu os quatro xelins para ela, que o senhor disse que era o pagamento semanal?

– Sim, sim. Preste atenção.

Então ele a chamou de novo, desta vez pelo nome:

– Rachel, Rachel! Pegou o dinheiro?

Ela respondeu:

– Sim.

– Quanto era?

– Quatro xelins e oito centavos – foi a resposta.

– Certo, certo. Que o Senhor cuide de todos vocês.

Então ele se virou para ir embora.

A história desse homem me comovera, comecei a chorar, e isso despertou a minha caridade. Quis ajudar e o chamei de volta.

– Venha cá, meu bom amigo. Acredito que estejas em boa saúde e eu possa me aproximar.

Nisso estendi a mão que estava em meu bolso pouco antes.

– Tome aqui, chame a sua Rachel mais uma vez, e dê a ela um pouco mais de conforto de minha parte. Deus nunca abandonará uma família que confia n'Ele como a vossa.

Então dei a ele outros quatro xelins, e orientei para que ele os colocasse na pedra e chamasse a esposa. Não tenho palavras para expressar a gratidão do pobre senhor; nem ele poderia expressar de maneira melhor, pois lágrimas escorriam em seu rosto. Chamou a mulher e contou a ela que Deus comovera o coração de um estranho, ao saber da situação deles, e lhes dera todo aquele dinheiro em dobro.

A mulher também fez gestos de gratidão, tanto aos céus quanto a mim, e pegou o dinheiro com alegria. Eu me despedi sem dinheiro no bolso, mas com a certeza de que fizera o melhor investimento do ano.

SUBINDO O RIO ATÉ GREENWICH

Perguntei então ao pobre barqueiro se a doença não havia chegado a Greenwich. Respondeu que não, até quinze dias antes não havia; mas agora ele temia que sim, talvez só no final da cidade, que ficava ao sul, rumo a Ponte Deptford. Ele só frequentava o açougue e uma mercearia, onde comprava as encomendas que lhe faziam, mas tomava muito cuidado.

Perguntei-lhe então por que cargas d'água aquela gente que se isolara nos barcos não tinha guardado um estoque suficiente de todos os produtos necessários. Ele falou que alguns tinham feito isso, mas outros não; embarcaram mais tarde, apavorados, quando já era perigoso demais procurar os fornecedores certos para conseguir os víveres em quantidade. Contou-me que ajudava dois barcos, que ele me mostrou, que só tinham estocado bolachas e cerveja, e que comprava quase tudo para eles. Perguntei-lhe se havia mais barcos que se isolaram como aqueles. Disse-me que sim; dali até Greenwich, e às margens de Limehouse e Redriff, todos os barcos que conseguiram espaço livre ancoraram, de dois em dois, no meio do rio, alguns deles com várias famílias a bordo. Perguntei-lhe se a peste não os alcançara. Acreditava que não, exceto duas ou três naus, cuja tripulação cometera deslizes, leia-se, os marujos davam escapadelas à terra firme. Contou que era agradável aos olhos avistar os barcos ancorados perto de Pool.

Nisso ele me disse que estava indo a Greenwich assim que a maré começasse a entrar, e perguntei se ele me deixaria ir com ele e depois me traria de volta, porque eu tinha uma vontade muito grande de ver como os barcos estavam organizados, como ele havia me descrito. Ele me disse que se eu lhe desse a minha palavra de cristão honesto de que eu não tinha a peste, ele me levaria. Eu lhe garanti que estava sadio; que agradava a Deus me preservar; que eu morava em Whitechapel, mas estava impaciente demais por ficar tanto tempo encerrado dentro de casa, e que eu havia me aventurado tão longe para respirar um pouco de ar fresco, mas que ninguém na minha casa havia se contaminado.

– Bem, o senhor se comoveu e foi caridoso comigo e com a minha pobre família. Uma pessoa piedosa assim certamente não embarcaria comigo se não estivesse saudável. Caso contrário, isso seria o mesmo que me aniquilar e arruinar toda a minha família.

O pobre coitado me emocionou ao falar de sua família com tanto carinho e sensatez, que pensei em desistir da ideia. Eu disse-lhe que abriria mão de minha curiosidade para não o deixar inquieto, embora estivesse convicto de não estar contaminado pela doença e muito grato por estar tão sadio quanto o homem mais bem-disposto do mundo. No fim, ele não aceitou a minha desistência e, para me provar o quão confiante ele estava de ficar ao meu lado, passou a insistir para que eu embarcasse. Assim, quando a maré chegou ao barco dele, subi a bordo, e ele me levou até Greenwich. Enquanto ele comprava as coisas de que precisava, caminhei até o topo da colina, em cujo sopé fica a cidade, em seu lado oriental. Que bonita vista do rio! Uma longa fileira de naus estava ancorada, de duas em duas; em alguns trechos, tomando toda a largura do rio, e isso não só perto da cidade, entre as casas que chamamos de Ratcliff e Redriff, e que eles chamam de Pool, mas inclusive rio abaixo, no porto de Long Reach, ao horizonte, até onde as colinas nos permitiam avistar.

Impossível adivinhar o número de barcos, mas acho que eram centenas; não pude deixar de aplaudir o artifício, pois mais de dez mil pessoas envolvidas no transporte marítimo e fluvial estavam ali, certamente protegidas da violência do contágio, muito seguras e muito tranquilas.

Voltei para casa muito satisfeito com a minha jornada e, em especial, com meu novo amigo barqueiro; também me alegrei ao ver que esses barcos serviam como pequenos santuários a tantas famílias numa época de tanta desolação. Também observei que, com o recrudescimento da epidemia, os barcos com famílias a bordo foram se distanciando cada vez mais em direção ao mar, ancorados em portos e cais seguros na costa norte, em busca de uma situação melhor.

Também é verdade que todas as pessoas que deixavam a terra firme e moravam a bordo das naus não estavam plenamente a salvo da infecção; muitas morriam e eram jogadas ao rio, algumas em caixões, e outras, me disseram, sem caixões, e os corpos eram vistos às vezes subindo e descendo, conforme a maré no rio.

Mas posso me aventurar a dizer que esses barcos só foram infectados quando as pessoas se refugiaram a bordo tardiamente; escaparam para o barco já infectados com a peste, embora talvez não o percebessem. Ou seja, não pegaram a peste nos barcos, mas já embarcaram com ela. Ou também nos casos em que os pobres barqueiros, sem tempo de fazer provisões, eram obrigados a ir frequentemente à terra firme para comprar víveres ou permitiam que outros barcos lhes trouxessem as coisas; e assim a peste foi trazida imperceptivelmente ao seu meio.

O ESTRANHO COMPORTAMENTO DOS LONDRINOS

E aqui não posso deixar de notar que o estranho comportamento dos londrinos naquela época contribuiu muito para a sua própria destruição. A peste começou, como observei, na outra ponta da cidade (ou seja, em Longacre, Drury Lane etc.) e seguiu rumo à cidade de modo lento e gradativo. Foi percebida primeiro em dezembro, depois em fevereiro e novamente em abril (sempre em níveis baixos), então parou até maio, e na última semana de maio tínhamos apenas dezessete registros em toda aquela região. E nesse tempo inteiro, até a soma de óbitos alcançar 3 mil por semana, ainda assim o povo em Redriff, Wapping e Ratcliff, nas duas margens do rio, e quase toda a área de Southwark, alimentava a certeza de que não seria infectado, ou ao menos que a peste não seria tão violenta entre eles. Algumas pessoas imaginavam que o cheiro do breu e do alcatrão, e outras coisas, como óleo, resina e enxofre (muito usado em todos os negócios relacionados a embarcações) os preservaria. Outros argumentavam que não pegariam a peste, porque a doença estava em sua extrema violência em Westminster e na paróquia de St. Giles e St. Andrew etc., e começara a diminuir antes de surgir entre eles, o que era parcialmente verdadeiro. Por exemplo:

EVOLUÇÃO DA PESTE EM MEADOS DE AGOSTO

PARÓQUIA	ÓBITOS de 8 a 15 de agosto	ÓBITOS de 15 a 22 de agosto
St. Giles-in-the-Fields	242	175
Cripplegate	886	847
Stepney	197	273
St. Margaret's Bermondsey	24	36
Rotherhithe	3	2
TOTAL SEMANAL	**4.030**	**5.319**

Observe que os números mencionados na paróquia de Stepney foram registrados geralmente na parte em que essa paróquia fazia divisa com Shoreditch, que hoje chamamos de Spittlefields, onde a paróquia de Stepney encosta nos muros do cemitério de Shoreditch. E a peste nessa época diminuíra em St. Giles-in-the-Fields e alcançara o auge nas paróquias de Cripplegate, Bishopsgate e Shoreditch Parishes, mas o número de óbitos semanais pela peste não alcançou dez pessoas nessa parte da paróquia Stepney que abarca Limehouse, Ratcliff Highway e que agora compreende as paróquias de Shadwell e Wapping, até St. Katherine's-by-the-Tower, até o fim do mês de agosto expirar. Mas pagaram por isso depois, como vou descrever aos poucos.

Isso, é preciso dizer, deixou o povo de Redriff e Wapping, Ratcliff e Limehouse tão seguro de si, que eles se gabavam de que a peste tinha ido embora sem alcançá-los, que não tinham precisado fugir para o interior nem se trancar dentro de casa. De fato, muitos deles ignoraram o isolamento solenemente, inclusive recebiam amigos e parentes da cidade em suas casas; e vários de outros lugares consideravam aquela parte da cidade um local seguro, um santuário abençoado por Deus, que ficaria livre de infecção, ao contrário do resto da cidade.

Por essas e outras, quando a peste chegou ali, eles se revelaram mais surpresos, mais desprevenidos e mais atarantados do que as pessoas de outros lugares. Em setembro e outubro, a peste chegou com tanta força e violência que não deu tempo de ninguém se refugiar no interior. Ninguém permitia que um estranho se aproximasse deles nem das cidades onde moravam. Muita gente que perambulava campo afora nas bandas de Surrey foi encontrada morrendo de fome em bosques e glebas; essa região é mais aberta e arborizada do que qualquer outra área perto de Londres, especialmente nas imediações de Norwood e nas paróquias de Camberwell, Dulwich e Lusum, onde parece que ninguém ousava aliviar os pobres angustiados por medo da infecção.

Como já mencionei, tendo essa ideia prevalecido entre o povo dessa parte da cidade, foi então que tiveram a oportunidade de se refugiar nos barcos. Onde fizeram isso cedo e com prudência, abastecendo-se de provisões para que não precisassem ir à terra firme em busca de suprimentos ou de contratar outros barcos para trazê-los a bordo – acredite, onde fizeram isso, certamente tiveram um refúgio mais seguro do que qualquer outra pessoa. Mas algumas pessoas ficaram tão perturbadas e apavoradas que embarcaram sem pão para comer, e outras em barcos sem barqueiros para conduzi-las mais longe ou levar o barco rio abaixo para comprar provisões, onde isso podia ser feito com segurança; esse pessoal sofreu bastante e acabou se infectando a bordo com a mesma facilidade do que se estivesse em terra.

As pessoas mais ricas embarcavam em naus maiores, e as mais pobres, em barcaças, barcos de um só mastro, balsas e pesqueiros; e muita gente, em especial os barqueiros, ficava em seus próprios barcos. Alguns desses últimos tiveram um triste fim, pois, ao buscarem víveres, e talvez para ganhar sua subsistência, acabaram infectados em meio ao caos aterrorizante. Muitos barqueiros morreram sozinhos em suas pequenas embarcações enquanto singravam o rio, acima e abaixo da London Bridge, e algumas vezes só eram encontrados quando já não estavam mais em condições de alguém se aproximar para removê-los dali.

Realmente, a angústia do povo nesse extremo portuário da cidade foi muito deplorável e mereceu a maior comiseração. Mas ai de mim! Nessa época, a preocupação com a própria segurança era tanta que não havia espaço para sentir pena das angústias alheias; pois todo mundo tinha a morte, por assim dizer, batendo às suas portas, e muitos estavam com as famílias já contaminadas, sem saber o que fazer ou para onde fugir.

LÚGUBRES RELATOS SOBRE BEBÊS E SUAS MÃES

Acredite, o medo da morte esvaiu toda e qualquer compaixão. Aqui a autopreservação parecia ser a primeira lei: crianças fugiam de seus pais que definhavam nas piores angústias; em alguns casos, embora menos comuns, os pais abandonavam seus filhos doentes. Em uma semana se espalhou um par de histórias medonhas sobre mães perturbadas, delirantes e mentalmente desorientadas que mataram os próprios filhos; um desses casos não foi muito longe de onde eu morava, e a pobre criatura lunática não viveu o suficiente para se dar conta do pecado que cometera, que dirá ser punida pelo crime.

Na verdade, não é de se admirar; afinal, todos corriam o perigo de morte imediata, e isso eliminava todo e qualquer amor inerente, toda e qualquer preocupação com o próximo. Eu me refiro em termos gerais, pois ouvi falar de muitos casos em que a afeição, a compaixão e o dever permaneceram inabaláveis, mas não me responsabilizo por atestar a veracidade dos detalhes.

Antes quero mencionar um dos casos mais deploráveis em toda a calamidade atual. Estou falando das mulheres grávidas, que, acometidas pelas contrações e dores do parto, não recebiam assistência alguma. Nem parteiras, nem vizinhas se aproximavam delas. A maioria das parteiras tinha morrido, em especial as que atendiam as mulheres pobres; e muitas, senão todas as parteiras renomadas, tinham fugido para o interior. Assim, era praticamente impossível para uma mulher pobre, que não poderia pagar preços altos, contratar uma parteira para ajudá-la – e se conseguisse contratar alguém, em geral eram criaturas imperitas e ignorantes. Por isso, um incrível número de mulheres enfrentou sofrimentos supremos. Algumas conseguiam dar à luz, mas sucumbiam pela precipitação e ignorância daquelas que fingiam saber ajudá-las. Enquanto as mães eram socorridas, os bebês morriam. Inúmeras crianças foram praticamente assassinadas por essa injustificável ignorância. Muitas vezes, a mãe e o recém-nascido tinham o mesmo e doloroso fim. Por exemplo, quando a mãe tinha a peste, ninguém se aproximava da mãe e do neném, e ambos sucumbiam. Às vezes, a mãe morria da peste, e o neném não conseguia nascer totalmente, ou nascia e não se separava da mãe. Algumas morriam no trabalho de parto e não conseguiam dar à luz; e foram tantos casos desse tipo que é difícil de avaliar.

Isso pode ser percebido nas incomuns estatísticas semanais (embora eu nem de longe imagine que elas mostrem os números reais) sob as denominações: "Parto", "Abortos espontâneos", "Natimortos", "Bebês não batizados e crianças até dois anos". Pegue os dados das semanas em que a peste foi mais violenta e os compare com as semanas antes do início da pandemia, até mesmo naquele ano. Por exemplo:

ÓBITOS INFANTIS – COMEÇO DA PESTE

	Parto	Abortos espontâneos	Natimortos
3 a 10 de janeiro	7	1	13
10 a 17 de janeiro	8	6	11
17 a 24 de janeiro	9	5	15
24 a 31 de janeiro	3	2	9
31 de janeiro a 7 de fevereiro	3	3	8
7 a 14 de fevereiro	6	2	11
14 a 21 de fevereiro	5	2	13
21 a 28 de fevereiro	2	2	10
28 de fevereiro a 7 de março	5	1	10
TOTAIS	**48**	**24**	**100**

ÓBITOS INFANTIS – AUGE DA PESTE

	Parto	Abortos espontâneos	Natimortos
1º a 8 de agosto	25	5	11
8 a 15 de agosto	23	6	8
15 a 22 de agosto	28	4	4
22 a 29 de agosto	40	6	10
29 de agosto a 5 de setembro	38	2	11
5 a 12 de setembro	39	23	--
12 a 19 de setembro	42	5	17
19 a 26 de setembro	42	6	10
26 de setembro a 3 de outubro	14	4	9
TOTAIS	**291**	**61**	**80**

A disparidade desses números é realçada levando em conta o seguinte. De acordo com a opinião de quem estava no local, a população da cidade nos meses de agosto e setembro não chegava a um terço da população dos meses de janeiro e fevereiro. E o número normal de mortes nessas três categorias, pelo que apurei, ocorridas no ano anterior foi:

	1664	1665
No parto	189	625
Aborto espontâneo e natimortos	458	617
TOTAIS	**647**	**1242**

Essa desigualdade fica extremamente visível quando os números de habitantes são considerados. Não pretendo fazer cálculos exatos das pessoas presentes nesse momento na cidade, apenas uma provável conjetura nesse sentido. Menciono isso para explicar o excepcional infortúnio dessas pobres criaturas de que eu falei e das quais falam as Escrituras: "Ai das grávidas e das que estiverem amamentando nesses dias terríveis!".

Eu não tinha intimidade com a maior parte das famílias em que esses fatos aconteceram, mas os gritos das infelizes eram ouvidos de longe. Quanto às grávidas, alguns cálculos foram realizados. No auge da peste, ao longo de nove semanas, morreram 291 mulheres por ocasião do parto. No começo do ano, com o triplo da população, morreram 48 da mesma tragédia. Deixo que o leitor calcule a proporção.

Sem dúvida, o sofrimento das mulheres que amamentavam não foi menor. Nossos índices de mortalidade não lançam muita luz sobre isso, mas dão uma indicação. Houve um aumento incomum no caso de crianças que sucumbiram de fome por falta de amamentação. Dois contextos. Primeiro, sem ama de leite, faminto, a mãe morta, a família também, o bebê agonizava até morrer ao lado da mãe. Um horror. Se me permite opinar, centenas e centenas de nenéns indefesos devem ter morrido dessa maneira. Segundo, o bebê não morria de fome, mas envenenado com o leite materno. A mãe lactante, tendo adquirido a infecção, envenenava, ou seja, infectava o neném com o seu próprio leite, antes mesmo de saber que estava infectada. Ai de mim, nesse caso o neném morria antes da mãe. Não há como deixar de registrar esta advertência! Se alguma vez outra terrível pandemia acontecer nesta cidade, que todas as mulheres grávidas ou lactantes possam ir embora, se isso estiver ao alcance delas, para um lugar seguro, porque o tormento delas, se infectadas, excederá, e muito, o de todas as outras pessoas.

Eu poderia narrar aqui lúgubres relatos de nenéns encontrados com vida, mamando no peito da mãe ou da ama de leite mortas em decorrência da peste. Na paróquia onde eu moro, vendo que o filho não passava bem, a mãe chamou um farmacêutico para ver o bebê. A criança mamava no peito da mãe, a qual, aparentemente, estava bem de saúde, mas quando o farmacêutico se aproximou, viu as pústulas justamente no seio em que a criança mamava. Aturdido, para não alarmar a pobre mulher, pede que ela lhe entregue a criança. Pega o neném e o leva até um bercinho no quarto. Deita o neném no berço, abre as roupas dele e também encontra as pústulas na criança; mãe e filho morrem antes que ele possa aviar um remédio preventivo ao pai do bebê, que ficou transtornado ao saber a condição deles. Não se sabe se foi a criança que infectou a mãe ou se foi a mãe que infectou o filho, mas esta última opção é a mais provável.

Da mesma forma, teve o caso do menino de uma enfermeira que tinha morrido da peste e foi adotado por outra família, e a mãe adotiva amou a criança com devoção e a acolheu em seu seio, mas acabou infectada e morta com a criança nos braços, também morta.

O mais endurecido dos corações se comoveria com esses casos de mães adotivas. Algumas cuidavam das crianças com tanto afeto e sacrifício em suas almas, mas isso não as impedia de morrer ali mesmo, na frente delas. Às vezes, contraíam a infecção e morriam, enquanto a criança se salvava. Em East Smithfield, uma dama esperava o primeiro filho, e a sua barriga estava enorme. Diagnosticada com a peste, pouco depois entrou em trabalho de parto. O marido dela, um comerciante, buscou ajuda, mas não conseguiu parteira nem enfermeira, e a criadagem tinha fugido. Transtornado, saiu correndo de casa em casa, sem obter auxílio. O máximo que conseguiu foi a promessa de um vigia, que cuidava de uma casa interditada pela infecção, de enviar uma enfermeira pela manhã. Com o coração partido, o pobre homem voltou, ajudou a esposa como pôde, fez o parto e trouxe a criança morta ao mundo. Uma hora depois, a esposa dele morreu em seus braços, onde permaneceu até de manhãzinha, quando o vigia veio e trouxe a enfermeira como havia prometido. Subindo as escadas (a porta estava entreaberta) se depararam com o homem sentado, a esposa morta nos braços. Transido de dor, ele morreu horas depois, sem qualquer sinal de infecção, apenas soterrado com o peso do próprio sofrimento.

Também ouvi falar de gente que, com a morte de seus parentes, ficava catatônica, imersa na tristeza insuportável; um senhor em particular foi tão absolutamente dominado pela pressão sobre o seu espírito que, aos poucos, sua cabeça foi afundando para dentro do corpo e se metendo por entre os ombros, até o cocuruto mal ser visto acima das clavículas. Aos poucos, foi perdendo a voz e a razão, e o rosto dele, olhando à frente, apoiava-se nas clavículas e não ficava erguido de outra forma, a menos que fosse sustentado pelas mãos de outras pessoas. E o pobre coitado nunca se recuperou; definhou por quase um ano naquela condição e morreu. Nesse tempo dizem que não ergueu o olhar, nem fitou qualquer objeto.

Sobre esses casos, não sei contar detalhes, apenas um resumo, pois não foi possível saber mais. Às vezes, famílias inteiras onde essas coisas aconteciam foram dizimadas pela peste. Mas testemunhei inúmeros casos desse tipo, até mesmo ao passar nas ruas, como sugeri acima. Claro, não é fácil contar uma história sobre essa ou aquela família, pois corriam várias histórias semelhantes.

E agora vou falar de quando a peste se agravou na região leste da cidade, justamente a zona em que o povo se vangloriava de que ia escapar incólume. Os habitantes dali ficaram muito surpresos quando a peste chegou (e chegou com uma violência acachapante). Isso me faz lembrar a história do trio de necessitados que saiu de Wapping com rumo incerto, sem plano definido. Já falei antes dos três: um padeiro, um veleiro e um carpinteiro, todos de Wapping ou vizinhanças.

Nessa parte da cidade, o povo reagiu com torpor, seguro de que nada lhe aconteceria. E, como já mencionei, não tomou as precauções como os demais e preferiu se gabar de estar seguro e livre da infecção. E muita gente fugiu da cidade e dos subúrbios infectados para Wapping, Ratcliff, Limehouse, Poplar e outros locais, considerados seguros.

E não é de todo improvável que isso tenha ajudado a levar a peste mais rápido para lá. Sou a favor de que o pessoal comece a evacuar essas localidades no registro do primeiro caso. Todas as pessoas que tenham onde se refugiar devem aproveitar a oportunidade enquanto é tempo. Mas preciso reconhecer: ao terminar a debandada, os remanescentes devem resistir e permanecer isolados onde estão, e não ficar migrando de um ponto a outro da cidade, ou de um bairro urbano a outro. Afinal de contas, isso pode causar a desgraça e o infortúnio de todos, pois eles levam a peste de casa em casa em suas próprias roupas.

• • • • • • • •
O SACRIFÍCIO DE CÃES E GATOS

Por que fomos ordenados a matar todos os cães e gatos? Não é justamente porque, sendo animais domésticos, eles correm de casa em casa, e de rua em rua, e são capazes de transportar eflúvios ou vapores infecciosos dos corpos infectados em sua pelagem? Por esses motivos, no início da infecção um decreto foi baixado pela prefeitura, de acordo com o conselho dos médicos, para que todos os cães e gatos fossem imediatamente sacrificados; e um oficial foi nomeado para coordenar a execução.

A acreditarmos no registro oficial, o número de animais sacrificados foi absurdo: quarenta mil cães e duzentos mil gatos. Era difícil uma casa que não tivesse um felino, e alguns lares tinham vários, às vezes cinco ou seis na mesma casa. Todos os esforços possíveis também foram feitos para acabar com camundongos e ratos, em especial esses últimos, usando raticidas e outros venenos; e um número prodigioso desses roedores também foi dizimado.

Muitas vezes eu me pego pensando sobre como a sociedade como um todo estava despreparada para enfrentar a vinda dessa calamidade; e de como a falta de medidas e providências oportunas, tanto públicas quanto privadas, nos levou ao caos que se seguiu. Quanta gente se afundou na desgraça e que, se medidas adequadas tivessem sido tomadas, poderia, com a benção da Providência, ter evitado o pior! Oxalá isso sirva de aviso e alerta para a posteridade. Adiante pretendo voltar ao assunto.

A HISTÓRIA DOS TRÊS AMIGOS EM FUGA

Agora volto a falar do meu trio. Aspectos morais permeiam toda a história dos três, e a conduta deles, bem como a de outros que a eles se juntaram, é um modelo a ser seguido por todos os pobres, homens ou mulheres, se por acaso enfrentarmos uma pandemia semelhante. E se não houvesse outro objetivo em contá-la, acho que esse já seria bastante justificado, independentemente da exatidão do meu relato.

Dois deles eram irmãos, um antigo soldado, mas agora assador de biscoitos; o outro, um marujo coxo, hoje fabricante de velas para barcos; e o terceiro, um carpinteiro. Certo dia, John, o padeiro e assador de biscoitos, dirigiu-se a Thomas, o fabricante de velas para veleiros:

– Mano Tom, o que vai ser da gente? A peste avança na cidade e vem chegando a nossas bandas. O que é que vamos fazer?

– Não tenho a mínima ideia. Se a peste bater em Wapping, acho que vou acabar sendo expulso de meu alojamento.

E, assim, começaram a debater o assunto.

JOHN

– Expulso do alojamento, Tom? Se isso acontecer, não sei quem vai hospedá-lo. Agora as pessoas estão com tanto medo umas das outras que não há vagas em lugar nenhum.

THOMAS

– Ora, meus senhorios lá onde eu me hospedo são bem-educados e também bondosos comigo. Mas alegam que eu saio de casa todos os dias para ir trabalhar, e que isso vai ser perigoso. Dizem que vão se isolar e não vão deixar ninguém se aproximar.

John
— Ora, eles têm razão, com certeza, caso os dois se arrisquem a ficar na cidade.

Thomas
— Pois é. E eu também posso resolver me isolar dentro de casa. Afinal de contas, o mestre da oficina tem só um pedido de velas, que estou terminando. Vai ser difícil aparecer novos trabalhos por um bom tempo. Agora não há movimento comercial; trabalhadores e funcionários estão afastados de seus postos. Por isso, talvez eu possa me contentar em ficar em quarentena também. Mas não acredito que o casal vai concordar com a minha presença.

John
— Puxa vida, meu irmão. Então o que é que você vai fazer? E o que eu vou fazer, aliás? A minha situação não é melhor que a sua. O pessoal onde me hospedo debandou para o campo, menos a criada, e ela vai trabalhar na semana que vem, e na outra vai fechar de vez o local. Assim, vou ficar à deriva na vastidão deste mundo, e eu também daria o fora, se eu soubesse para onde ir.

Thomas
— Nós dois perdemos tempo e não fomos embora no início, quando poderíamos ter viajado para qualquer lugar: agora não há como se locomover. Vamos morrer de fome se resolvermos sair da cidade. Ninguém vai nos vender alimentos, mesmo que tenhamos dinheiro. Ninguém vai nos deixar entrar nas cidades, muito menos em suas casas.

John
— E o pior não é isso. Estou quase sem dinheiro, sabe.

Thomas
— Quanto a isso, eu posso ajudar. Tenho uma reserva, mas não muito. Só que nas estradas o comércio está todo fechado. Dois homens honestos lá de minha rua tentaram viajar. Mas em Barnet, em

Whetstone, ou onde fosse, o pessoal ameaçava recebê-los a tiros de armas de fogo caso eles insistissem em seguir em frente: então voltaram, muito desanimados.

John
— No lugar deles, eu teria enfrentado as balas. E se me negassem comida em troca de meu dinheiro, eu pegaria a comida diante de seus olhos, pois, se eu tivesse oferecido dinheiro, eles não poderiam recusar, sob as penas da lei.

Thomas
— Você fala como um antigo soldado em campanha nos Países Baixos, mas isso é coisa séria. Hoje em dia as pessoas têm boas razões para expulsar alguém de saúde duvidosa, e não devemos saqueá-las.

John
— Meu irmão, você entendeu mal a questão e também entendeu mal o que eu disse. Eu não saquearia ninguém. Mas dizer que qualquer vilarejo de beira de estrada tem o direito de me negar passagem pela estrada aberta e comida em troca de meu dinheiro é o mesmo que dizer que eles têm o direito de me deixar morrer de fome, e isso não pode ser verdade.

Thomas
— Mas não negam a você a liberdade de dar meia-volta e retornar ao local de onde você veio e, portanto, não o matam de fome.

John
— Mas a próxima cidade atrás de mim, pela mesma regra, há de impedir a minha passagem rumo a minha casa e, assim, me matam de fome no meio do caminho. Além disso, enquanto eu estiver na estrada, estou exercendo meu direito de ir e vir.

Thomas
— Mas vai ser muito difícil brigar com todo mundo em cada povoado na estrada, isso não é coisa para gente pobre fazer, nem tentar fazer, ainda mais numa situação destas.

JOHN
— Ora, mano, a nossa condição, a continuar nesse ritmo, é pior do que a de qualquer um; se ficamos, a peste nos come. E se corremos? Eu me identifico com os leprosos da Samaria. Se ficarmos aqui, é certo que vamos acabar mortos. Pessoas como nós, em especial, sem casa própria e sem alojamento. Não há como dormir na rua num momento como esse; é melhor embarcar logo na carroça dos mortos. Portanto, acredite, se ficarmos aqui, é morte certa; e se formos embora, há uma chance de escapar, ainda que remota. Estou decidido a ir embora.

THOMAS
— Embora? Para onde é que você vai e o que pretende fazer? Eu iria de bom grado com você, se soubesse para onde; mas não temos conhecidos, nem amigos. Aqui nascemos, e aqui devemos morrer.

JOHN
— Olha só, Tom, todo o reino é meu país natal, assim como esta cidade. E se meu lar estivesse pegando fogo? Também me diria para não sair dele? É o mesmo que dizer que não devo sair da cidade em que nasci mesmo quando ela está infectada com a peste. Nasci na Inglaterra, e tenho o direito de morar nela, se eu puder.

THOMAS
— Mas você sabe que todo andarilho pode, de acordo com as leis da Inglaterra, ser recolhido e devolvido ao seu último local de moradia.

JOHN
— Como podem me acusar de ser um andarilho? Quero apenas exercer o meu direito de viajar por questão de força maior.

THOMAS
— Força maior? Palavreado bonito não vai convencer ninguém.

JOHN
— Fugir para salvar a própria vida não é força maior? Alguém vai negar que é um fato verdadeiro? Não podem dizer que estamos dissimulando.

Thomas
– Mas supondo que nos deixem passar, para onde vamos?

John
– Para qualquer lugar onde consigamos salvar nossas vidas. Chegou a hora de pensar seriamente em sairmos desta cidade. Desde que eu saia deste lugar medonho, não importa para onde eu vá.

Thomas
– Vamos ser levados a situações extremas. Já nem sei mais o que pensar disso.

John
– Bem, Tom, pense com carinho.

Isso aconteceu no comecinho de julho; e a peste já havia chegado nas partes oeste e norte da cidade, mas toda Wapping, como eu já disse antes, e Redriff e Ratcliff, Limehouse e Poplar, em suma, Deptford e Greenwich, os dois lados do rio desde o Hermitage, e dali até Blackwall, ainda estavam completamente livres da doença. Nem sequer uma pessoa havia morrido da peste em toda a paróquia de Stepney, o mesmo acontecendo no lado sul da Whitechapel Road e nas demais paróquias adjacentes. Súbito os óbitos semanais daquela semana saltaram para 1.006.

Os dois irmãos só voltaram a se encontrar quinze dias depois. A situação havia se alterado para pior, com o avanço inexorável da peste, o que se refletia nos números. Os óbitos semanais aumentaram prodigiosamente e alcançaram 2.785; embora ainda nas duas margens do rio, e rio abaixo, as coisas ainda estivessem tranquilas. Em Redriff houve registro de vítimas fatais, e cerca de cinco ou seis na estrada de Ratcliff. O veleiro procurou o irmão John, apressado e receoso. Havia recebido um ultimato em sua hospedaria, e tinha só uma semana para se organizar. A situação de John não era melhor que a dele, pois já estava desabrigado, e não lhe restou outra coisa a não ser implorar a permissão de seu patrão, o padeiro, para se alojar num puxadinho do lado externo da padaria, onde dormia no chão forrado apenas de palha e sacarias para biscoitos, e se cobria com o mesmo tipo de material.

Vendo que toda oportunidade de emprego chegara ao fim, e não havia mais trabalho a ser feito, nem salário a ser ganho, resolveram que o melhor a fazer era sair do alcance da terrível infecção. Econômicos, se esforçariam para viver com o que tinham enquanto o dinheiro durasse e depois trabalhariam para ganhar mais, se conseguissem trabalho em qualquer lugar e de qualquer tipo, e seja o Deus quiser.

Enquanto pensavam em colocar essa resolução em prática da melhor maneira possível, o terceiro homem, que conhecia muito bem o veleiro, ficou sabendo da ideia e conseguiu licença para entrar no grupo; e assim o trio se preparou para partir.

Aconteceu que não tinham parcelas iguais de dinheiro; mas como o veleiro, que tinha as melhores reservas, era, além de manco, o menos capaz de obter trabalho no campo, então se contentou em ceder o valor para um caixa comum, com uma condição: se mais tarde um deles ganhasse mais dinheiro do que os outros, deveria, sem qualquer ressentimento, compartilhar o valor nesse numerário conjunto.

Resolveram carregar o mínimo de bagagem possível, pois começariam a viagem a pé. A intenção era percorrer um bom caminho, até que pudessem, talvez, estar em segurança. E trocaram muitas ideias e argumentos sobre qual seria a direção que tomariam, mas ficaram longe de um acordo. Na manhã da partida, ainda não tinham resolvido.

Por fim, o veleiro deu a opinião decisiva:

– Em primeiro lugar, o clima está muito quente. Se viajarmos na direção norte, vamos evitar tomar o sol na cara e no peito, não vamos sentir calor, nem falta de ar. Inclusive me disseram que não é bom superaquecer o sangue num momento em que, até onde sabemos, a infecção pode se transmitir no próprio ar. Em segundo lugar, sou a favor de caminhar contra o vento, de modo que o vento não sopre em nossas costas o ar infectado da cidade.

Essas duas precauções foram aprovadas, mas ia depender, por exemplo, de que o vento estivesse soprando quando resolvessem partir. John, o padeiro e antigo soldado, também opinou.

– Não vamos conseguir alojamento na estrada e será meio difícil pousar ao ar livre. Talvez o clima esteja ameno, mas talvez esteja frio e úmido, e precisamos redobrar os cuidados com a nossa saúde num momento como este. Portanto, você, meu irmão Tom, que é veleiro, pode facilmente nos fazer uma pequena barraca. Eu mesmo me comprometo a montá-la à noite e no dia seguinte desmontá-la, e que se danem todas as pousadas da Inglaterra. Uma barraquinha sobre nossas cabeças será o suficiente.

O carpinteiro objetou. Deixassem isso com ele: construiria todas as noites um abrigo com as ferramentas disponíveis, como a machadinha e a marreta. Garantiu que seria tão bom quanto uma barraca.

Por um tempo, o soldado e o carpinteiro discutiram esse ponto, mas enfim prevaleceu a ideia do soldado: a única objeção era que a barraca devia ser transportada, o que aumentaria muito a bagagem, debaixo do sol quente. Mas o veleiro disse-lhes que estavam com sorte. O dono da fábrica de velas tinha um pangaré aposentado e, disposto a ajudar o honesto trio, doou a montaria para levar a bagagem deles. Também, como paga por três dias de trabalho antes da viagem, deixou que levassem uma antiga vela de joanete que estava desgastada, mas em condições mais do que suficientes para servir como lona da barraca. O soldado mostrou como moldá-la, e logo, seguindo as instruções dele, a barraca ficou pronta, equipada com espeques e bastões para o propósito. Assim, estavam preparados para a jornada: três homens, uma barraca, um cavalo, um rifle para o soldado (que não partiria desarmado, pois agora ele deixara de ser um assador de biscoitos para se tornar membro de uma tropa).

O carpinteiro portava uma sacola de ferramentas, que poderiam ser úteis se surgisse trabalho na excursão, para a subsistência própria e dos amigos. Todo o dinheiro trazido por eles foi guardado junto, e assim começaram sua jornada. Parece que na manhã da partida o vento soprava, de acordo com a bússola do marinheiro, de noroeste/oeste, então estipularam curso noroeste.

Mas surgiu uma dificuldade: ao se afastarem da ponta de Wapping, perto do Hermitage, lembraram que a peste estava no auge da violência especialmente no lado norte da cidade, como em Shoreditch e na paróquia Cripplegate, e não acharam seguro se aproximar dessas regiões. Por isso, desviaram a leste, pela estrada de Ratcliff até a encruzilhada Ratcliff, e deixando a igreja de Stepney ainda à sua esquerda, com receio de enveredar na encruzilhada Ratcliff rumo a Mile End, pois teriam de passar perto do cemitério. O vento agora parecia soprar do oeste, vindo diretamente do lado da cidade em que a peste estava mais grave. Assim, deixando Stepney, fizeram uma enorme volta e, contornando Poplar e Bromley, entraram na grande estrada justamente em Bow.

Ali o vigia que controlava a ponte de Bow os interpelou; mas o trio, atravessando a estrada, enveredou por uma trilha estreita que liga o povoado de Bow a Oldford. Assim, evitaram qualquer interrogatório e rumaram a Oldford. Guardas circulavam em todos os lugares, de prontidão, mas sem impedir a circulação do povo, permitindo que cada um retornasse a seus povoados. Recentemente havia sido divulgado um relatório, até certo ponto plausível, de que os pobres de Londres, angustiados e famintos com a falta de trabalho e, portanto, com a falta de pão, andavam revoltados, causando tumultos e ameaçando fazer arrastões nos povoados do entorno para saquear pão. É bom que se diga, um boato correndo é apenas um boato correndo; mas isso não estava lá muito longe de ser uma realidade, pois, semanas depois, os pobres ficaram tão desesperados com a calamidade que sofriam, que só com grande esforço não saíam correndo pelos campos e povoados arrastando tudo que encontrassem pela frente. Como já frisei antes, só uma coisa os impediu de fazer isso: a fúria da peste! Com tanta violência ela se abateu sobre eles que, em vez de saírem aos milhares em turbas campo afora, acabaram indo para o túmulo aos milhares. Tanto isso é verdade que, nas imediações das paróquias de St. Sepulchre, Clerkenwell, Cripplegate, Bishopsgate e Shoreditch, locais onde a turba começou a fazer ameaças, a peste se alastrou furiosamente, com uma explosão no número de óbitos.

Essas paróquias, mesmo antes de a peste atingir seu ápice, registraram não menos que 5.361 óbitos nas três primeiras semanas de agosto. No mesmo período, os setores de Wapping, Ratcliff e Rotherhithe foram, como já foi descrito, pouco ou muito levemente atingidos. Em suma, a boa administração do prefeito e dos juízes contribuiu muito para prevenir a raiva e o desespero do povo, e impedi-lo de irromper em brigas e tumultos, com pobres saqueando ricos. Eles trabalharam muito, mas a carroça dos mortos trabalhou ainda mais! Como eu disse, em apenas cinco paróquias morreram mais de cinco mil pessoas em vinte dias, então provavelmente o número de infectados era o triplo desse número nesse período. Alguns se recuperavam, mas um grande número adoecia todos os dias e logo falecia. Além disso, se a estatística oficial registrava cinco mil óbitos, digo que sempre acreditei que o número real era o dobro do oficial. Não há como acreditar que os registros oficiais estavam corretos, tal era o caos em que os funcionários trabalhavam, sem condição alguma de manter uma conta exata.

Mas voltando ao meu trio de viajantes. Ali foram apenas examinados e, como pareciam ser mais provenientes do campo do que da cidade, o povo os tratou de modo leniente; conversou com eles, deixou que entrassem num *pub* onde estavam os policiais, forneceu bebida e víveres. Isso os deixou revigorados e cheios de ânimo. Foi então que tiveram a ideia de responder, ao serem indagados de onde vinham, "Essex" em vez de "Londres".

Para efetivar essa pequena fraude, o trio recebeu a inusitada ajuda do guarda de Oldford, que lhes deu um certificado de sua passagem naquele povoado, e o documento mencionava que vinham de Essex e não de Londres. Isso, se era falso na visão comum de Londres no interior, também era literalmente verdadeiro, pois Wapping ou Ratcliff não faziam parte da cidade ou de uma das liberdades.

Esse certificado, direcionado ao próximo guarda, radicado em Homerton, uma das aldeias da paróquia de Hackney, foi tão útil para eles que lhes proporcionou não só um passe livre, mas um certificado de saúde plena de um juiz de paz que, mediante solicitação do guarda, concedeu-o sem titubear. E assim cruzaram a extensa e picotada cidadezinha de Hackney (pois se espalhava em várias aldeias separadas) e viajaram até chegar à grande estrada do norte, no alto de Stamford Hill.

A essa altura começaram a se cansar; e assim, saindo de Hackney, pouco antes de pegar a estrada aberta, resolveram montar a barraca e acampar pela primeira noite; o que fizeram conforme tinham treinado, com um desdobramento: encontraram um celeiro, ou uma construção parecida com um celeiro, e, após investigar minuciosamente para se certificar que nele não havia ninguém, montaram a barraca com a frente encostada na entrada do celeiro. Fizeram isso também porque o vento soprava muito forte naquela noite, e estavam um pouco destreinados nessa forma de hospedagem e na administração da barraca.

Nisso foram dormir; mas o carpinteiro, homem sério e sóbrio, insatisfeito em descansar com tanta facilidade logo na primeira noite, resolveu, após tentativas infrutíferas de pregar o olho, espairecer. Pegou o rifle e ficou de sentinela, protegendo seus companheiros. Então, com o rifle ao ombro, andou para lá e para cá na frente do celeiro, que ficava no campo, perto da estrada, mas dentro da sebe. Um tempinho depois, ouviu um alarido de gente chegando, com várias vozes se aproximando do celeiro. Ele não acordou os companheiros, mas minutos depois o alarido se tornou cada vez mais alto, e o assador de biscoitos o chamou, perguntou qual era o problema e logo se ergueu num pulo. O outro, o veleiro coxo, mais cansado, continuou estirado na barraca.

Como esperado, o grupo que eles escutaram veio direto para o celeiro, quando um de nossos viajantes os interpelou, como soldados na troca de guarda:

– Quem vem lá?

O grupo não respondeu de imediato; mas um deles falou com outro que estava atrás deles:

– Ai de nós, ai de nós! Estamos sem sorte, alguém chegou antes que nós. O celeiro já está ocupado.

Todos estacaram ao ouvir isso, um tanto surpresos; o grupo tinha umas treze pessoas, contando as mulheres. Trocaram ideias sobre o que deveriam fazer; e por sua conversa, nossos viajantes logo perceberam que também se tratavam de pobres pessoas angustiadas, como eles mesmos, em busca de abrigo e segurança. Além disso, os nossos viajantes não precisavam temer os recém-chegados, pois assim que ecoaram as palavras: "Quem vem lá?", escutaram as mulheres dizendo, como se estivessem com medo:

– Não se aproximem deles! Como sabe que estão livres da peste?

Um dos homens disse:

– Vamos falar com eles.

E as mulheres responderam:

– De jeito nenhum. Escapamos até agora por graça de Deus. Não vamos correr perigo agora, nós te imploramos.

Ouvindo esse diálogo, os nossos viajantes descobriram que o grupo era composto de pessoas boas e decentes, fugindo para salvar suas vidas, como eles. Encorajados com isso, John comentou com o carpinteiro, seu camarada:

– Vamos incentivá-los também, até onde estiver ao nosso alcance.

Então o carpinteiro se dirigiu ao grupo.

– Ei, gente boa. Notamos pela conversa de vocês que estão fugindo do mesmo e terrível inimigo de que nós estamos fugindo. Não tenham medo de nós; somos apenas três pobres homens. Se vocês estiverem livres da peste, não serão contaminados por nós. Não estamos no celeiro, estamos numa barraquinha aqui do lado de fora, e podemos removê-la para vocês e depois montar a barraca de novo aqui perto.

Nisso o carpinteiro, que se chamava Richard, entabulou conversa com um dos recém-chegados, de nome Ford.

Ford

– E nos garante que todos estão bem de saúde?

Richard

– Estamos mesmo preocupados em esclarecer isso para vocês, para que não fiquem desconfiados, ou pensando que correm perigo. Sabe, não queremos expor vocês a perigo nenhum, por isso garanto que não fizemos uso do celeiro. Assim, vamos nos afastar dele, a bem da vossa segurança e da nossa também.

Ford

– Isso é muito gentil e caridoso de sua parte, mas se tivermos motivos para crer que vocês estão saudáveis e livres da peste, por que os obrigaríamos a sair, agora que estão bem instalados e prontos para descansar? Vamos entrar no celeiro, se nos deixarem, para descansar um pouco, e não queremos perturbar vocês.

RICHARD
— Bem, mas vocês estão em maior número. Vocês nos garantem que todos vocês também estão saudáveis? O perigo de vocês nos contaminarem é tão grande quanto vice-versa.

FORD
— Queira Deus que alguém escape, mesmo que poucos! Qual será o nosso destino não sabemos, mas até agora estamos sãos e salvos.

RICHARD
— De que parte da cidade vocês são? A peste já chegou aos locais onde vocês moram?

FORD
— Sim, sim, da maneira mais assustadora e terrível, caso contrário não teríamos fugido como fizemos; acreditamos que poucos vão sobrar vivos.

RICHARD
— De qual paróquia vocês vêm?

FORD
— A maioria de nós vem de Cripplegate; apenas dois ou três de Clerkenwell, mas do outro lado.

RICHARD
— Por que não fugiram antes?

FORD
— Já faz um tempo que saímos, permanecendo agrupados na outra ponta de Islington, onde pousamos numa casa velha e desabitada, com roupa de cama e outras conveniências próprias, que trouxemos conosco; mas a peste se abateu sobre Islington também, e uma casa ao lado da nossa pobre moradia foi infectada e interditada, e ficamos apavorados.

Richard
— E para que lado vocês estão indo?

Ford
— Ainda não sabemos para onde a sorte vai nos levar; mas Deus há de guiar aqueles que o louvam.

Pararam de prosear um tempo, e o grupo se aproximou do celeiro, mas teve certa dificuldade para entrar nele. Fardos de feno enchiam o galpão, e o grupo se acomodou o melhor que pôde e tentou descansar. Porém, os nossos viajantes observaram que, antes de irem dormir, um senhor de idade, aparentemente, pai de uma das mulheres, principiou uma reza e foi seguido pelos demais, pedindo a bênção e a proteção da Providência antes de dormir.

Amanhecia bem cedo naquela época do ano; e como Richard, o carpinteiro, ficara de sentinela no primeiro turno da noite, então John, o soldado, lhe rendeu e ficou de prontidão durante a manhã. E começou a conhecer melhor os novos amigos.

Quando deixaram Islington, pretendiam rumar ao norte, até Highgate, mas foram bloqueados em Holloway. Impedidos de passar, atravessaram campos e colinas em direção a leste e desembocaram no rio Boarded, evitando, assim, as cidades. Deixaram Hornsey à esquerda e Newington à direita, entrando na grande estrada que vem das bandas de Stamford Hill, como o nosso trio havia feito pelo outro lado. E agora o grupo pensava em atravessar o rio e os pântanos, sempre em frente, até a floresta de Epping, onde esperava conseguir permissão para descansar. Parece que não eram pobres tampouco necessitados: ao menos, tinham o suficiente para sobreviver por dois ou três meses, quando, como disseram, esperavam que o clima frio controlasse a infecção, ou pelo menos amainasse sua violência, nem que fosse pela falta de vítimas vivas para serem infectadas.

Esse era mais ou menos o destino de nossos três amigos, com uma diferença: o trio parecia estar mais bem preparado para a viagem e planejava continuar a migração ao interior; o outro grupo não queria se afastar mais do que um dia de jornada e, assim, obter informações frequentes sobre como andavam as coisas em Londres.

Mas aqui nossos viajantes enfrentaram uma inconveniência inesperada: a saber, a do cavalo! Era ele que carregava a bagagem, e isso os obrigava a permanecer na estrada, enquanto o outro grupo cruzava campos ou trilhas, com ou sem caminhos, a seu bel-prazer. Mas claro, encontravam dificuldades quando precisavam comprar itens de subsistência e entrar nas cidades, como todos que assim o tentassem.

Mas o nosso trio era obrigado a ficar na estrada, caso contrário teria de cometer algo abominável para eles: provocar estragos e danos em cercas e portões ao passar por áreas cercadas.

O nosso trio, porém, estava decidido a se juntar ao outro grupo e tentar a sorte com eles. Depois de alguma conversa, abandonaram seus planos iniciais (seguir ao norte) e decidiram acompanhá-los até Essex. Na aurora pegaram sua barraca, carregaram o cavalo e partiram todos juntos.

No rio, tiveram alguma dificuldade para fazer a travessia na balsa. O balseiro ficou com medo deles; mas, após uma conversa a distância, aceitou levar um dos barcos dele a um local distante da balsa costumeira, e deixar lá para que eles o pegassem. Assim fizeram. Conforme combinado, atracaram o barco na outra margem, e o balseiro o resgatou, mas consta que só fez isso oito dias depois.

Aqui, pagando antecipado o balseiro, conseguiram um suprimento de víveres, que ele trouxe e deixou no barco para eles, mas só depois de receber o pagamento antecipado, como eu disse. Mas eis que nosso trio de viajantes ficou meio perdido. Como embarcar o cavalo naquele barquinho tão pequeno e inadequado? Não tiveram outra opção: descarregaram a bagagem e fizeram o cavalo atravessar a nado.

Do rio viajaram rumo à floresta; mas ao chegar em Walthamstow, o povo daquela cidade se recusou a aceitá-los, como, aliás, em todos os lugares. Os guardas e vigias não os deixaram se aproximar e falaram de longe com eles. Contaram a mesma história de antes, mas não receberam crédito, pelo simples fato de que dois ou três grupos já haviam passado ali com as mesmas alegações, mas tinham contaminado várias pessoas com a peste nas cidades por onde passaram. Depois disso, esses grupos foram obrigados a vaguear pelos campos, embora com justiça, pois mereceram, e, lá perto de Brentwood, vários pereceram nos campos. Peste? Mera necessidade? Angústia? Ninguém saberia dizer.

Boa razão para o povo de Walthamstow ter cautela redobrada e impedir a entrada de qualquer forasteiro. Richard, o carpinteiro, e outro homem do grupo tentaram convencer os locais que não havia motivo para bloquear as estradas e impedir a passagem pela cidade. Não pediam nada deles, apenas o direito de circular em via pública. E se estivessem com medo, poderiam entrar em suas casas e fechar as portas. Eles não fariam cortesias nem descortesias, apenas seguiriam o seu caminho.

Apesar de racional, o argumento não convenceu os guardas e vigias, que se mantiveram obstinados, sem dar ouvidos a nada. Por isso, os dois porta-vozes foram confabular com o restante do grupo e decidir o que fazer. A situação era bastante desanimadora, e ficaram indecisos por um bom tempo. Por fim, John, soldado e assador de biscoitos, se pronunciou:

– Deixem comigo.

Ele ainda não tinha aparecido: então mandou o carpinteiro, Richard, cortar a madeira de uma árvore e moldá-la no formato de armas de fogo. Em pouco tempo ele tinha cinco ou seis mosquetes, que de longe ninguém perceberia que eram de brinquedo. A parte onde fica a trava do mosquetão foi coberta com tiras de tecido, como os soldados fazem em dias de chuva para evitar que os mosquetes enferrujem; o resto foi descolorido com barro ou lama, que conseguiram por ali; e tudo isso enquanto o restante deles ficou sentado sob as árvores de acordo com as instruções dele, em dois ou três subgrupos, onde fizeram fogueiras a uma boa distância uma da outra.

Nesse meio-tempo, ele avançou, e dois ou três com ele, e montaram a barraca em cima da rua, à vista da barreira que os habitantes da cidade fizeram. Junto à barraca colocaram uma sentinela com a arma de verdade, a única que eles tinham, e a sentinela ficou andando de um lado para o outro com a arma ao ombro, para que o pessoal da cidade pudesse enxergar. John amarrou o cavalo ao portão de uma cerca ali perto, juntou uns galhos secos e acendeu um fogo do outro lado da barraca, para que o povo da cidade avistasse o fogo e a fumaça, mas não visse o que estavam fazendo.

Os habitantes da cidade os observaram por um bom tempo. Chegaram à conclusão de que o grupo de forasteiros era numeroso e começaram a se sentir desconfortáveis, não por ter que deixá-los passar, mas por ter que tolerar a presença deles ali onde estavam. Acima de tudo, perceberam que os invasores tinham cavalos e armas (pois os vigias tinham avistado um cavalo e uma arma na barraca, e outras pessoas andando no campo, perto da via, com mosquetes aos ombros). Acredite, essa imagem os alarmou a ponto de serem dominados por uma terrível apreensão; foram consultar um juiz de paz para saber o que deveriam fazer. Qual foi o conselho do juiz, eu não tenho ideia; sei que à noitinha o pessoal da barreira chamou a sentinela na barraca.

– O que vocês querem? – diz John.*

– Ora, o que vocês pretendem fazer? – retruca o guarda.

– Fazer? O que é que vocês querem que a gente faça?

Guarda
– Ainda não foram embora? Ficaram aqui por quê?

John
– E por que é que nos faz parar na Estrada do Rei com a intenção de bloquear nosso caminho?

Guarda
– Não lhe devemos explicações, mas já dissemos que é por causa da peste.

John
– Falamos que estamos todos sadios e livres da peste, fizemos de tudo para convencê-los, mas ainda assim querem bloquear a nossa passagem.

Guarda
– Temos o direito de bloquear, e fazemos isso a bem de nossa própria segurança. Além do mais, esta não é a Estrada do Rei, é uma via de acesso. Está vendo aquele portão ali? Para passar, tem que pagar pedágio.

---

* Parece que John estava na barraca, mas, ao ouvir o chamado deles, saiu, levou a arma ao ombro e falou com eles como se fosse a sentinela sob as ordens de um oficial superior. (Nota do texto original)

John

— Temos o direito de buscar a nossa própria segurança, assim como vocês; e se você não percebeu, estamos fugindo por nossas vidas. Por isso, é muito anticristão e injusto tentarem bloquear a nossa passagem.

Guarda

— Podem voltar para o local de onde vieram, não o impedimos de fazer isso.

John

— Nem pensar. Quem nos impede de voltar é um inimigo mais forte que você. Senão nem teríamos vindo.

Guarda

— Bem, podem seguir qualquer outro caminho, então.

John

— Não, não. Está vendo que somos capazes de dar um jeito em vocês e em todas as pessoas da sua paróquia, e passar por sua cidadezinha quando bem entendermos. Mas já que nos fizeram parar aqui, estamos satisfeitos. Aqui vamos acampar e aqui vamos viver. Esperamos que vocês nos abasteçam com víveres.

Guarda

— Abastecer vocês! Como assim?

John

— Ora, por acaso vão nos deixar morrer de fome? Se nos pararam aqui, devem nos manter.

Guarda

— Podem esperar sentados.

John

— Se não for por bem, vai ser por mal.

Guarda

— Não está ameaçando usar a força contra nós, está?

John
– Ainda não falamos em violência, mas parece que vocês querem nos obrigar a isso! Sou um velho soldado e não posso morrer de fome; e se vocês acham que vão nos obrigar a dar meia-volta por falta de provisões, estão redondamente enganados.

Guarda
– Já que estão nos ameaçando, vamos responder na mesma moeda. Tenho ordens de atacá-los sem misericórdia.

John
– A ameaça é sua, não nossa. Só querem nos enrolar, e não temos tempo para isso. Vamos avançar em alguns minutos.*

Guarda
– O que exigem de nós?

John
– No começo, não queríamos nada, a não ser o direito de cruzar pela cidade. Não íamos causar dano a ninguém; vocês não sofreriam danos por nossa passagem. Não somos ladrões, apenas gente pobre e aflita, fugindo da terrível peste em Londres, que a cada semana devora milhares de almas. A falta de piedade de vocês nos causa muita surpresa.

Guarda
– A autopreservação nos obriga.

John
– O quê!? Reprimir a sua compaixão, num caso de tanta angústia?

Guarda
– Bem, se vocês passarem pelos campos à sua esquerda, e por trás daquela parte da cidade, vou me esforçar para que os portões da cidade sejam abertos para vocês.

---

* Assustados, os guardas prontamente mudaram de tom. (Nota do texto original)

John
— Assim os nossos cavaleiros* não conseguem passar com a nossa bagagem. Queremos ir pela estrada! Com que direito nos forçam a desviar dela? Além do mais, vocês nos pararam aqui o dia todo sem quaisquer provisões, exceto as que trouxemos conosco. Acho que deveriam nos mandar umas provisões para compensar.

Guarda
— Se vocês forem por lá, entregamos algumas provisões.

John
— Assim, todas as cidades do condado vão tentar bloquear nossa passagem.

Guarda
— Se lhes fornecerem comida, qual é o problema? Vocês têm barracas e não precisam de hospedagem.

John
— Bem, quantas provisões promete nos enviar?

Guarda
— Quantos vocês são?

John
— Não precisa trazer para todos. Estamos em três grupos. Se nos enviar pão para vinte homens e umas seis ou sete mulheres por três dias e nos mostrar o caminho para contornar o campo de que você fala, não desejamos causar pânico no povo da cidade. Vamos fazer como pedem, mas estamos tão livres de infecção quanto vocês.

Guarda
— E nos garante que os demais grupos vão nos deixar em paz?

John
— Garanto, sim, pode confiar em mim.

---

*   Só havia um cavalo entre eles. (Nota do texto original)

GUARDA
— E nos garante também que nenhum de vocês vai chegar um passo mais perto do que o local onde as provisões vão ser colocadas?

JOHN
— Pode acreditar, eu garanto.

Nisso ele chamou um de seus homens e lhe mandou transmitir ao capitão Richard a seguinte ordem: ir com seu pelotão, costeando por baixo dos pântanos, até a floresta, onde seria o ponto de encontro. Isso era tudo uma farsa, pois não havia capitão Richard, muito menos um pelotão. Seja como for, o pessoal da cidade enviou vinte pães e três ou mais peças de carne bovina, de bom tamanho, e abriu uns portões, por onde eles atravessaram; mas nenhum morador teve coragem de espiar para vê-los passar; como era noite, mesmo se tivessem olhado não teriam visto como eram poucos.

Essa foi a estratégia de John, o soldado; mas isso acabou alarmando o condado e, caso fossem realmente duzentos ou trezentos, todo o condado se uniria contra eles, e teriam sido enviados à prisão, ou talvez sido nocauteados com golpes na cabeça.

Logo se deram conta disso, pois em dois dias se encontraram com vários grupos de cavaleiros e infantes vagueando em busca de três companhias de homens armados com mosquetes, que vinham de Londres contaminados com a peste, e que não só espalhavam a doença como também saqueavam as cidades do interior.

Percebendo as consequências da situação deles, logo viram o perigo que corriam. Resolveram, também pelos conselhos do velho soldado, dividirem-se novamente com destino a duas cidades próximas dali. John e seus dois camaradas, com o cavalo, iriam rumo a Waltham, e os demais, subdivididos em dois grupos e, com certa distância uns dos outros, rumariam a Epping.

Na primeira noite todos acamparam na floresta, não muito distantes entre si, mas não montaram a barraca por medo de serem descobertos. Por sua vez, Richard usou o machado para cortar galhos de árvores, com os quais construiu três cabanas, onde todos acamparam com certa comodidade.

Naquela noite se regalaram com as provisões recebidas em Walthamstow. E quanto ao dia seguinte? Entregaram a Deus. Tinham obtido sucesso sob o comando do velho soldado, por isso ele agora tinha sido nomeado voluntariamente o líder, e na primeira missão ele se saiu muito bem. Ele avaliou que agora estavam a uma distância suficientemente adequada de Londres. Por um lado, não precisavam ir mais para o interior em busca de víveres; por outro, ainda precisavam ter muito cuidado para não serem infectados. O pouco dinheiro que tinham devia ser economizado ao máximo. Como líder, ele não pensava em induzi-los a qualquer violência contra o povo do interior. Deveriam se esforçar para administrar a situação e ficarem longe de Londres o máximo de tempo possível. Todos queriam ouvir suas dicas: na manhã seguinte abandonaram os abrigos e foram a Epping; inclusive o capitão (como era chamado agora) e seus dois companheiros de viagem decidiram abandonar o plano de ir a Waltham, e continuaram todos juntos.

Perto de Epping, entrepararam, escolhendo um lugar adequado na clareira de uma floresta, não muito perto, nem muito longe, da estrada. Ficaram ao norte da estrada, sob um rebrote de árvores cortadas. Ali ergueram acampamento, um pequeno núcleo de três tendas ou cabanas de madeira, providenciadas pelo carpinteiro e outros voluntários. Fixaram as partes mais grossas dos esteios no chão e uniram as pontas no alto, forrando as laterais com galhos de árvores e arbustos, para que elas ficassem totalmente fechadas e aquecidas. Para as mulheres fizeram uma cabana à parte, e uma baia coberta para o cavalo.

Na feira de Epping, o capitão John e um dos outros homens compraram provisões: pão, carne ovina e bovina; duas mulheres foram em separado, como se não pertencessem ao mesmo grupo, e compraram outros itens. John levou o cavalo para trazer as coisas e esvaziou a sacola onde o carpinteiro guardava suas ferramentas para estocar os itens. O carpinteiro aproveitou e foi construir uns bancos e uma mesa para refeições, com a madeira disponível.

A presença deles não foi notada por dois ou três dias; mas, depois disso, um enxame de gente veio do povoado para observá-los, e todo o povo local ficou alarmado com eles. A princípio, o pessoal aparentava ter medo de se aproximar, mas os viajantes também queriam que os moradores locais se mantivessem distantes, pois corria o boato de que a peste já estava em Waltham e que chegara a Epping há dois ou três dias. Por isso, John deu um aviso em voz alta para que não chegassem perto deles.

– Aqui só tem gente sã, e não queremos que vocês espalhem a peste entre nós, nem finjam que fomos nós que a trouxemos para vocês.

Depois disso, as autoridades paroquiais vieram negociar com eles. Sem se aproximar, perguntaram quem eram e com que autoridade tencionavam montar acampamento naquele lugar. John foi muito sincero: eram pobres aflitos londrinos, que, prevendo o sofrimento que teriam com a peste se alastrando na capital, tinham fugido a tempo de salvar suas vidas. Não tendo conhecidos ou parentes a quem recorrer, tinham ido primeiro a Islington, mas como a peste estava naquela cidade, fugiram para mais longe. Como supunham que o povo de Epping recusaria a entrada deles na cidade, armaram suas tendas na clareira da floresta, dispostos a suportar todas as dificuldades dessas cabanas desoladoras, justamente para evitar que a gente local receasse ser contaminada por eles.

Inicialmente o pessoal de Epping foi indelicado com eles e avisou que não podiam ficar, ali não era lugar para eles; fingiam estar saudáveis, mas poderiam estar infectados com a peste e assim infectar todo o interior. Por isso, a presença deles naquele local não seria tolerada.

Com muita calma, John argumentou com eles por um bom tempo. Falou que o povo de Epping e o de outras cidades ao redor dependiam de Londres para sua subsistência; na capital, eram vendidos os produtos de suas terras e daqueles que as arrendavam. Ser tão cruel com os habitantes de Londres, com aqueles de quem obtinham o seu sustento! Seria muita inclemência se isso acontecesse. Jamais se esqueceriam de tanta barbárie, inospitalidade e desconsideração do povo de Epping para com o povo londrino, que só tentava escapar do inimigo mais terrível do mundo. Isso seria suficiente para que em Londres as pessoas de Epping fossem odiadas e apedrejadas pela multidão quando viessem vender seus produtos no mercado. Acrescentou que Epping não estava livre de também ser atingida pela peste e que tinha ouvido falar que Waltham já fora. Já imaginaram o quanto seria difícil se um deles fugisse de medo antes de serem contaminados e lhe fosse negada a liberdade de fazer um humilde acampamento?

Os habitantes de Epping frisaram: vocês dizem que estão saudáveis, livres da infecção, mas é impossível ter certeza disso. Além do mais, corria o boato de que uma grande turba de invasores havia passado por Walthamstow, também alegando ser saudável. Ameaçaram saquear a cidade e passar à força, com ou sem autorização das autoridades paroquiais; o grupo tinha cerca de duzentos membros, estava armado e montava barracas como os soldados da Holanda. Tinham extorquido provisões da cidade, ameaçando se aquartelar em volta da cidade e viver à custa dos locais; exibiam as armas e falavam no jargão dos soldados. Partiram em direção a Rumford e Brentwood, e essas duas grandes cidades do interior haviam sido infectadas por eles, com a peste se alastrando; agora as pessoas já não podiam mais ir ao mercado, como sempre faziam. Era muito provável que eles fizessem parte desse grupo maior e, nesse caso, mereciam ser enviados às cadeias do condado, e lá ficarem presos até cumprir a pena pelos danos causados e pelo terror e medo que tinham instalado nas cidades do interior.

John respondeu que eles não tinham culpa pelo que outras pessoas haviam feito; garantiu que o grupo deles não havia se dividido e nunca fora mais numeroso do que naquele momento (o que, a propósito, era a pura verdade). Eram dois grupos distintos que tinham se unido, pois tinham histórias parecidas. Estavam dispostos a confirmar esse mesmo relato e a fornecer seus nomes e locais de residência. Assim, poderiam ser responsabilizados, se causassem alguma desordem, o que não ia acontecer. Os habitantes da cidade podiam ver, eles não temiam enfrentar dificuldades, só desejavam um espaço para respirar na floresta, onde era saudável (e se o ar não fosse salubre, não poderiam ficar e levantariam acampamento).

– Mas – disseram os habitantes da cidade – já temos uma grande carga de pobres e devemos tomar cuidado para não a aumentar. Vocês têm como provar vínculos com a nossa paróquia e nossos habitantes? Têm como provar que não nos oferecem perigo relativo à infecção?

– Ora, vejam só – ponderou John –, quanto a provar vínculos com vocês, receio que não podemos. Mas se nos fornecerem provisões para as nossas necessidades atuais, seremos muito gratos. Ninguém aqui dependia de caridade em Londres, por isso nos comprometemos em reembolsá-los integralmente, se Deus nos reconduzir ao seio de nossas próprias famílias e casas em segurança e restaurar a saúde do povo londrino. Quanto a morrer aqui, garantimos que, se alguém morrer, os sobreviventes vão enterrá-lo, e vocês não terão custos, a menos que todos de nosso grupo morram. Então, de fato, o último homem, não podendo enterrar a si mesmo, oneraria vocês com essa única despesa, e estou convencido – concluiu John – que ele teria o suficiente nos bolsos para pagar por essa despesa.

O ex-soldado prosseguiu:

– Mas, por outro lado, se vocês sustarem todas as manifestações de compaixão e não nos fornecerem víveres, nada extorquiremos por meio da violência, nem roubaremos nada de ninguém, e se, após gastarmos o pouco que temos, perecermos de fome, seja feita a vontade de Deus!

Com esses argumentos racionais e suaves, John acalmou os moradores da cidade, que foram embora; não deram qualquer espécie de consentimento para a sua permanência ali, mas não os molestaram, e os pobres londrinos continuaram ali por mais três ou quatro dias sem qualquer atrapalho. Nesse período, ouviram falar de uma venda nos arredores da cidade, onde adquiriam, a uma distância segura, itens de que precisavam; o pessoal do mercadinho colocava os produtos a certa distância e recebia o pagamento integral.

Nesse período, a juventude do povoado se aproximava para observar e, às vezes, até puxar conversa. Com surpresa notaram que no primeiro sábado os acampados ficaram recolhidos, louvando a Deus em comunidade e cantando salmos.

Essas coisas, e o comportamento silencioso e inofensivo, começaram a granjear uma boa opinião, e o povo do interior começou a ter pena deles e a falar muito bem deles. Então, por ocasião de uma noite muito úmida e chuvosa, um cavalheiro que morava nas imediações lhes enviou um carrinho com doze treliças ou pacotes de palha, para que melhor se alojassem e cobrissem as cabanas e se mantivessem secos. O pastor de uma paróquia não muito longe, sem saber da iniciativa do outro, também lhes enviou cerca de trinta quilos de trigo e oito quilos de ervilhas.

Sentiram-se agradecidos por esse alívio; em especial, a palha foi um grande conforto para eles; embora o engenhoso carpinteiro tivesse improvisado umas estruturas côncavas para eles se deitarem e as enchido de folhas de árvores e outros materiais disponíveis, e tivesse cortado todo o tecido da barraca para fazer cobertores, eles descansavam em substrato úmido, duro e insalubre até a chegada dessa palha, que para eles valeu como se fosse colchões de plumas e, nas palavras de John, foi mais bem-vinda do que os colchões tinham sido em outras épocas.

Após os gestos de caridade que esse cavalheiro e o pastor fizeram ao grupo de acampados, o exemplo foi rapidamente seguido pela comunidade; e a cada dia eles recebiam uma ou outra benevolência, principalmente dos cavalheiros que moravam na parte rural do condado. Enviaram cadeiras, bancos, mesas e utensílios domésticos que notavam que eles precisavam. Uns mandavam cobertores, tapetes e mantas; outros, louças de barro; e ainda outros, panelas e utensílios para preparar a comida.

Encorajados por essas boas iniciativas, o carpinteiro do grupo, em poucos dias, construiu um bom galpão, com vigas, telhado alto e sótão, onde se aconchegavam. No começo de setembro, o tempo começou a ficar úmido e frio, mas esse abrigo ficou muito bem vedado, e as laterais e o teto eram espessos. Um forno mantinha o ambiente aquecido, e uma chaminé de barro com funilaria improvisada liberava a fumaça.

Ali viveram de modo confortável, embora rústico, até o início de setembro, quando chegaram as más notícias, verdadeiras ou não. A peste andava no auge. De um lado, se alastrava na abadia de Waltham. Do outro, em Rumford e Brentwood. Foi quando uns casos espocaram em Woodford e em muitas cidades próximas a floresta, inclusive Epping! Diziam que a infecção fora trazida por vendedores ambulantes, e esse tipo de gente em suas idas e vindas a Londres.

Isso contradizia o relato que se espalhou por toda a Inglaterra, sobre o qual, eu já falei, não tenho como confirmar com meu próprio conhecimento, de que o pessoal do mercado que transportava provisões à cidade nunca pegou a infecção nem a levou de volta ao interior, duas assertivas que, tenho certeza, eram falsas.

Pode ser que eles tenham sido preservados além das expectativas, embora não fosse um milagre; muitos iam e vinham sem se infectar; e isso encorajava os pobres de Londres, que, caso contrário, teriam sofrido miseravelmente se as pessoas que traziam provisões aos mercados não fossem maravilhosamente preservadas ou mais preservadas do que seria razoável esperar.

Mas a infecção das cidades do entorno começou a perturbar o grupo de acampados. Começaram a ter medo de confiar na gente local e de sair do acampamento para buscar as coisas necessárias. Isso os afetou muito, pois agora dependiam quase exclusivamente da caridade e das provisões que as pessoas das redondezas lhes forneciam. Mas, para seu incentivo, aconteceu que outros cavalheiros do interior, que nunca antes tinham lhes enviado nada, começaram a ouvir falar neles e a ajudar no abastecimento. E um deles mandou um porco de bom tamanho; outro, duas ovelhas; e ainda outro, um bezerro. Em suma, por um tempo tiveram carne suficiente e, às vezes, queijo e leite, e coisas assim. Sentiam falta de pão: os cavalheiros lhes enviaram cereais, mas não tinham como assar ou moer. Isso os obrigou a consumir os primeiros trinta quilos de trigo que receberam na forma de grão ressecado, como os antigos israelitas costumavam fazer, sem moer ou fazer pães.

Por fim, encontraram meios de transportar os cereais a um moinho próximo de Woodford, onde o produto era moído; e depois o assador de biscoitos construiu um forno em que conseguia assar bolos de biscoito razoavelmente bem. Assim, se encontraram em condições de viver com menos ajuda logística das cidades. E foi ótimo que o fizeram, pois logo depois a infecção se alastrou por todo o interior, e cerca de cento e vinte pessoas morreram da peste em povoados vizinhos, algo terrível para eles.

Sobre o assunto fizeram uma nova reunião, e agora os povoados não precisavam temer que o grupo acampasse nas imediações; mas, ao contrário, várias famílias dos bairros mais pobres estavam abandonando as suas casas e construindo cabanas na floresta, no mesmo sistema que eles tinham feito. Mas foi constatado que várias dessas pessoas que assim se refugiaram acabaram contraindo a doença inclusive em suas cabanas, por um simples fato: não porque se transferiram a um local mais arejado, mas por terem feito isso tarde demais. Quer dizer, só depois de fazer contato interpessoal com seus vizinhos e terem se contaminado. Assim, levaram a doença junto com eles para onde foram. Ou talvez eles não tivessem sido cuidadosos o suficiente e, após se retirarem com saúde das cidades, voltaram e se misturaram com as pessoas doentes.

Isso não importa. Mas quando os nossos viajantes começaram a perceber que a peste já não estava apenas nas cidades, mas também em barracas e cabanas nas florestas, pertinho deles, começaram não só a ter medo, mas a pensar em levantar acampamento. Caso permanecessem ali estariam correndo sério perigo de morte.

Claro que ficaram muito transtornados por serem obrigados a abandonar o local em que foram tão gentilmente recebidos e onde foram tratados com tanta humanidade e caridade. Entretanto, a necessidade e o risco de perder suas vidas (que haviam preservado com tanto esforço até agora) prevaleceram, e não houve remédio. John, porém, pensou num remédio para o atual infortúnio. Tentaria fazer amizade com aquele cavalheiro que era seu principal benfeitor em meio à angústia em que se encontravam, para obter ajuda e aconselhamento tão ansiados naquele momento.

Esse bom e caridoso cavalheiro os incentivou a deixar o local, por medo de que a violência da peste acabasse lhes tirando qualquer chance de retirada. Para onde deveriam ir? Isso ele achou muito difícil orientar. Por fim, John indagou se este senhor, sendo ele juiz de paz, forneceria a eles certificados de saúde para outros juízes que porventura encontrassem no futuro. Assim, independentemente de qual fosse o rumo deles, não seriam mais repelidos, estando há tanto tempo afastados de Londres. Isso o benfeitor prontamente lhes concedeu, fornecendo certificados de boa saúde a todos eles. Estavam livres agora para viajar para onde desejassem.

O certificado mencionava que moravam há algum tempo numa aldeia do condado de Essex. Foram examinados e interrogados. Tinham evitado o contato social por mais de quarenta dias e não apresentavam qualquer sintoma da enfermidade. Por isso, concluía-se que eram saudáveis e poderiam ser recebidos com segurança em qualquer lugar. Afinal, estavam saindo por medo da peste recém-chegada à cidade, e não por constatarem sinais de infecção em seus corpos.

Com esse certificado eles migraram, embora com grande relutância. Mas John estava inclinado a não se afastar muito de casa, e foram rumo aos pântanos nas imediações de Waltham. No caminho, porém, encontraram um homem que, ao que parece, cuidava de uma represa no rio, construída para levantar água para as barcaças que sobem e descem o rio. Esse senhor contou histórias aterrorizantes sobre a doença que se espalhava por todas as cidades ribeirinhas, para as bandas de Middlesex e Hertfordshire (ou seja, Waltham, Waltham Cross, Enfield, Ware e todas as cidades da estrada). Tudo indicava que era um exagero, mas ficaram com medo de seguir por ali.

Amedrontados, resolveram atravessar a floresta rumo a Brentwood e Rumford. Mas logo ouviram falar que muitos londrinos tinham fugido de Londres naquela direção e se escondido na floresta de nome Henalt, perto de Rumford. Sem meios de subsistência nem habitação, viviam de modo errante, enfrentando situações extremas nos bosques e campos em busca de alívio. A carência os deixara tão desesperados que começaram a ser violentos com a gente do interior. Roubos. Saques. Abigeatos. Outros construíram choupanas à beira da estrada e imploravam por ajuda. Nesse cenário, o interior andava muito agitado e constrangido com a presença desses forasteiros que não eram bem-vindos.

Essa situação, a princípio, praticamente liquidava com as chances de o grupo encontrar a caridade e a bondade que tinham encontrado antes. Além disso, seriam interpelados por onde fossem e correriam perigo de sofrer violência da parte desses outros retirantes.

Pesando tudo isso na balança, John, o capitão, em nome de todo o grupo, voltou a procurar o seu bom amigo e benfeitor que os havia ajudado antes. Explicou o caso e foi honesto com ele. Pediu humildemente um conselho; e ele gentilmente os aconselhou a reocupar o antigo acampamento ou montá-lo um pouco mais longe da estrada, e deu as dicas a eles sobre um local apropriado. E como eles queriam muito uma casa, em vez de cabanas, para abrigá-los naquela época do ano, em que as festas de São Miguel se aproximavam, acharam um velho casebre abandonado, em péssimo estado de conservação. O chalezinho erguia-se nas terras de um produtor rural que lhes deu permissão para fazer bom uso do local.

O engenhoso carpinteiro, com a ajuda dos outros, pôs mãos à obra, e em poucos dias o chalé estava pronto para lhes fornecer abrigo em caso de mau tempo. O chalé tinha uma chaminé e um forno em condições precárias, mas o grupo os deixou funcionais; fizeram um puxadinho e acrescentaram barracões no entorno, e logo o chalé fornecia morada a todo o grupo.

O mais necessário eram tábuas para fazer persianas, assoalhos e portas; mas o cavalheiro já mencionado os auxiliou, e o povo do campo se tranquilizou com a presença deles, afinal de contas, sabiam que estavam saudáveis. Assim, todo mundo os ajudou com aquilo que estava sobrando.

Ali baixaram poeira de uma vez por todas, decididos a ficar. Logo perceberam como o povo do interior tinha um medo terrível de todo mundo que vinha de Londres. Não conseguiriam circular entre um povoado e outro, a não ser com muitas dificuldades, e certamente não seriam bem-vindos e não teriam auxílio como ali.

A assistência e o incentivo que tinham recebido com tanta alegria, porém, não foram suficientes para evitar grandes apuros. Em outubro e novembro o tempo encrespou, e eles sofreram como nunca antes. O ar frio e úmido enregelava seus membros; alguns ficaram gripados, mas felizmente ninguém contraiu a peste. Em meados de dezembro voltaram à capital.

Estou ampliando esse relato justamente para registrar os numerosos grupos que súbito apareceram na cidade assim que a peste amainou. Como eu disse, muita gente que tinha onde se refugiar buscou refúgio no meio rural. No auge da peste, o pavor foi tanto que a classe média que não tinha amigos no interior fugiu em busca de qualquer abrigo, tendo ou não dinheiro para se sustentar. Quem tinha dinheiro sempre fugia para mais longe, porque podia se sustentar, mas quem estava sem dinheiro enfrentava grandes dificuldades. Muitas vezes, o seu meio de sustento era a benevolência do povo do interior. Por isso, o interior andava muito inquieto com esses refugiados. Ninguém sabia o que fazer com eles, nem queria castigá-los, mas muitas vezes eram enxotados. Assim, acabavam obrigados a se mudar de um lugar para outro, até serem compelidos a voltar para Londres.

Ao ficar sabendo da história de John e seu irmão, investiguei e descobri que muita gente pobre e desconsolada, como já descrevi, se refugiou no interior, em todas as regiões. Alguns se instalaram em galpões, celeiros e meias-águas e contaram com a bondade do povo rural, especialmente quando conseguiam provar que estavam saudáveis e não tinham saído de Londres tarde demais. Mas muita gente teve de construir cabaninhas e barracões nos campos e florestas, ou morar como eremitas em grutas e cavernas, ou em qualquer lugar que encontrassem, e onde, com absoluta certeza, sofreram muito. Uma boa parte foi obrigada a retornar, por mais que isso fosse perigoso. Muitas vezes, essas moradas pareciam abandonadas, e o povo do interior imaginava que os habitantes jaziam lá dentro, mortos pela peste, e não se aproximavam delas por medo, e isso perdurou por um bom tempo. Não é improvável que alguns desses infelizes retirantes tenham morrido ali completamente sós, às vezes, por falta de ajuda. Numa dessas cabanas foi encontrado um homem morto. Na porteira ali perto uma inscrição em letras desuniformes estava entalhada na madeira. Com base nela, alguém poderia supor que um dos homens ainda estava vivo e o outro tinha morrido primeiro, talvez enterrado de modo sumário:

Ai, que tristeza!
Nós dois vamos morrer,
Dor, dor.

ACUSAÇÕES MÚTUAS

Já fiz um relato da situação dos barqueiros, como as naus estavam ancoradas rio abaixo, "a distância, mas no campo de visão", em fileiras, popa com popa, desde Pool até onde a vista alcançava. Contaram-me que elas permaneciam naquela posição descendo o rio até Gravesend, e algumas muito além, em todo e qualquer lugar onde pudessem ter segurança quanto ao vento e ao clima. Nunca ouvi falar que a peste atingiu qualquer pessoa a bordo dessas naus, exceto aquelas nas proximidades de Pool, ou rio acima, em Deptford Reach, onde o pessoal frequentemente se arriscava em terra firme e ia às cidades, aldeias e casas de agricultores para comprar novas provisões (aves, porcos, bezerros e afins).

Também descobri que os barqueiros da parte do rio a montante da ponte encontraram meios para se transportar rio acima o mais longe que podiam. Muitos deles mantinham toda a família em seus barcos, cobertos com toldos e fardos de feno, e os interiores forrados com palha. E assim continuam ao longo da margem, nos pântanos, alguns montando pequenas tendas com as velas dos barcos, ficando embaixo delas em terra durante o dia e voltando aos barcos à noite. As barrancas do rio estavam apinhadas de barcos e pessoas, que obtinham meios para subsistir da área rural; de fato, a gente do campo e outros cavalheiros, nessas e em todas as outras ocasiões, foram muito solícitos para ajudá-los, mas não estavam dispostos a recebê-los em seus povoados e casas, e não podemos culpá-los por isso.

Sei de um infeliz senhor cuja família fora dizimada pela peste de um modo horrendo. Mulher e filhos, mortos. Além dele, sobraram apenas dois empregados e uma senhora de idade, parente próxima, que havia cuidado dos doentes do melhor jeito que pôde. Esse homem desconsolado chega a um povoado nos arredores da cidade, mas fora das estatísticas londrinas, e, ao se deparar com uma casa vazia, pergunta sobre o proprietário e ocupa a casa. Em seguida, enche uma carroça de provisões e as leva à casa. O povo do vilarejo levantou objeções à locomoção da carroça pelas ruas, mas, depois de algumas discussões e certo uso da força, os condutores da carroça conseguiram passar e chegar à porta da casa. Ali houve nova discussão com o guarda, que se negou a autorizar a entrada do material. O homem pediu que as mercadorias fossem descarregadas do lado externo e liberou a carroça. Por conta disso, foi levado perante um juiz de paz, quer dizer, foi intimado a ir, e foi. O juiz determinou que ele levasse embora os itens e o proibiu de deixá-los na casa, mas ele se recusou. Nisso o juiz mandou o guarda buscar os carroceiros. Eles deveriam transportar os produtos a um depósito até nova ordem. E se não conseguissem encontrá-los, e o homem não consentisse em levá-los embora, deveriam arrastar os itens com ganchos da porta da casa até o meio da rua, onde deveriam ser incinerados. Aflito, o pobre homem pegou suas coisas, com lamúrias e protestos pelas dificuldades. Mas não teve remédio: a autopreservação obrigava o povo a um rigor que normalmente não adotaria. Não sei se esse pobre homem sobreviveu ou não, mas dizem que pegou a peste nessa época, e talvez o povo diga isso para justificar o modo como ele foi tratado. Não era improvável, porém, que ele ou seus bens, ou ambos, oferecessem perigo de contágio, já que sua família inteira morrera da peste há pouco tempo.

Sei que os habitantes da grande Londres foram muito acusados de crueldade com os pobres aflitos que fugiam do contágio, com atos de muita severidade, como pode ser notado pelo que já dissemos; mas não posso deixar de acrescentar que onde havia lugar para caridade e assistência, sem perigo aparente, o povo se prontificava a ajudá-los e a abastecê-los com provisões. Quem mandava nas cidades do entorno eram elas mesmas. Por isso, as pessoas pobres que buscavam refúgio ali eram geralmente enxotadas e mandadas de volta à capital. Houve um clamor popular, uma série de reclamações e protestos contra a falta de hospitalidade dessas cidades do interior.

Apesar disso, posso afirmar com segurança, nenhuma cidade num raio de quinze (talvez trinta) quilômetros da capital escapou da epidemia, e em todas elas houve mortandade. Coletei os seguintes dados:

ÓBITOS EM CIDADES PERTO DE LONDRES

CIDADE	ÓBITOS PELA PESTE
Enfield	32
Hornsey	58
Newington	17
Tottenham	42
Edmonton	19
Barnet e Hadley	43
St. Albans	121
Watford	45
Uxbridge	117
Hertford	90
Ware	160
Hodsdon	30
Waltham Abbey	23
Epping	26
Deptford	623
Greenwich	631
Eltham e Lusum	85
Croydon	61
Brentwood	70
Rumford	109
Barking	cerca de 200
Brandford	432
Kingston	122
Staines	82
Chertsey	18
Windsor	103
Cum allis	

Outra coisa que deixava o povo do interior mais rigoroso no que diz respeito aos cidadãos, em especial aos mais pobres, como sugeri antes, é a aparente propensão ou tendência perversa de as pessoas infectadas infectarem as outras.

Houve grandes debates entre nossos médicos para entender o porquê desse comportamento. Alguns alegaram que isso faz parte da natureza da doença, e que a peste transtorna cada pessoa por ela contaminada com uma espécie de raiva, um ódio contra a nossa própria espécie. É como se houvesse uma tendência maligna de facilitar a transmissão da peste. Como o caso do cachorro manso que, após contrair raiva, ataca e morde quem se aproxima, inclusive gente que o tratava com carinho.

Outros creditavam esse comportamento à própria natureza humana, quando a pessoa não suporta estar mais infeliz do que a outra e acalenta involuntariamente o desejo de que todos sofram como ela, ou estejam em situação tão ruim quanto a sua.

Outros ponderavam que era só uma espécie de desespero inconsciente, uma perigosa despreocupação com a segurança das pessoas próximas a elas, mas também de si mesmas. De fato, quando o ser humano chega ao ponto em que desiste de si próprio, em que cessa de se preocupar com a segurança própria e desdenha do perigo, não é surpresa que demonstre desleixo com a segurança das outras pessoas.

Mas resolvi abordar esse importante debate sob um prisma completamente diferente, e decidi que a minha resposta é me recusar a reconhecer o fato. Prefiro afirmar que a coisa não foi bem assim. O que havia era uma reclamação geral das pessoas que habitam as cidades vizinhas contra os cidadãos londrinos, para justificar, ou pelo menos desculpar, as dificuldades e severidades já tão comentadas. Cada lado tinha suas razões em reclamar, e essas reclamações acabaram provocando sofrimento mútuo. Por um lado, os cidadãos londrinos pressionam para serem recebidos e abrigados em tempos de angústia; infectados com a peste, reclamam da crueldade e da injustiça do povo interiorano ao impedir a sua entrada, obrigando-os a voltar com seus bens e famílias. De outro, os habitantes do interior, sentindo-se pressionados com a invasão dos cidadãos londrinos, por assim dizer, sem prévia consulta, reclamam que esses invasores, quando infectados, não têm a mínima consideração pelos outros e mostram inclusive propensão a infectá-los. Eis que nenhuma das situações condizia com a realidade, ao menos com as cores com que eram descritas.

Verdade, é preciso mencionar os frequentes alarmes divulgados ao interior, sobre a resolução do povo de Londres de emigrar, por bem ou por mal, não apenas para se refugiar, mas para saquear, roubar, correr pelas ruas transmitindo a peste, desvairadamente; e que nenhum cuidado havia sido tomado para interditar as casas e confinar os doentes para que outras pessoas não fossem infectadas. Vamos ser justos com os londrinos, eles nunca praticaram essas coisas, exceto em casos particulares como mencionei acima, e coisas assim. A realidade é que tudo foi administrado com tanto cuidado, e uma disciplina tão excelente foi observada em toda a capital e nos subúrbios, sob a gestão do Senhor Prefeito e dos vereadores, e dos juízes da paz, curadores da igreja etc., nas áreas extramuros, que Londres mostrou um padrão a ser seguido por todas as cidades do mundo por conta da boa gestão e da excelente organização que foi mantida em todos os lugares, mesmo no período mais violento da infecção e quando as pessoas estavam na maior consternação e angústia. Mas, para bom entendedor, meia palavra basta.

Um detalhe merece ser mencionado em honra dos magistrados: a extrema prudência e moderação aplicadas na grande e difícil missão de interditar as casas. É verdade que esse era um tema delicado que deixava o povo muito descontente. Na realidade, eu posso dizer que esse era o único motivo de descontentamento entre o povo na época. Confinar saudáveis e doentes na mesma casa foi considerada uma medida terribilíssima, e as famílias assim confinadas reclamavam tristemente. Reclamavam em suas próprias ruas, às vezes, com palavras ressentidas, mas em geral com pedidos de compaixão. Não tinham como conversar com os amigos, a não ser pelas janelas, onde faziam lamentos tão sentidos que comoviam os corações dos interlocutores e dos transeuntes que ouviam suas histórias. Muitas vezes, essas queixas reprovavam o rigor e a eventual insolência dos vigias postados às suas portas. Alguns vigias respondiam de modo atrevido e até afrontavam as pessoas que estavam na rua conversando com essas famílias; em razão disso, ou por maus-tratos às famílias, acho que sete ou oito desses vigias acabaram mortos em vários pontos da cidade. Não sei se eu devo dizer "assassinados" ou não, pois não sei dos detalhes. É verdade, os vigias cumpriam seu dever e atuavam investidos de autoridade legal. Matar qualquer funcionário público legal no exercício de suas funções é sempre, no jargão jurídico, "assassinato". Mas, mesmo imbuídos de poder institucional, não estavam autorizados, conforme as instruções do magistrado, a cometer abusos e injúrias com as pessoas que estavam sob sua responsabilidade nem com qualquer pessoa que se preocupasse com elas. Assim, quando faziam esse tipo de coisa, pode-se dizer que agiam por conta própria, não investidos de seus cargos; agiam como um particular, não como funcionário público. Por isso, se eles atraíram danos contra si mesmos por esse comportamento tão indevido, esse dano foi causado por eles próprios. O povo os amaldiçoava com fúria, merecidamente ou não; portanto, se algo de ruim acontecia com eles, ninguém sentia pena: todo mundo dizia "bem-feito". Tampouco me lembro de alguém ter recebido uma punição severa por ter cometido algo contra os vigias que guardavam suas casas.

Que gama de estratagemas foram usados para escapar e sair das casas! Já toquei no assunto de como os vigias eram enganados ou superados, e as pessoas conseguiam escapar. A acrescentar apenas que os magistrados amenizaram e aliviaram as famílias em muitas ocasiões nesses casos. Em especial, providenciando a remoção dos doentes dispostos a serem transferidos a um Hospital dos Pestosos ou lugar parecido. Às vezes, as pessoas saudáveis que moravam na casa interditada ganhavam a permissão de se mudar, mediante informações de que estavam bem e que se manteriam confinadas nas casas para onde elas fossem, pelo tempo necessário. E a preocupação dos magistrados para abastecer as famílias pobres infectadas – digo, abastecê-las com itens de primeira necessidade, como alimentos e remédios – foi muito grande. Inclusive não se contentavam em dar as ordens necessárias aos oficiais nomeados: os vereadores, a pé ou a cavalo, costumavam ir pessoalmente a essas casas, chamar a família em suas janelas e saber se estavam bem supridas ou não. Queriam algo que era necessário? Os oficiais transmitiam suas mensagens e traziam as coisas que eles pediam? Quando respondiam "sim", tudo ficava bem, mas se reclamassem que estavam mal supridos, e se o oficial não cumpria seu dever ou não os tratava com civilidade, eles (os oficiais) acabavam exonerados e substituídos.

Essas reclamações poderiam ser injustas, é claro. Se o oficial argumentasse de modo convincente, o magistrado poderia dar razão a ele e concluir que o povo o havia caluniado. Nesse caso, o oficial permanecia no cargo e as pessoas eram repreendidas. Mas sobre essa parte não foi possível fazer uma investigação mais específica, pois era difícil estabelecer uma conversa clara com um interlocutor na rua e outro na janela, como era o caso então. Os magistrados, portanto, geralmente davam razão ao povo e retiravam o homem, pois essa medida parecia ser a menos errada e menos danosa. Afinal de contas, se o vigia fosse prejudicado, eles facilmente poderiam corrigir isso, dando-lhe outro posto da mesma natureza. Mas se a família fosse prejudicada, não havia como emendar o dano irreparável no que concerne a suas vidas.

Uma vasta gama desses casos acontecia com frequência entre os vigias e as pessoas carentes interditadas em suas casas, além das fugas já mencionadas. Às vezes, os vigias se ausentavam, ou se embriagavam, ou caíam no sono quando as pessoas precisavam deles. Esses fatos eram punidos com severidade, e merecidamente, diga-se de passagem.

Seja como for, interditar na mesma casa pessoas saudáveis e doentes era algo muito inconveniente. Isso provocou muitas tragédias que poderiam ser abordadas aqui, mas foi autorizado por lei e tinha o bem público como objetivo principal. Na visão dos magistrados, os danos particulares eram compensados pelos benefícios públicos.

No geral é duvidoso que isso tenha contribuído para sustar a infecção. No zênite de sua fúria e intensidade, parecia que nada poderia conter o ritmo de contágio da peste, mesmo com a interdição das casas infectadas sendo executada da melhor maneira possível. Com certeza, se todas as pessoas infectadas fossem efetivamente isoladas, nenhuma pessoa sadia poderia ser infectada por elas, pois não teria se aproximado delas.

PROPAGAÇÃO POR PESSOAS AINDA SEM SINTOMAS

Mas a verdade é uma só, e vou mencioná-la aqui, de uma vez por todas. A infecção era propagada inconscientemente por pessoas que não estavam ainda visivelmente infectadas. Não sabiam quem infectaram, nem por quem foram infectadas.

Uma casa em Whitechapel foi interditada por conta duma criada infectada, que tinha apenas manchas, não as pústulas, que apareceram nela, e ela se recuperou. Contudo, essas pessoas não tiveram liberdade para sair de casa, nem para respirar ar fresco ou esticar as pernas, por quarenta dias. Falta de ar, medo, raiva, tormento e todas as outras dores sofridas por um tratamento tão agressivo deixaram a dona dessa casa com febre. Inspetores entraram na casa e disseram que era a peste, embora os médicos declarassem que não. A família foi obrigada a recomeçar a quarentena, de acordo com o relatório do inspetor, embora a primeira quarentena fosse acabar em poucos dias. Triste, com raiva, a família se sentiu oprimida. Como antes, confinaram-se. Sem ar fresco, sem espaço para respirar, a família inteira foi adoecendo. Gripe, escorbuto, cólicas... O confinamento foi estendido por várias ocasiões. Os próprios inspetores que vinham na esperança de liberá-los acabavam trazendo a peste com eles. Todo mundo na casa se infectou e quase todos morreram, não porque estavam com a peste inicialmente na casa, mas porque ela foi trazida por essas pessoas, as quais deveriam ter tido o cuidado de protegê-las. E isso era algo que acontecia com frequência, e foi realmente uma das piores consequências de interditar as casas.

MINHAS PERIPÉCIAS COMO INSPETOR

Nessa época, eu tive um problema que me deixou muito aflito e perturbado. Eu receava ser exposto a uma catástrofe, mas isso não aconteceu. Fui nomeado pelo vereador de Portsoken Ward como um dos inspetores da comarca em que eu morava. Tínhamos uma grande paróquia e não menos de dezoito inspetores, o nome técnico era esse. Já o povo nos chamava de visitadores. Esforcei-me com todas as minhas forças para ser dispensado dessa missão. Argumentei como pude ao vereador adjunto para ser dispensado; em particular, justifiquei que eu era terminantemente contra interditar as casas. Seria dificílimo me obrigar a ser um instrumento de algo que contrariava meus princípios, algo que no fundo eu não acreditava que atenderia aos fins destinados. Mas a única redução que obtive foi a de cumprir a função por três semanas, em vez de dois meses, com a condição de disponibilizar outra pessoa responsável para servir o resto do tempo para mim. No frigir dos ovos, essa foi uma concessão praticamente inútil, pois era dificílimo convencer alguém de confiança a aceitar esse encargo.

Reconheço que a interdição das casas teve um efeito oportuno, qual seja, o de isolar as pessoas doentes. Caso elas não fossem submetidas a esse isolamento, teriam causado muitos perigos e contratempos, infectadas com a peste e circulando pelas ruas. Em delírio faziam isso da maneira mais assustadora possível, como foi observado no princípio, até serem confinadas. Era algo muito escancarado no começo. Acredite, os pobres andavam e imploravam nas portas das pessoas dizendo estarem com a peste, imploravam trapos para cobrir as escaras, ou qualquer coisa do gênero em meio à sua natureza delirante.

A infeliz esposa de um conhecido cidadão foi, se o relato for verdadeiro, assassinada por uma dessas criaturas em Aldersgate Street, ou naquele entorno. O assassino andava pela rua, ensandecido, com certeza, e cantarolando. O povo contou que ele só estava bêbado, mas ele mesmo avisou que estava com a peste no corpo, e ao que parece era verdade. Ao se deparar com a dama, ele fez menção de tentar beijá-la. Ela ficou terrivelmente assustada, pois o sujeito era rude, e fugiu dele. Mas tinha pouca gente na rua e não havia ninguém perto o suficiente para ajudá-la. Quando ela viu que seria alcançada, virou-se e arremeteu contra ele, dando-lhe um empurrão. Mas aí! Antes de cair para trás ele a agarrou pelo braço, arrastando-a junto ao chão, onde acabou dominando a situação e lascando um beijo nela. E depois ainda indagou: se ele tinha a peste, por que ela não deveria ter? Antes de ouvir isso, ela já estava assustada o suficiente. Mas ao escutar que ele estava com a peste, soltou um grito lancinante e caiu num misto de chilique e desmaio. Ela não se recuperou do susto: em poucos dias estava morta. Não fiquei sabendo se ela pegou ou não a peste.

Outro infectado repentinamente foi bater à porta da casa de um cidadão onde o conheciam muito bem. O criado o fez entrar, e o visitante, ao saber que o dono da casa estava lá em cima, entrou na sala quando a família estava reunida para o jantar. Surpresos, começaram a se levantar, sem saber qual era o problema; mas ele pediu que se sentassem, só viera para se despedir deles. Eles o interpelaram:

– Ora, sr. _____, para onde o senhor está indo?

– Indo? Estou com a peste, e amanhã à noite estarei morto.

É fácil de acreditar, mas não de descrever a consternação causada. As damas e as filhinhas do dono da casa, que não passavam de menininhas, sentiram um pavor quase mortal, e se levantaram, cada qual correndo para uma porta, umas ao andar de baixo e outras ao andar de cima e, reunidas como puderam, trancafiaram-se em seus quartos e pediram socorro aos gritos nas janelas, como se estivessem fora de si de tão assustadas. O dono da casa, mais controlado do que elas, embora assustado e trêmulo, estava prestes a colocar as mãos nele e empurrá-lo escada abaixo, por impulso; mas avaliou a condição do homem e o perigo que seria tocá-lo. Nisso, o horror tomou conta de sua mente, e ficou ali, paralisado de espanto. O pobre doente, nesse tempo todo, tão afetado em seu cérebro como em seu corpo, também ficou ali estupefato. Até que súbito ele se vira e exclama com toda a calma aparente e imaginável:

– Ora! Então perturbei todos vocês? Ficaram incomodados comigo? Bem, então vou para casa e morrer lá.

E, ato contínuo, desce os degraus. O criado que o deixou entrar desce atrás dele com a vela acesa, mas tinha medo de cruzar por ele e abrir a porta; então parou ao pé da escadaria para ver o que ele faria. O homem abriu a porta, saiu e a bateu atrás de si. Precisou de um tempo para que a família se recuperasse do susto. Mas, como ninguém se contaminou, acabou se tornando uma história que contavam com grande satisfação. O homem não apareceu mais, mas acredite, alguns dias se passaram para que a família se recobrasse da agitação em que ficou. Ninguém subia ou descia as escadas até uma vasta gama de incensos e perfumes ser acendida em todos os cômodos, além de muitas defumações de breu, pólvora e enxofre. Todos trocaram de roupa e as lavaram, e coisas assim. Quanto ao pobre coitado, se viveu ou morreu, eu não me lembro.

Uma coisa é certa: se por meio da interdição das casas os doentes não tivessem sido confinados, multidões, que no auge da febre entravam em delírio e desvario, continuariam a andar para lá e para cá pelas ruas. Ainda assim muitos infectados acabaram fazendo exatamente isso.

O HOMEM NU EM PLENO TÂMISA

Ai de quem topasse com eles na rua! Eram violentos como cães raivosos que saem atacando tudo pela frente. Não duvido de que, se algum desses seres infectados tivesse mordido um homem ou uma mulher em meio ao frenesi da peste, essas vítimas certamente acabariam irremediavelmente infectadas, pois o agressor tinha as pústulas na pele.

Uma dessas criaturas infectadas pulou da cama só de camisa, em meio à angústia e à agonia dos inchaços (tinha três deles no corpo). Calçou os sapatos e foi vestir o casaco, mas a enfermeira resistiu, arrancando o casaco dele. Em resposta, ele a derrubou no chão, pulou por cima dela, desembestou-se escada abaixo e enveredou rua afora em direção ao Tâmisa, com a enfermeira atrás dele, gritando para que o vigia o parasse. Mas o vigia, assustado e com medo de encostar no homem, o deixou passar. Nisso o fugitivo já descambava pela escadaria de Still-Yard. Tirou a camisa e os sapatos e mergulhou no Tâmisa. Bom nadador que era, atravessou o rio. Como a maré estava "entrando", como o pessoal diz (ou seja, correndo rumo oeste), foi parar nas imediações da escadaria Falcon. Pisou no solo firme. Ninguém por perto. Saiu correndo pelas ruas, totalmente nu, por um bom tempo. Aproveitando a maré alta, atirou-se ao rio de novo, nadou de volta ao Still Yard e subiu correndo pelas ruas até a casa dele. Bateu à porta, subiu os degraus da escada e voltou para a cama dele. Dizem que esse terrível experimento acabou o curando da peste. O agitar violento de braços e pernas esticou os tecidos onde estavam as ínguas em seu corpo (isto é, nas axilas e nas virilhas). Com isso elas amadureceram e romperam. E a água gelada do rio amainou a febre em seu sangue.

Vale acrescentar que não garanto a veracidade desses relatos. Apenas são fatos que chegaram a meu conhecimento. Em especial, o caso desse homem que se curou pela aventura extravagante, confesso achar improvável, mas serve para confirmar até onde o desespero levava as pessoas perturbadas. Na época era muito comum topar com gente delirante e desorientada. Imagine então como seria se essas pessoas não tivessem sido confinadas pela interdição das casas? Essa foi a melhor, se não a única, vantagem obtida com esse rigoroso método.

Por outro lado, essa prática foi alvo de queixas, e os lamentos, acerbíssimos.

Era de cortar o coração dos transeuntes ouvir os gritos comoventes daquelas pessoas infectadas, que, em meio ao descontrole causado pela violência de suas dores ou pela febre em seu sangue, estavam obrigadas a permanecer trancafiadas em casa, talvez amarradas a camas e cadeiras, para impedir que se autoflagelassem. Essa gente fazia horrendos protestos por estarem confinadas; por não terem permissão para "morrer à vontade", como gostariam de fazer.

Era tristíssimo ver esse corre-corre de gente perturbada pelas ruas, e os magistrados fizeram o possível para evitá-lo. Em geral, isso acontecia à noite, sem aviso prévio. Quando essas tentativas eram feitas, os oficiais talvez não estivessem disponíveis para evitá-las. Mesmo quando isso acontecia em plena luz do dia, os oficiais nomeados não se arriscavam a se intrometer. Nessa gente a infecção já era grave, sem sombra de dúvida, mas quando chegava nesse ponto era gravíssima. Tocar nesse pessoal era uma coisa muitíssimo perigosa. Por outro lado, em geral ficavam correndo à toa, sem ter consciência do que faziam, até a morte os derrubar ou seu entusiasmo se exaurir. Nisso caíam no chão e trinta ou sessenta minutos depois estavam mortos. Isso era algo muito triste, pois nesse ínterim voltavam à realidade. Com gritos e lamentos penetrantes mostravam o profundo sentimento aflitivo de sua condição. Fatos dessa natureza aconteceram muitas vezes, em especial no começo das interdições, quando os vigias não agiam com tanto rigor para impedir que as pessoas saíssem. Alguns receberam severas punições por negligência e descumprimento de seus deveres. Fingiam que não viam as pessoas da casa saírem, sendo coniventes com suas escapadelas, de gente doente ou saudável. Mas depois de perceberem que os oficiais nomeados para examinar suas condutas estavam decididos a fazê-los cumprir o seu dever, caso contrário seriam punidos por omissão, atuaram com mais rigor. A movimentação das pessoas foi restringida estritamente. Só que o povo não acatou esse rigor e logo externou sua impaciência e seu descontentamento. É difícil descrever o quanto isso deixou as pessoas incomodadas, mas foi uma medida absolutamente necessária. Isso poderia ter sido evitado caso outras medidas tivessem sido tomadas oportunamente, mas já era tarde demais para isso.

Se os doentes não tivessem sido isolados, na época Londres teria se tornado o lugar mais pavoroso do mundo em todos os tempos. O número de pessoas mortas nas ruas seria tão grande quanto em suas casas. No auge da peste, as vítimas alucinavam e ficavam delirantes; nesse estado, jamais seriam persuadidas a ficar na cama a não ser à força. Muitos que não estavam amarrados se jogavam janela afora quando descobriam que não podiam sair pelas portas.

Era difícil conversar nesse período calamitoso, portanto era impossível tomar conhecimento de todos os casos extraordinários ocorridos em diferentes famílias. Em especial, acredito que nunca se soube até hoje quanta gente em meio a seus delírios se afogou no Tâmisa e no rio que corre dos pântanos e banha Hackney, geralmente chamado de rio Ware ou rio Hackney. Pouquíssimas dessas pessoas foram registradas nas estatísticas semanais. Ninguém tinha como saber se o afogamento era acidental ou não; e muitos corpos jamais foram encontrados. Por isso é presumível que mais gente morreu dessa forma do que o número oficialmente registrado.

INCÊNDIOS MISTERIOSOS

O mesmo parece ter acontecido em outros métodos de autodestruição. Também teve o caso de um sujeito nas imediações da Whitecross Street que ardeu em chamas em seu leito. Alguns alegaram que ele ateara fogo em si mesmo, outros que foi uma enfermeira vingativa que cuidava dele. Mas sobre uma coisa havia consenso: ele estava contaminado com a peste.

Outro bondoso arranjo da Providência, e sobre o qual muito meditei naquela época: nenhum incêndio, ao menos de grande monta, aconteceu na cidade naquele ano. Se isso tivesse acontecido teria sido horrendo. Das duas, uma: ou o povo não apagaria o fogo, ou se reuniria em grandes multidões, esquecidos do perigo da infecção, despreocupados com as casas em que entravam, os bens que manuseavam ou as pessoas com quem interagiam. O fato é que, à exceção daquele na paróquia de Cripplegate, e dois ou três pequenos focos de incêndio, prontamente extintos, não houve desastre desse tipo ao longo do ano inteiro. Ficamos sabendo de uma história sobre uma casa num lugar chamado Swan Alley, passando pela Goswell Street, onde a Old Street desemboca na St. John Street. Lá uma família foi infectada de modo tão horripilante que todos da casa morreram. A derradeira moradora deitou-se defronte à lareira, onde acabou morrendo. O piso era de madeira e labaredas acidentais o incendiaram. O fogo se alastrou até quase alcançar o corpo. Mas incrível: não queimou o cadáver, coberto apenas por uma camisola. Em vez disso, extinguiu-se sem consumir o resto da casa, embora fosse uma casinha de madeira. O quanto isso tem de verdade não tenho como saber; mas sei que no ano seguinte a cidade sofreu drasticamente com incêndios, enquanto em 1665 esse tipo de calamidade pouco nos atingiu.

A agonia imergia os doentes em delírios e loucuras e, quando estavam sozinhos, cometiam atos desesperados. Por isso, é mesmo de estranhar que não tenha havido mais desastres desse tipo.

Com frequência me perguntam como é que tanta gente infectada circulava nas ruas mesmo com as casas infectadas sendo vigiadas atentamente.

Confesso que nunca descobri como dar uma resposta direta a essa pergunta. Todo mundo deveria estar isolado e observado. Não tenho outra resposta além desta: numa cidade tão grande e populosa como a nossa, era impossível descobrir instantaneamente cada casa infectada e interditá-la no momento oportuno. Assim, as pessoas tinham a liberdade de andar pelas ruas, ir aonde bem entendessem, a menos que sabidamente morassem nessa ou naquela casa infectada.

Vários médicos disseram ao Senhor Prefeito que a fúria do contágio foi tão intensa em certos períodos, e o povo adoecia tão rápido e morria tão cedo, que era impossível e fora de propósito investigar quem estava doente e quem estava bem. Era impossível interditar as casas com a exatidão necessária num cenário em que praticamente todas as casas numa rua inteira estavam infectadas, muitas vezes com todos os habitantes doentes. E o pior não é isso. Quando chegava ao conhecimento de todos que a casa estava infectada, a maioria dos moradores infectados já estavam mortos há um bom tempo, e os demais, foragidos com medo de serem interditados. Assim, de pouco adiantava identificar a casa infectada e interditá-la, pois a infestação já havia devastado aquele lar e ido embora, antes mesmo de chegar ao conhecimento das autoridades.

Com base nisso, qualquer pessoa sensata compreende que escapava ao controle dos magistrados, ou de quaisquer métodos humanos ou políticas, evitar que a infecção se propagasse. Esse modo de interdição das casas se mostrou insuficiente para esse fim. Aparentemente não havia contrapartida ao bem público igual ou proporcional ao grave fardo que era para essas famílias obrigadas a se isolar em suas casas interditadas. Enquanto atuei no cargo público para fiscalizar esse rigor, muitas vezes observei que o processo era incapaz de alcançar o objetivo. Meu trabalho consistia em ser o inspetor ou visitador que investigava os detalhes de várias famílias que estavam infectadas, mas dificilmente chegávamos numa casa onde a peste tinha se manifestado de modo visível sem que parte da família já tivesse fugido. Os magistrados se ressentiam disso e acusavam os inspetores de serem omissos em seu exame ou inspeção. O fato é que as casas já estavam infectadas há um bom tempo antes de chegar ao nosso conhecimento. Atuei nessa perigosa missão apenas metade do tempo de dois meses, mas já foi o suficiente para me informar que o único meio de tentar saber o verdadeiro estado de qualquer família era indagando na porta da casa ou nos vizinhos. Entrar em cada casa para conferir, isso nenhuma autoridade se animava a impor aos habitantes, nem qualquer cidadão executaria essa tarefa. Isso certamente nos deixaria expostos à infecção e à morte, à ruína de nossas próprias famílias e de nós mesmos. Nenhum cidadão probo e de confiança teria permanecido na cidade se estivesse exposto a tamanha severidade.

O único método de coletar informações era indagar os vizinhos ou a família. Assim, eram fontes não confiáveis, e havia um alto grau de incerteza no processo.

É verdade, os chefes de família eram obrigados por lei a notificar o inspetor do bairro até no máximo duas horas após descobrir qualquer pessoa doente em sua casa, ou seja, com sinais da infecção. Só que isso raramente acontecia. Por múltiplas maneiras eles se esquivavam, com mil e uma desculpas. Em vez disso, tomavam providências para que todos que quisessem escapar assim o fizessem, estivessem doentes ou sãos, antes de a casa ser interditada. Era fácil de perceber que a interdição das casas em hipótese alguma era uma medida suficiente para conter a infecção. Afinal, como já disse, muita gente que escapuliu dessas casas infectadas estava contaminada com a peste, embora se considerasse saudável. Algumas saíam caminhando nas ruas até cair mortas. Não tinham sofrido um ataque fulminante da peste, como atingidos por uma bala. É que a infecção já estava no sangue delas há muito tempo, predando secretamente seus órgãos vitais. E só aparecia quando atacava o coração com poder fatal, e a pessoa infectada morria num átimo, num desmaio súbito ou ataque apoplético.

Sei que algumas pessoas (médicos, inclusive) por um tempo achavam que esses doentes que morriam nas ruas eram atingidos naquele exato instante, como se fulminados por um relâmpago dos céus. Com o andar das coisas, mudaram de ideia. Os cadáveres foram examinados e constatou-se a presença de pústulas, ou outros sintomas de que a peste já os infectava há mais tempo do que eles imaginavam.

Por isso, nós, inspetores, éramos incapazes de registrar a infecção numa casa até ser tarde demais para interditá-la, algumas vezes só depois de todos os habitantes estarem mortos.

PAVOR EM PETTICOAT LANE

Duas casas contíguas em Petticoat Lane estavam infectadas, com várias pessoas doentes; mas a peste foi tão bem disfarçada que o inspetor, que era meu vizinho, não teve conhecimento dela até que lhe foi informado que as pessoas estavam todas mortas, e que as carroças deveriam passar para buscá-las. Os dois chefes das famílias combinaram como proceder e coordenaram as ações. Assim, quando o inspetor surgia na vizinhança, um dos dois aparecia e respondia, ou seja, mentia pelo outro, ou convencia alguém do bairro a testemunhar que estavam todos com saúde, ou talvez nem soubessem a verdade. Mas a morte tornou impossível manter o segredo por mais tempo. As carroças dos mortos foram chamadas à noite para as duas casas, e assim o problema se tornou público. Mas quando o inspetor ordenou ao guarda que interditasse as casas, já não restava mais ninguém nelas, a não ser três pessoas (duas numa casa e uma na outra), moribundas. Também havia uma enfermeira em cada casa, as quais reconheceram já ter despachado cinco corpos antes, que as casas já estavam infectadas havia nove ou dez dias, e isso valia para o restante das duas famílias, que eram muito numerosas. Tinham fugido, uns doentes, outros saudáveis, ninguém sabia ao certo.

Noutra casa da mesma rua, um cidadão viu sua família infectada, mas relutava em ter a casa interditada. Quando não foi mais possível esconder, ele mesmo interditou a própria casa. Pintou uma grande cruz vermelha na porta, com as palavras: "SENHOR, TENHA MISERICÓRDIA DE NÓS!". O inspetor supôs que a inscrição tivesse sido feita pelo vigia, por ordem do outro inspetor (pois havia dois inspetores em cada distrito ou comarca). Por esse subterfúgio, podia sair e voltar de sua casa livremente, a seu bel-prazer, embora ela estivesse infectada. Quando seu estratagema foi descoberto, fugiu com a parte da família e da criadagem que estava saudável. Assim, a casa não foi interditada para todos os efeitos.

Por essas e outras que se tornou dificílimo, senão impossível, prevenir que a infecção se propagasse por meio da interdição das casas. O único modo disso funcionar era se as pessoas concordassem com a interdição e de bom grado informassem fielmente aos magistrados que estavam infectadas, tão logo descobrissem o problema. Entretanto, ninguém poderia esperar isso delas, como também ninguém poderia esperar que os inspetores entrassem nas casas para investigar. Assim, as vantagens da interdição das casas caíam por terra. Pouquíssimas casas eram interditadas a tempo, exceto as dos pobres, que não podiam esconder a doença, e as de algumas pessoas que acabavam se denunciando pelo terror e a consternação que externavam.

Fui exonerado desse cargo perigoso tão logo consegui que outra pessoa assumisse o meu lugar. Foi preciso oferecer uma pequena soma de dinheiro para que ela aceitasse. Assim, em vez de cumprir os dois meses, o tempo exigido, fiquei apenas três semanas no cargo. Foram longas semanas, considerando que isso ocorreu em pleno mês de agosto, quando a peste começou a explodir com grande violência em nossa parte da cidade.

Na execução do cargo, externei a minha opinião entre meus vizinhos quanto à interdição das pessoas em suas casas. Essas severidades aplicadas, além de pesarosas, não cumpriam os seus objetivos. Como falei, gente contaminada circulava diariamente pelas ruas. E a opinião era unânime: um método que isolasse os sãos dos enfermos de determinada casa teria sido muito mais sensato, sob múltiplos prismas. Ninguém ficaria junto com os doentes nessas circunstâncias, a menos que assim o solicitassem, e declarassem estar contentes em ficar confinado com eles.

Nesse método, as pessoas saudáveis seriam afastadas das doentes apenas nas casas infectadas. Os enfermos confinados não reclamavam do confinamento, isso enquanto ainda estavam com plena sanidade mental e capazes de julgar. Delirantes e fora de si, protestavam contra a crueldade de estarem confinados. Quanto às pessoas saudáveis, porém, nada mais justo e sensato, a bem de sua própria saúde, que fossem afastadas dos enfermos. E, para preservar a saúde das outras pessoas, ficassem em quarentena até ter certeza de que estavam saudáveis e incapazes de infectar outras pessoas. Calculamos que uns vinte ou trinta dias seriam suficientes para isso.

Com certeza, se casas fossem destinadas para as pessoas saudáveis, a fim de realizar esta semiquarentena, elas teriam muito menos motivo para se sentirem prejudicadas por essa restrição do que por serem confinadas junto com as pessoas infectadas nas casas onde moravam.

Aqui, porém, convém observar uma coisa. Houve um período em que o número de funerais chegou ao ápice. O povo deixou de tocar o sino, de velar os mortos, de trajar roupas de luto. Tornou-se impossível até fazer caixões para os mortos. A fúria da infecção explodiu tanto que pararam de interditar as casas. Deu a entender que todos os remédios desse tipo foram usados até serem considerados infrutíferos e a peste se alastrar com fúria irresistível, como as chamas do Grande Incêndio do ano seguinte. As labaredas arderam com tanta violência que os cidadãos em desespero desistiram de seus esforços para extingui-las. Com a peste aconteceu o mesmo. Chegou um ponto em que as pessoas ficaram sentadas olhando umas para as outras, como que abandonadas ao desespero. Ruas inteiras pareciam desoladas, não apenas por estarem interditadas, mas por estarem desertas: portas escancaradas, janelas estraçalhadas pelo vento em casas vazias, sem ninguém para fechá-las. Em suma, o povo começou a entregar os pontos, e a deixar que o pavor o dominasse. Começou a pensar que todos os regulamentos e métodos eram inúteis. Em vez da esperança, a absoluta desolação. E foi exatamente no auge desse pânico geral que aprouve a Deus abrandar a fúria do contágio de um modo até surpreendente. Nisso, como no começo, Ele mostrou sua influência.

Preciso falar um pouco mais sobre o auge da peste em sua desoladora violência. O povo ficou na mais terrível consternação, beirando o desespero. É difícil acreditar nos desenfreados excessos cometidos por aqueles consumidos no auge da peste. Foi algo tocante se deparar com isso. Existe algo mais perturbador do que ver um homem sair correndo seminu pelas ruas? Existe algo mais impressionante para a nossa alma do que ver esse homem que talvez pulou da cama e quase sem roupa se embrenhou nas vielas desse populoso bairro, verdadeiro labirinto de becos, quarteirões e passagens da Harrow Alley, na Butcher Row, em Whitechapel? Existe algo mais chocante do que ver esse pobre homem sair correndo rua afora, dançando e cantando, fazendo mil gestos estranhos, com cinco ou seis mulheres e crianças em seu encalço, chorando e rogando pelo amor de Deus que ele voltasse, implorando a ajuda dos outros para trazê-lo de volta, mas tudo em vão, porque ninguém ousava tocar nele nem se aproximar dele?

Para mim, esse foi o caso mais aflitivo e perturbador. Assisti a tudo isso de minha janela. O coitado padecia da mais intensa agonia da dor. Disseram-me que ele tinha no corpo dois tumores que não se romperam, nem drenaram para sair o pus. Os cirurgiões aplicaram emplastros cáusticos na esperança de arrebentá-los, mas a substância queimou a pele como se fosse um ferro quente. Não sei dizer o que aconteceu com esse coitado, mas acho que ele continuou andando sem rumo até cair e morrer.

• • • • • • •
A POLÊMICA DAS FOGUEIRAS

A cidade tinha um aspecto assustador, e não é para menos. A costumeira azáfama nas ruas, característica de nosso bairro, se extinguiu. A Bolsa de Valores não foi fechada, mas parou de ser frequentada. As fogueiras se apagaram: em poucos dias foram quase extintas por uma chuva forte e volumosa. Mas isso não era tudo. Alguns dos médicos insistiram que as fogueiras não traziam benefícios e sim danos à saúde do povo. Fizeram um grande clamor sobre isso e reclamaram com o Senhor Prefeito. Por outro lado, colegas deles, também eminentes, posicionaram-se a favor das fogueiras, elencando suas vantagens para amenizar a violência da peste. Não tenho como dar um relato completo dos argumentos de ambos os lados; só me lembro que não havia um consenso. Alguns apoiavam as fogueiras, mas deviam ser abastecidas com lenha e não com carvão, e não lenha de qualquer árvore, e sim de tipos específicos: abeto, em particular, ou cedro, por causa do forte eflúvio de terebintina. Outros defendiam o carvão e não a madeira, por causa do enxofre e do betume; e outros eram contra as fogueiras. No fim das contas, o prefeito cancelou as fogueiras. O motivo? A força da peste era tão grande que eles perceberam que a doença desafiava toda e qualquer medida. Parecia aumentar em vez de diminuir mediante os esforços para contê-la e aplacá-la. Essa perplexidade dos magistrados, convém reconhecer, provinha mais da incapacidade de aplicar meios bem-sucedidos do que da falta de vontade de se expor ou de assumir o peso da responsabilidade. Justiça se faça: eles não pouparam esforços nem a própria saúde. Mas nada funcionava. A infecção explodiu, e o povo estava aterrorizado ao ponto de se entregar ao desespero.

Quando eu digo que o povo se entregava ao desespero, não me refiro ao desespero que as pessoas chamam de religioso, ou desespero de seu estado eterno. Refiro-me ao desespero para fugir da infecção, para sobreviver à peste, que grassava com uma força tão violenta e irresistível. Em agosto e setembro, no auge da peste, a letalidade era quase total. Um comportamento bem diferente daquele observado em junho, julho e início de agosto, quando muita gente se infectava, e a doença evoluía por muitos dias, e o veneno no sangue matava aos poucos. Mas agora, ao contrário, a maioria das pessoas contaminadas na segunda quinzena de agosto e nas primeiras três semanas de setembro morria em dois ou três dias no máximo, e muitas no mesmo dia em que pegavam a doença. Será que os Dias do Cão (conforme nossos astrólogos, a influência do período de ascensão da estrela Sirius da constelação Cão Maior) exerceram esse efeito maligno? Ou será que todo mundo que já estava infectado antes com as sementes da peste atingiu a maturação na mesma hora? Não sei. Sei que nessa época foram registrados três mil óbitos numa só noite; dizem inclusive que isso aconteceu num período de duas horas, entre uma e três da madrugada.

Quanto à natureza repentina (mais do que antes) das mortes nesse período, eu posso citar inúmeros exemplos até mesmo na minha vizinhança. Não muito longe da minha casa morava uma família de dez pessoas, e numa segunda-feira estavam todos bem, aparentemente. À noitinha uma das criadas e um aprendiz adoeceram, falecendo na manhã seguinte. Nisso outro aprendiz e duas crianças mostraram sintomas. Um morreu na terça e dois na quarta. Em suma, até o meio-dia de sábado, o dono da casa, a esposa, quatro filhos e quatro empregados estavam todos mortos. A casa ficou completamente vazia. Uma anciã veio para cuidar dos bens a pedido do irmão do dono da casa. Ela morava perto e não estava doente.

Muitas casas viraram taperas com o traslado dos corpos de todos os moradores. Num beco perto da estalagem Moses e Aaron, onde havia um conjunto de casas, só uma pessoa sobreviveu. Houve demora na remoção dos corpos, razão pela qual correu o injusto boato de que os vivos não davam conta de enterrar os mortos. É que a mortalidade foi tão grande no beco que não sobrou quase ninguém para avisar os sepultadores ou sacristãos que havia corpos a serem enterrados. O pessoal comentava, não sei até que ponto isso é verdadeiro, que alguns desses cadáveres estavam tão putrefatos que foi dificílimo fazer o enterro. Além disso as carroças não passavam pelo portão do beco na High Street, complicando ainda mais o traslado. Não tenho certeza de quantos corpos ficaram para trás, mas sei que isso não ocorria normalmente.

O povo chegou a uma condição de abandono e desesperança. Naquelas três, quatro semanas, tudo exercia um bizarro efeito no povo, tornando-o audaz e temerário. Deixou de lado o distanciamento e começou a sair de casa, circulando para lá e para cá, proseando com quem topasse pela frente. Um dizia ao outro:

– Nem pergunto como você está, nem digo como estou. Todos vamos morrer, por isso não importa quem está doente ou quem está saudável.

E em meio ao desespero procuravam companhia em qualquer lugar.

O povo buscou consolo no convívio social – e também na fé. Aglomerações se formavam nas igrejas e ninguém mais se preocupava com quem se sentava perto ou longe. Ignoravam os cheiros ofensivos que sentiam e a condição dos demais fiéis. Imaginavam-se cadáveres ambulantes e afluíam às igrejas sem a mínima cautela. Amontoavam-se como se suas vidas nada valessem comparadas à tarefa que iam realizar. Desvelo. Entusiasmo. Carinho. Com intensidade redobrada, o povo mostrou o quanto valorizava o louvor a Deus. Era como se soubessem que seria a última vez.

A FALTA DE PÁROCOS

Outro efeito estranho foi que o povo perdeu toda sorte de preconceito ou escrúpulos em relação à pessoa que encontravam no púlpito quando acorriam à igreja. Muitos párocos e vigários acabaram mortos em meio à horrível e universal calamidade. Outros, que não tiveram coragem de suportar e tinham recursos, se refugiaram no interior. Algumas paróquias ficaram sem padre para rezar a missa. Anos antes, pastores dissidentes foram alijados de seu sustento, em virtude da "Lei da Uniformidade" criada pelo Parlamento. Agora o povo aceitou de volta esses pregadores, e a Igreja recebeu de bom grado a ajuda deles. Muitos dos "pastores silenciados" puderam quebrar o silêncio nessa ocasião, pregando abertamente ao público.

Vou observar um fato, espero que não considerem inadequado: em face da morte iminente as pessoas de boa vontade se reconciliavam. A situação em que vivíamos propiciava isso. Deixar de lado as desavenças, preconceitos. Em vez disso, manter a caridade e a união cristãs. Mais um ano de peste teria reconciliado todas essas diferenças; uma conversa próxima com a morte, ou com doenças que ameaçam a morte, teria eliminado o fel de nossos temperamentos, removido as animosidades entre nós e nos levado a enxergar as coisas com outros olhos. O povo acostumado a frequentar a igreja reconciliou-se com esses dissidentes e aceitou sua pregação. Por sua vez, os dissidentes, que, em razão de preconceitos exacerbados, haviam rompido com a comunhão da Igreja da Inglaterra, agora retornavam contentes às suas igrejas paroquiais, enquadrados na adoração antes desdenhada. Mas, à medida que o terror da infecção amainou, todas essas coisas voltaram ao menos desejável curso de outrora.

Só menciono isso por questão histórica: não tenho intenção de provocar discussões para convencer um ou ambos os lados a se tratarem com mais caridosa conformidade. Esse discurso não me parece adequado ou bem-sucedido; as divisões parecem se acentuar em vez de diminuir. E quem sou eu para me achar capaz de influenciar um lado ou outro? Mas repito: é evidente que a morte nos reconcilia a todos: do outro lado da sepultura todos somos irmãos novamente. E espero possamos nos encontrar no céu, gente de todos os partidos e crenças, sem preconceitos nem hesitações: lá teremos um só princípio, uma só opinião. Por que não nos contentarmos em ir de mãos dadas para o lugar em que vamos unir corações e mãos sem as menores relutâncias? Por que não fazer isso aqui, na mais completa harmonia e afeição? Não posso, nem devo falar mais nada sobre isso. Apenas lamentar.

Eu poderia me deter bastante sobre as calamidades desse período horrendo, e continuar a descrever as coisas com que nos deparávamos dia após dia – as extravagâncias medonhas que as pessoas doentes faziam em transe. Coisas assustadoras enchiam as ruas; o terror se instalava no seio de muitas famílias. Mas depois da história que já contei antes, do homem que foi amarrado em sua cama e, sem conseguir se soltar, ateou fogo na cama com sua vela (que infelizmente estava ao seu alcance) e acabou carbonizado? E daquele outro que no insuportável tormento saiu a dançar e cantar desnudo pelas ruas, sem perceber a sua própria loucura? Após mencionar essas coisas, o que mais se pode acrescentar? Leitora, leitor: o que mais pode ser dito para representar o sofrimento dessa época de modo mais vívido, ou para lhes dar uma ideia perfeita de uma angústia tão perturbadora?

Preciso reconhecer que esse período foi tão terrível que, às vezes, eu mesmo ficava sem esperanças, sem aquela coragem que eu tinha no início. A gravidade da situação levou mais gente a sair da cidade e, no meu caso, me levou a me enfurnar em casa. À exceção de minha jornada a Blackwall e Greenwich, a excursão que relatei, praticamente fiquei dentro de casa por quinze dias. Já falei que me arrependi profundamente de ter me aventurado a ficar na cidade, e de não ter ido embora com meu irmão e a família dele; mas agora era tarde demais para isso. Adotei o isolamento e permaneci dentro de casa por um bom tempo, até que comecei a ficar impaciente. Foi justamente quando fui chamado, como eu já disse, para uma missão perigosa e desagradável, fato que me obrigou a sair de novo. Mas quando isso terminou, enquanto durou o auge da peste, eu me resguardei novamente. Fiquei fechado em casa por mais dez ou doze dias, período no qual se descortinaram muitos espetáculos sombrios diante de meus olhos, de minhas próprias janelas, e em nossa própria rua! Em especial, perto da Harrow Alley, daquela pobre criatura ultrajante que dançou e cantou em sua agonia; e muitos outros que testemunhei. Raramente um dia ou uma noite se passavam sem que uma ou outra coisa sombria acontecesse na ponta de Harrow Alley, lugar cheio de pessoas carentes, a maior parte delas famílias de açougueiros, ou empregos relativos ao abate e comércio de carne.

Às vezes, multidões irrompiam do beco, a maioria delas de mulheres, fazendo um clamor terrível, mescla de guinchos, lamentos e gritos, que nos deixava perplexos. Na calada da noite, o carroção dos mortos parava na entrada daquele beco; pois, se entrasse, não conseguiria fazer a volta e só avançaria poucos metros. Cadáveres iam sendo depositados nele até encher a carga, e o carroção ia até o cemitério mais próximo e logo voltava. É impossível descrever os gritos mais horríveis e o alarido que as pessoas pobres faziam ao trazer os cadáveres de seus filhos e amigos ao carroção. Pela quantidade de corpos, parecia que não ia sobrar ninguém ali, era como se coubesse uma pequena cidade naquele beco. Várias vezes ouvia-se o grito "Assassinato"; outra vezes, "Fogo". Mas era fácil perceber que tudo não passava de desvario, de lamentos de pessoas angustiadas e desorientadas.

Acredito que em todas as partes isso acontecia naquele momento, pois a peste se alastrou em seis ou sete semanas com uma intensidade maior de tudo o que já expressei. Alcançou o ápice. Nessa situação gravíssima, aquela excelente organização dos magistrados que elogiei, ou seja, de que nenhum cadáver era visto nas ruas, nem enterros durante o dia, começou a falhar. No auge do problema, as coisas se tumultuaram por um breve período.

Não posso omitir aqui um fato extraordinário. Sim, pareceu-me um notável caso de justiça divina. Todos os videntes, astrólogos, cartomantes, o que o pessoal chama de mágicos, prestidigitadores e afins, calculadores de horóscopo, interpretadores de sonhos e quejandos e gente assim sumiram do mapa.

Estou mesmo convencido de que um grande número deles acabou se contagiando no auge da calamidade, tendo se aventurado a permanecer na perspectiva de obter grandes lucros. De fato, seus ganhos foram bem elevados por um tempo, por conta da loucura e insanidade do povo, mas agora estavam calados; muitos deles desapareceram do mundo dos vivos, incapazes de prever seu próprio destino ou calcular seu próprio horóscopo. Uma estimativa implacável afirmou que todos haviam morrido. Não ouso assinar embaixo, mas reconheço que nunca ouvi falar que algum deles apareceu após a calamidade acabar.

O TÉTRICO MÊS DE SETEMBRO

Mas voltando às minhas observações particulares durante essa parte terrível da epidemia. Chegamos agora, como eu já disse, ao mês de setembro, que foi o mais terrível de todos, acredito, que Londres já viu. Em números de óbitos, foram as cinco semanas mais letais da história londrina. Algo sem precedentes. De 22 de agosto a 26 de setembro, morreram quase quarenta mil pessoas. A seguir os dados, semana por semana:

Semana	Óbitos
22 a 29 de agosto	7.496
29 de agosto a 5 de setembro	8.252
5 de setembro a 12 de setembro	7.690
12 de setembro a 19 de setembro	8.297
19 de setembro a 26 de setembro	6.460
TOTAIS	**38.195**

Esse número é prodigioso por si só. Mas tenho vários motivos para crer que essa conta oficial não era exata. Na verdade, o número de óbitos semanais alcançou mais de dez mil por semana ao longo desse período de cinco semanas. É impossível expressar a dimensão do tumulto na cidade. O terror atingiu tal ponto que, no final, até a coragem das pessoas designadas para levar os mortos começou a fraquejar. Sim, vários deles morreram, embora já tivessem contraído a peste antes e se recuperado. Alguns desabavam enquanto carregavam os corpos, até mesmo à beira da vala comum, prontos para jogá-los. E essa confusão foi maior na cidade intramuros, porque se vangloriavam de que iam se safar e pensavam que a amargura da morte era uma ameaça passada. Um carroção, nos contaram, subindo Shoreditch, foi abandonado pelos ajudantes e sobrou só o cocheiro, que morreu em plena rua. Os cavalos não pararam e acabaram tombando a carroça, espalhando tetricamente os corpos no caminho. Outro carroção, ao que parece, apareceu abandonado na grande vala de Finsbury Fields. O cocheiro, das duas, uma: morreu ou fugiu. Os cavalos se aproximaram demais do buraco e acabaram caindo nele junto com a horripilante carga. Uns contaram que o cocheiro caiu junto, sendo esmagado pela carroça, pois seu relho foi visto no meio dos corpos, fato não comprovado, imagino eu.

Contaram-me que em nossa paróquia de Aldgate, por várias ocasiões, as carroças dos mortos foram encontradas no portão do cemitério, cheias de cadáveres, sem sinal do sineiro, nem do condutor, nem de ninguém, junto a elas. Nesses casos e em muitos outros, ninguém sabia quantos corpos estavam na carroça. Muitas vezes, os cadáveres eram baixados em cordas das sacadas e das janelas. Noutras os sepultadores os levavam ao carroção; às vezes, outras pessoas. Ninguém se incomodava em manter um registro dos números.

A vigilância dos magistrados agora era testada ao extremo. É preciso reconhecer que eles nunca negligenciaram duas coisas, na cidade ou nos subúrbios:

1. Nunca faltaram víveres para a população, e o preço dos itens essenciais não aumentou muito, praticamente nada.
2. Nenhum corpo ficou descoberto ou exposto sem que o devido sepultamento fosse providenciado. Se alguém andasse de uma ponta a outra da cidade, não via nem sinal de enterros diurnos, a não ser, conforme já disse, nas três primeiras semanas de setembro.

Talvez pouca gente acredite nisso levando em conta os números de óbitos que foram divulgados. Vão dizer que houve mortos não enterrados. Tenho certeza de que essa acusação é falsa. Se isso aconteceu foi em casas em que os vivos fugiram sem comunicar às autoridades que havia gente morta nesses locais. Tudo isso não importa nesse caso. Estou certo disso porque colaborei na gestão desse setor da paróquia em que eu morava, e onde a peste provocou uma grande devassa em proporção ao número de habitantes, como em outros lugares. E posso garantir que não houve corpos sem enterro. Quero dizer, nenhum caso que fosse do conhecimento das autoridades, não por falta de gente para transportar os mortos, jogá-los nas valas e tapar com terra. Para mim basta esse argumento. Mortos que jaziam em casebres e cubículos, como em Moses e Aaron Alley, eram em número irrisório, e com toda certeza foram enterrados logo que encontrados.

SOBRE O PREÇO DO PÃO E O LIVRE MERCADO

Quanto ao primeiro item, ou seja, sobre as provisões, a oferta e os preços, já mencionei e vou mencionar de novo adiante, mas eis alguns fatos interessantes.

1. O preço do pão ficou praticamente estável. Em março o brioche de um *penny* (1/240 avos da libra esterlina) pesava 300 gramas. No auge do contágio o tamanho baixou para 270 g. Nessa temporada inteira esse foi o maior aumento de preço. Já no início de novembro o peso do brioche voltou a ser de 300 gramas, algo inédito para uma cidade com uma epidemia tão violenta.

2. Um fato admirável: não faltaram padeiros nem fornos em pleno funcionamento nesse ano. Mas algumas famílias relataram que as criadas levavam a massa à padaria para ser assada, como de costume. Só que às vezes elas voltavam doentes. Em outras palavras, foram contagiadas com a peste nesse processo.

Em toda essa terrível pandemia, como eu já disse antes, funcionaram apenas dois Hospitais dos Pestosos. Um nos campos além da Old Street e o outro em Westminster. Também não houve coerção para transportar os doentes para lá. Não foi necessário o uso da força, pois milhares de pessoas carentes, sofridas, não tinham ajuda, meios ou suprimentos, a não ser os de caridade. Assim, ficavam muito contentes em serem levadas para serem atendidas nessas instituições. Um depósito-caução era exigido na entrada ou na saída, e apenas nesse quesito falhou a administração municipal. Mas excelentes médicos foram indicados. Assim, por incrível que pareça, muita gente que era internada se curava e recebia alta. Voltarei a tocar nesse assunto. Em geral, as pessoas enviadas para lá eram criadas e criados que adquiriram a doença ao buscar itens necessários para as famílias que serviam. Quando voltavam para casa doentes, eram removidos aos Hospitais dos Pestosos para preservar o resto da casa. Nesses locais, os pacientes eram tão bem cuidados que ao longo da pandemia apenas 156 pessoas morreram no estabelecimento de Londres e 159 no de Westminster.

Por ter mais Hospitais dos Pestosos, não me refiro a coagir as pessoas a serem internadas nesses lugares. Se não tivesse acontecido a interdição das casas, e os doentes saíssem às pressas de suas casas para os Hospitais dos Pestosos, como alguns propuseram na época e desde então, certamente a peste teria sido muito pior do que foi. A própria remoção dos doentes teria sido uma fonte de contágio. Essa remoção não era uma garantia de que essa casa ficaria efetivamente limpa da peste. E o restante da família, sendo então deixado em liberdade, certamente espalhava a doença para outras casas.

Famílias particulares adotaram sistematicamente o método de esconder a peste e esconder os doentes; tanto isso era verdade que, às vezes, toda a família estava contaminada, e só então os fiscais e inspetores tomavam conhecimento disso. Por outro lado, o número de pessoas infectadas em determinado período de tempo era tão expressivo que a capacidade dos Hospitais dos Pestosos públicos teria sido excedida e também faltariam funcionários públicos para descobri-los e removê-los.

Isso foi muito comentado na época. Os magistrados já tiveram trabalho suficiente para convencer as pessoas a se submeterem a interditar suas residências. O pessoal usava muitos subterfúgios para ludibriar os vigias e sair de casa, como já observei. Mas essa dificuldade tornou aparente que outra estratégia teria sido impraticável. Ninguém conseguiria obrigar os doentes a saírem de suas camas e de suas casas. Nem um exército de agentes públicos teria conseguido. Por outro lado, o povo teria ficado enfurecido e desesperado, e teria matado seja lá quem se atrevesse a mexer com eles ou com seus filhos e parentes, ignorando toda e qualquer consequência. Isso teria deixado o povo (que, na verdade, padecia do mais terrível desvario) completamente insano. Por isso, os magistrados acharam adequado em várias ocasiões tratá-los com brandura e compaixão, e não com terror e violência. Nada de arrastar os doentes para fora de suas casas, ou de arrancá-los dali à força.

Isso me leva a mencionar de novo o momento em que a peste eclodiu pela primeira vez: ou seja, quando se tornou certo que ela se espalharia por toda a cidade; quando, como eu disse, as pessoas mais atiladas se alarmaram e se apressaram para sair da cidade. Foi uma grande escapada. As ruas ficaram tomadas de carruagens, cavalos e carroças na ânsia de fugir. Parecia que a cidade inteira estava fugindo. Caso algum decreto aterrorizante tivesse sido publicado na época, no sentido de tentar coibir a movimentação, isso teria colocado tanto a cidade quanto os subúrbios na maior turbulência.

Sabiamente os magistrados incentivaram o povo, criaram bons estatutos para orientar os cidadãos, manter a ordem nas ruas e tornar tudo o mais qualificado possível para todos os tipos de pessoas.

Em primeiro lugar, o Senhor Prefeito e os delegados, a câmara de vereadores e um certo número de conselheiros, ou seus suplentes, chegaram a uma resolução e a publicaram. Não abandonariam a cidade e estariam sempre de prontidão para preservar a boa ordem em todos os lugares e fazer justiça em todas as ocasiões. Ajudariam a distribuir a caridade pública aos pobres e, em suma, cumpririam seus deveres e honrariam a confiança neles depositada pelos cidadãos, com todas as suas forças.

Em cumprimento a essas ordens, o Senhor Prefeito, delegados etc. faziam reuniões praticamente diárias e definiam as disposições que achavam necessárias para preservar a paz civil. Embora eles tratassem o povo com o máximo de gentileza e clemência possível, toda sorte de bandidos arrogantes, como ladrões, arrombadores de casas, saqueadores dos mortos ou doentes, foi devidamente punida. Várias declarações foram continuamente publicadas pelo Senhor Prefeito e a câmara de vereadores contra esses delitos.

Também todos os guardas e curadores da igreja receberam ordem de permanecer na cidade, caso contrário seriam penalizados severamente. Mediante aprovação dos vereadores ou conselheiros da comarca, podiam nomear responsáveis competentes e em número suficiente. Esses responsáveis deveriam receber toda a segurança; e também, em caso de mortalidade, a segurança de uma reposição imediata.

Essas coisas serenaram o ânimo das pessoas, principalmente em meio ao pavor inicial, quando chegaram a cogitar uma fuga tão maciça que a cidade correria o risco de ficar inteiramente deserta, à exceção da população carente, com o interior sendo saqueado e assolado pela multidão. Mas os magistrados desempenharam seu papel com a ousadia prometida. O Senhor Prefeito e os delegados marcavam presença nas ruas e em locais de grande perigo. Em geral evitavam aglomerações, mas em casos de emergência nunca negavam o acesso das pessoas a eles e ouviam com paciência todas as suas queixas e reclamações. O Senhor Prefeito tinha uma galeria baixa especialmente construída em seu salão, onde ele ficava, um pouco afastado da multidão, para ouvir os pleitos com a maior segurança possível.

Também os assessores do prefeito atendiam à população necessitada. Se alguns deles ficassem doentes ou infectados, como podia acontecer, outros eram instantaneamente nomeados para atuar em seus cargos de modo interino, até saber se o outro ia sobreviver ou não.

O mesmo aconteceu com delegados e vereadores, nos vários distritos e postos em que exerciam suas funções. Os sargentos ou oficiais dos delegados eram designados para receber ordens dos respectivos vereadores, e, assim, ser mantida a justiça em todos os casos, sem interrupção. Outra preocupação dos administradores foi manter a liberdade dos mercados. Nesse particular, o Senhor Prefeito, ou um ou dois delegados, montados a cavalo, sempre visitavam as feiras e mercados. Conferiam se suas determinações estavam sendo executadas e se o povo do interior tinha toda a liberdade e o incentivo possíveis para trazer seus produtos ao mercado. Certificavam-se para que não houvesse quaisquer obstáculos ou objetos assustadores nas ruas para aterrorizá-los, ou que os deixassem desmotivados a retornar. Também os padeiros obedeciam a ordens específicas, e o dono da Bakers Company foi, com sua equipe de assistentes, orientado a executar as ordens do Senhor Prefeito e a seguir os regulamentos em vigor. As variações no peso e no preço do pão eram determinadas semanalmente pelo Senhor Prefeito. Todos os padeiros eram obrigados a manter seus fornos em constante funcionamento, sob pena de perder os privilégios de homem livre da cidade de Londres.

Dessa maneira, havia sempre uma oferta abundante de pão, a preços módicos, como já detalhei acima. Víveres nunca faltavam nos mercados, ao ponto de eu me perguntar como isso era possível. Eu até me censurava por ser tão temeroso e precavido para sair de casa, quando o povo do interior vinha livre e corajosamente ao mercado, como se não houvesse qualquer tipo de infecção na cidade ou perigo de ser contagiado.

Sem dúvida vale frisar a admirável conduta dos referidos magistrados: as ruas eram mantidas sempre desobstruídas e livres de todos e quaisquer objetos assustadores, cadáveres ou qualquer coisa indecente ou desagradável. A única exceção era quando alguém desmaiava repentinamente ou morria nas ruas, como eu disse acima, e em geral eram cobertos com uma manta ou cobertor e removido ao cemitério mais próximo à noite. Todos os trabalhos necessários que envolviam terror, que eram ao mesmo tempo sombrios e perigosos, eram realizados à noite. A remoção de corpos contaminados, o enterro dos cadáveres e a incineração de roupas infectadas eram tarefas noturnas. E todos os corpos que eram jogados nas grandes valas nos vários cemitérios, como já mencionei, eram transportados à noite e tudo estava tapado e fechado antes da aurora. Assim, durante o dia, não se via nem ouvia o menor sinal da calamidade, à exceção das ruas vazias, e, às vezes, dos gritos de desespero e lamentos do povo em suas janelas, e da quantidade de casas e lojas fechadas.

As ruas da cidade não eram tão quietas e ermas quanto nos subúrbios, à exceção de um momento específico, quando, conforme expliquei, a peste veio em direção ao leste e se alastrou por toda a cidade. Foi um bondoso arranjo da Providência o fato de a peste iniciar numa ponta da cidade e evoluir progressivamente para as outras partes, e só se espalhar rumo a leste depois de atacar furiosamente na parte oeste da cidade. E só veio para cá após diminuir a força por lá.

Por exemplo: tudo começou em St. Giles e na parte da cidade que fica em Westminster. Alcançou o ápice nessa região em meados de julho, em St. Giles-in-the-Fields, St. Andrew's, Holborn, St. Clement's-Danes, St. Martin's-in-the-Fields e em Westminster. No final de julho, a peste amainou nessas paróquias e enveredou a leste, aumentando prodigiosamente em Cripplegate, St. Sepulchre's, St. James's, Clerkenwell e St. Bride's e Aldersgate. Enquanto grassava em todas essas paróquias, a cidade intramuros e todas as paróquias da margem sul do rio, bem como toda Stepney, Whitechapel, Aldgate, Wapping e Ratcliff, foram muito pouco atingidas. Assim, o povo continuava sua vida despreocupado, mantinha abertas suas lojas e conversava livremente entre si em toda a cidade, nos subúrbios leste e nordeste e em Southwark, quase como se a peste não estivesse entre nós. Até mesmo quando os subúrbios norte e noroeste estavam totalmente infectados, a saber, Cripplegate, Clerkenwell, Bishopsgate e Shoreditch, ainda assim todos os demais estavam razoavelmente bem.

Os números a seguir mostram a evolução dos óbitos semanais.

ÓBITOS DE TODAS AS DOENÇAS POR PARÓQUIA LONDRINA

PARÓQUIA	ÓBITOS NA SEMANA			
	25 de julho a 1º de agosto	12 a 19 de setembro	19 a 26 de setembro	26 de setembro a 3 de outubro
St. Giles's, Cripplegate	554	456	277	196
St. Giles-in-the-Fields	-	140	119	95
St. Sepulchre's	250	214	193	137
Clerkenwell	103	77	76	48
Bishopsgate	116	-	-	-
St. Leonard/Shoreditch	110	183	146	128
Stepney Parish	127	716	616	674
Aldgate	92	623	496	372
Whitechapel	104	532	346	328
Todas as 97 paróquias intramuros	228	1.493	1.268	1.149
Todas as 8 paróquias da região de Southwark	205	1.636	1.390	1.201
TOTAIS	**1.889**	**6.060**	**4.927**	**4.328**

Assim, só nas duas paróquias de Cripplegate e St. Sepulchre's morreram 48 pessoas a mais do que a soma de todos os óbitos nas paróquias intramuros, todos os subúrbios da zona leste e todas as paróquias de Southwark juntas.* Com isso, a reputação da saúde londrina se manteve por toda a Inglaterra, em especial nos condados e mercados adjacentes, fonte principal de nosso suprimento de provisões. E a boa reputação perdurou por mais tempo que a própria saúde. Quando o pessoal chegava do interior pelas ruas de Shoreditch e Bishopsgate, ou por Old Street e Smithfield, deparavam-se com as vias desertas, casas e lojas fechadas e pouca gente nas ruas. Mas quando penetravam no coração da cidade, as coisas melhoravam, mercados e lojas estavam aber-

---

* A conta do narrador de Defoe está rigorosamente certa: 554 + 250 = 854; 127 + 92 + 104 + 228 + 205 = 756. 854-756 = 48. (N. de T.)

tos, gente circulava pelas ruas como de costume, embora não muito. Foi assim até finzinho de agosto e início de setembro.

Súbito as coisas mudaram bastante: a peste amainou nas paróquias do oeste e noroeste, e os níveis de infecção subiram assustadoramente na cidade intramuros, nos subúrbios da zona leste e na margem de Southwark. Foi aí que a cidade realmente começou a ficar sombria, com as lojas fechadas e as ruas desertas. Claro que na High Street o pessoal saía por necessidade em muitas ocasiões. Por volta do meio-dia o movimento era considerável, mas de manhã e à noite era difícil enxergar uma vivalma por ali. Pelo menos não em Cornhill e Cheapside.

Essas minhas observações foram cabalmente confirmadas pelas contas semanais da mortalidade daquelas semanas. Abaixo reproduzo um resumo desses números, no que tange às paróquias que citei.

Fica evidente o decréscimo nos óbitos nas partes oeste e norte da cidade.

Estranha e triste mudança! Caso perdurasse por mais dois meses, raríssimas pessoas teriam sobrevivido. Por isso que digo: foi um bondoso arranjo da Providência essa distribuição. As partes oeste e norte foram atingidas terrivelmente no início e depois melhoraram muito. Quando o povo sumia numa ponta, começava a circular na outra. Em quinze dias, a situação se alterou ainda mais. Parte da cidade se encorajava enquanto em outra a situação piorava.

O sofrimento chegou ao auge na cidade intramuros e nas partes leste e sul. A força da peste era maior nessas regiões, ou seja, a cidade intramuros, as oito paróquias ribeirinhas e as paróquias de Aldgate, Whitechapel e Stepney. Nessa época o número de óbitos semanais alcançou aquele nível monstruoso que mencionei antes, de oito ou nove mil, talvez até doze mil. Minha opinião consolidada é a de que essa conta oficial nunca representou os números reais, pelos motivos que já mencionei antes.

Acredite, um dos médicos mais conceituados, que depois publicou em latim um relato com suas observações sobre essa época, registra que numa semana morreram doze mil pessoas, sendo quatro mil numa noite específica. Eu particularmente não me recordo de uma noite tão devastadoramente letal. Contudo, isso confirma o que eu já disse sobre a incerteza dessas estatísticas de mortalidade, assunto que voltarei a abordar.

Não quero soar repetitivo, mas agora vou descrever a condição miserável da cidade em si e do bairro onde eu morava durante a pandemia. Na cidade e seu entorno, apesar da fuga em massa para o interior, ainda havia um grande número de pessoas. A firme convicção de que a peste não entraria na cidade contribuiu para isso. O pessoal de Southwark, Wapping e Ratcliff também se achava imune. Era tanta a confiança nessa ideia que muita gente, em prol da segurança, se transferia dos subúrbios das zonas oeste e norte para os subúrbios das zonas leste e sul. Mas nesse processo levaram junto a peste, talvez antecipando a sua disseminação.

O DESCUIDO COM AS PRECAUÇÕES

Para as gerações futuras teço aqui um comentário que pode ser útil em relação ao modo como as pessoas infectavam umas às outras. A doença era contraída por meio do contato não só com pessoas doentes, mas também com as pessoas de aparência saudável. Explico: os doentes estavam acamados em tratamento e tinham inchaços ou tumores no corpo. Com esses, todo mundo tomava cuidado, estavam recolhidos em suas camas ou em condições tais que não podiam ser camufladas.

Por "aparência saudável" me refiro àqueles que estavam contagiados em sua corrente sanguínea, mas ainda não mostravam as consequências em seus semblantes. Sequer tinham consciência de estarem doentes, e essa condição perdurava por vários dias. Esses inóculos propagavam a morte por todos os lugares e a todos que se aproximassem deles. Suas roupas ficavam contaminadas e transmitiam a infecção. Suas mãos infectavam tudo que tocassem, em especial se estivessem quentes e suadas. E em geral suavam bastante.

Portanto, era impossível detectar essas pessoas. Às vezes, nem elas próprias sabiam que estavam infectadas. Esse pessoal acabava desmaiando nas ruas, pois nunca deixava de sair de casa. De repente, sudorese, fraqueza, desmaio e morte ali mesmo na frente de uma porta qualquer. Com muito esforço alguns conseguiam voltar para casa, mas morriam logo ao chegar. Senão continuavam circulando até a eclosão das pústulas, e, ainda sem saber, morriam uma hora ou duas após chegarem em casa, sem sentir qualquer sintoma na rua. Aí que residia o perigo: era dessa gente que as pessoas saudáveis deveriam ter medo. Entretanto era impossível detectá-las.

É por essa razão que, num surto pandêmico, é impossível prevenir a transmissão da doença, mesmo com a máxima vigilância humana. Afinal, é impossível saber quem está ou não infectado. Ninguém sabe exatamente se está ou não infectado. Conheci um homem que conversava livremente em Londres durante toda a temporada da peste de 1665, e sempre trazia junto um antídoto ou biotônico, que ele tomava quando achava que corria perigo. E o modo que sentia isso era inédito e não sei se confiável. Um machucado que ele tinha na perna latejava sempre que ele se aproximava de qualquer pessoa doente. Antes que a infecção o afetasse, ele recebia um "aviso" de seu machucado. O local ficava mais dolorido e esbranquiçado. Assim, quando sentia a dor, ele logo se afastava e tomava sua bebida preventiva. Muitas vezes, estando em companhia de gente aparentemente saudável, ele se erguia e falava em tom solene:

– Amigos, alguém nesta sala tem a peste! – E imediatamente o grupo se dispersava.

Sem dúvida, numa cidade infectada, conversar com os outros de modo indiscriminado não é um modo de evitar a peste. Essa diretriz pode servir como fiel monitor para todo mundo. Sem ter consciência disso, pessoas contaminadas e aparentemente sãs transmitem a peste sem perceber. Nesse caso, isolar os sãos e transferir os doentes não funcionava. A menos que pudessem rastrear e confinar todo mundo com quem o doente teve contato, mesmo antes de saber que estava doente. Só que ninguém sabe o quanto voltar no tempo, ou onde parar, pois ninguém sabe quando, onde nem como adquiriram a infecção, ou de quem.

Talvez seja por isso que tanta gente reclamou que o ar andava pútrido e infectado, e que não adiantava se precaver e evitar contato social, pois o contágio estava no ar. Presenciei estranhas agitações e surpresas por conta disso.

– Eu nunca me aproximei de alguém infectado – garante a pessoa transtornada. – Só conversei com gente saudável, e mesmo assim peguei a doença.

– Foi um castigo divino – afirma outro com gravidade.

O primeiro exclama:

– Não me aproximei de infecção nenhuma nem de pessoas infectadas. Tenho certeza de que ela está no ar. Inspiramos a morte ao respirar. Portanto, é a mão de Deus: não há como resistir.

E por fim essa ideia levou muita gente a ignorar o perigo e a não se preocupar tanto com as precauções. Esse comportamento se acentuou justamente no auge da pandemia. Assim, numa espécie de predestinação turca, diziam: se aprouvesse a Deus atingi-los, tanto faz sair ou ficar em casa; não havia escapatória. E assim temerariamente saíam de casa, frequentavam casas infectadas, visitavam doentes e até dividiam o mesmo leito com cônjuges ou parentes infectados. E quais as consequências? As mesmas que na Turquia e outros países em que fizeram essas coisas. Ou seja, também se infectaram. Centenas, milhares de óbitos poderiam ter sido evitados.

Longe de mim querer diminuir o temor em relação ao julgamento de Deus e o respeito à Providência Divina, que sempre devem estar em nossas mentes nessas ocasiões. Indubitavelmente uma pandemia é um golpe dos céus que atinge uma cidade, um país ou uma nação. É um mensageiro da vingança divina, um grande apelo a essa nação, país, ou cidade, à humilhação e ao arrependimento. Nas palavras do profeta Jeremias (17:7-8):

> Se em algum instante eu decretar que uma nação ou um reino seja arrancado, despedaçado e arruinado, e se essa nação que eu adverti converter-se da sua perversidade, então me arrependerei e não trarei sobre ela a desgraça que eu havia planejado.

Faço esse registro não para diminuir as devidas impressões do temor de Deus nas mentes dos homens, e sim para despertá-las.

Portanto, não estou criticando quem credita essas coisas à intervenção de Deus e aos imediatos desígnios da Divina Providência. Acredite, é justamente o contrário. Maravilhosas salvações aconteceram. Gente que não pegava a infecção, gente infectada que se curava. Exemplos particulares que sugeriam uma Providência singular e notável. Considero a minha própria salvação praticamente um milagre e a registro com gratidão.

Mas quando eu me refiro à peste como doença de causas naturais, convém analisar como ela realmente se propagava por meios naturais. Tampouco isso é uma forma de minimizar a influência divina sobre as causas e efeitos humanos. Afinal de contas, o Divino Poder formou todo o plano da natureza e é ele que mantém a natureza em seu curso. Julgamento ou misericórdia? Esse mesmo Poder deixa que os humanos sigam o curso normal das causas naturais e se contenta em atuar por meio delas, mas se reserva a capacidade de interceder de um modo sobrenatural quando necessário. Uma infecção, é claro, aparentemente não se configura uma ocasião extraordinária para uma intervenção sobrenatural. O curso normal das coisas parece suficiente para causar todos os efeitos que o Céu costuma vaticinar por meio do contágio. Entre essas causas e efeitos, um deles é mais que emblemático para demonstrar o furor da vingança divina: a transmissão secreta, imperceptível e inevitável da infecção, sem a necessidade de atos sobrenaturais e milagres.

O CONTATO INTERPESSOAL TRANSMITIA A DOENÇA

Tão aguda e penetrante era a própria natureza da doença, e a infecção era contraída de modo tão imperceptível, que nem os cuidados mais rigorosos poderia garantir a nossa proteção enquanto estivéssemos no local. Ainda estão frescos em minha memória, porém, muitos exemplos e provas irresistíveis que me levam a crer: em toda a nação ninguém jamais pegou a doença ou infecção de outra maneira a não ser a usual, ou seja, pelo contato com alguém, as roupas de alguém, o toque de alguém, os maus odores de alguém previamente infectado.

A introdução da doença em Londres também comprova isso. Ela veio junto com mercadorias trazidas da Holanda e oriundas do Levante; a primeira ocorrência foi registrada numa casa da rua Longacre, onde essas mercadorias foram entregues e abertas pela primeira vez. Visivelmente alastrou-se dessa casa para outras casas por meio do contato inconsciente com as pessoas doentes, e a infecção dos funcionários paroquiais que manuseavam as pessoas mortas; e assim por diante. Isso comprova esse ponto fundamental: a doença se transmitia pelo contato interpessoal, de casa em casa. Na primeira casa infectada morreram quatro pessoas. A vizinha fez uma visita à amiga doente e levou a peste para dentro da própria casa. Todos os membros da família e da criadagem morreram. Um pároco chamado para rezar com o primeiro doente na segunda casa também adoeceu prontamente e morreu junto com vários outros na casa dele. Foi aí que os médicos começaram a tirar conclusões. A princípio nem imaginavam um contágio universal. Examinaram os corpos e deram o alerta: tratava-se da peste, nem mais, nem menos, com todos os seus detalhes terríveis, e havia a ameaça de uma infecção geral. Muita gente teve contato com os enfermos e supostamente se contaminara. Seria impossível conter aquilo.

Nesse ponto a opinião dos médicos combinou com a minha observação posterior. Ou seja, o perigo se espalhava inconscientemente. Um doente só infectava quem dele se aproximasse, mas esse que se aproximava contraía a doença e, sem se dar conta, circulava nas ruas como se estivesse saudável, transmitindo a peste para mil pessoas, e essas mil para um número proporcionalmente maior. Nem a pessoa que transmitia a infecção, nem as pessoas que a pegavam, desconfiavam do que estava acontecendo. Os sintomas só apareciam dias depois.

Por exemplo: muita gente durante a pandemia só percebia que estava infectada até encontrar, para sua surpresa indescritível, as pústulas em seus corpos. Invariavelmente, menos de seis horas depois estavam mortas. Essas manchas chamadas de pústulas eram na verdade manchas de gangrena ou tecido morto, em pequenas áreas do diâmetro duma moedinha de prata, tão duras quanto um pedaço de chifre ou calo ósseo. Quando a doença chegava nesse ponto era morte certa. Mas, como eu disse, as vítimas só percebiam que estavam infectadas e condenadas ao descobrir as marcas letais na pele. Todo mundo deve admitir que elas já estavam infectadas em alto grau por um tempo considerável. Por conseguinte, sua respiração, seu suor, suas próprias roupas ficaram contagiosos muitos dias antes.

Isso provocou uma grande variedade de casos que os médicos tiveram mais oportunidade do que eu para constatar. Alguns chegaram ao meu conhecimento e vou contá-los aqui.

Um cidadão que ficou em segurança e livre da peste até o mês de setembro, quando a pandemia atingiu a cidade com mais força do que nunca, mostrava-se muito contente, e um tanto atrevido, na minha opinião. Alardeava sobre o quanto se sentia seguro e o quanto havia sido cauteloso; nunca se aproximou de uma pessoa doente. Um dia um vizinho desse cidadão o abordou assim:

– Não fique muito confiante, sr. "_____": é difícil saber quem está doente e quem está saudável. Numa hora as pessoas estão vivas e aparentemente sadias, e na outra estão mortas.

– Isso é bem verdade – ponderou o primeiro (pois ele não era presunçosamente seguro, mas havia se mantido saudável por um longo tempo; e as pessoas, como mencionei acima, especialmente na cidade, começaram a relaxar demais o isolamento) –, é bem verdade. Não me considero seguro; mas espero ter mantido distância de qualquer pessoa que estivesse correndo algum perigo.

– Mesmo? O senhor não esteve na Bull Head Tavern, na Gracechurch Street, com o sr. "_____", anteontem à noitinha?

– Sim, estive lá. Mas não havia ninguém lá que nos desse motivos para achar perigoso.

Ao que o vizinho nada mais disse, pois não queria alarmá-lo. Mas isso deixou o outro com a pulga atrás da orelha, e vendo que o vizinho se mostrava reticente, ele, cada vez mais inquieto, brada numa espécie de afã:

– Ora, ele não está morto, está?

Ao que o vizinho se limitou a ficar calado. Apenas ergueu o olhar e murmurou algo de si para si. Súbito o primeiro cidadão empalideceu e não falou mais nada além disso:

– Se for assim, também sou um homem morto!

Na mesma hora foi para casa, mandou chamar um vizinho boticário para lhe receitar algo preventivo, pois ainda não tinha sintomas da doença. Mas o boticário foi sincero. Suspirou e apenas disse:

– Só Deus pode lhe salvar.

E o homem morreu poucas horas depois.

Ora, tome como base um caso como esse e analise se é possível, por meio de regulamentos dos magistrados, tanto por isolamento ou remoção dos doentes, conter uma infecção que se espalha por contágio pessoal, em que as pessoas aparentam estar perfeitamente bem, mas estão contaminadas sem saber, e assim podem ficar por muitos dias.

Aqui talvez seja apropriado fazer uma pergunta: por quanto tempo as pessoas podem trazer com elas as sementes do contágio antes que a doença se revele dessa maneira fatal? Por quanto tempo elas continuam circulando aparentemente sãs e, mesmo assim, sendo contagiosas para todo mundo que delas se aproximam? Acredito que até os médicos mais experientes não saberiam me responder diretamente a essa pergunta mais do que eu. Talvez um observador comum possa notar algo que lhes passe despercebido. A opinião geral dos médicos parece ser de que a doença permanece dormente nas essências vitais ou nos vasos sanguíneos, por um tempo bastante considerável. Caso contrário, por que exigem uma quarentena daqueles que chegam de lugares suspeitos a nossos portos e ancoradouros? Alguém poderia pensar: "quarenta dias são um tempo muito longo para a natureza lutar contra um inimigo como esse, sem vencê-lo ou a ele se entregar". Mas, de acordo com minhas próprias observações, não creio que possam estar infectados, a ponto de serem contagiosos aos outros, após quinze ou dezesseis dias, na pior das hipóteses. Quer uma prova disso? Quando uma casa era interditada na cidade, e alguém morrera nela da peste, mas ninguém aparentava estar doente na família dezesseis ou dezoito dias depois, o rigor diminuía, e essas pessoas podiam voltar à rotina de saírem de casa sozinhas. Após esse período os vizinhos paravam de sentir medo delas. Ao contrário, pensavam que elas podiam estar fortalecidas, pois não tinham sido vulneráveis ao inimigo que havia rondado suas casas. Mas, às vezes, descobríamos que a doença tinha ficado oculta por muito mais tempo.

Ao cabo de todas essas observações, é mister afirmar que, embora a Providência parecesse direcionar a minha conduta para outro caminho, sou da opinião de que o melhor remédio contra a peste é fugir dela. Essa é a receita que eu dou. Conheço gente que tentava se encorajar dizendo:

– Deus é capaz de nos preservar no meio do perigo e capaz de nos alcançar quando pensamos estar fora de perigo.

E muita gente com esse discurso acabou tendo sua carcaça transportada pelo carroção e largada aos montes nas colossais valas. Gente que, se tivesse fugido do perigo, teria, eu acredito, evitado o desastre. Ao menos, é provável que tivessem ficado mais seguros.

E se o povo levar em conta esse mesmo fundamento em qualquer situação futura dessa natureza, estou convencido de que serão adotadas medidas para coordenar o povo bastante diferentes daquelas tomadas em 1665, ou daquelas tomadas em outros países. Estudarão a possibilidade de separar as pessoas em grupos menores e removê-las a tempo do convívio social, e não permitir que uma doença contagiante como essa, com o perigoso potencial de contaminar uma grande coletividade de pessoas, encontre um milhão de pessoas aglomeradas em uma só comunidade, como aconteceu no caso anterior, e certamente se repetirá se algo assim voltar a acontecer.

A PESTE É COMO UM GRANDE INCÊNDIO

A peste é como um grande incêndio. Se apenas algumas casas estiverem contíguas ao foco inicial, só essas casas vão queimar. Já se o fogo começa numa casa isolada, só vai queimar aquela casa solitária onde começou. Mas se o fogo começa numa aldeia ou cidade com muitas habitações juntinhas umas das outras, e se alastra, aumenta a sua fúria e vai tragando o que vem pela frente, até consumir tudo o que puder alcançar.

Com base nisso, eu poderia propor muitas estratégias para que o governo desta cidade, em caso de um ataque de inimigo semelhante (Deus não permita que isso aconteça!), consiga administrar a parcela de maior vulnerabilidade da população: eu me refiro aos trabalhadores pobres, famintos e necessitados. Entre eles, principalmente os que, em caso de um cerco, são chamados de "bocas inúteis". Para seu próprio bem, e da prudência, é melhor que sejam transferidos. E os ricos se transfeririam junto com os criados e filhos dos criados. Assim, a cidade e suas adjacências ficariam tão efetivamente evacuadas que não haveria mais de um décimo de sua população remanescente e disponível para ser apossada pela doença. Mas suponhamos que seja uma quinta parte e que sobrem 250 mil pessoas. Em meio a um surto da peste, essa gente estaria muito mais bem preparada para se defender da infecção e menos suscetível aos efeitos dela do que se essa mesma quantidade de pessoas morasse pertinho umas das outras, numa cidade menor, como Dublin, Amsterdã ou coisa parecida.

É verdade que centenas, digo, milhares de famílias fugiram nessa última epidemia da peste. Só que muitas delas fugiram tarde demais e não só morreram durante a fuga, como também levaram a peste junto com elas para várias regiões do interior, e acabaram infectando justamente as pessoas a quem eles recorreram em busca de segurança. Muita gente confundiu as coisas, achando que a propagação da doença era o melhor meio de evitá-la. E isso também fica evidente e me faz voltar àquilo que eu antes tinha apenas sugerido, mas agora vou esmiuçar aqui. Ou seja, que algumas pessoas circulavam aparentemente com boa saúde por muitos dias após terem seus órgãos vitais infectados, e após suas essências vitais serem dominadas de tal maneira que jamais conseguiriam sobreviver. E ao circularem levavam o perigo a outras pessoas. Acredite, esta é a prova cabal disso: esse pessoal infectou as próprias cidadezinhas por onde passou, bem como as famílias que as receberam. Foi assim que a peste se disseminou por quase todas as cidades grandes da Inglaterra, e a explicação era sempre que esse ou aquele londrino a trouxera.

É importante não esquecermos de uma coisa. Quando eu me refiro às pessoas que portavam o perigo com elas, eu imagino que elas ignoravam completamente sua própria condição. Caso contrário, se realmente soubessem das suas reais circunstâncias, elas poderiam ser consideradas uma espécie de assassinos intencionais, circulando por aí entre pessoas saudáveis. De fato, isso teria provado a suspeita que mencionei acima, a qual me pareceu falsa, a saber, que as pessoas infectadas eram totalmente negligentes e não evitavam transmitir a infecção a outras pessoas. Ou pior: preferiam transmitir do que não transmitir. Mas espero que essa suspeita não seja realmente verdadeira.

Confesso que não é possível generalizar com base em casos específicos, mas posso dar o nome de várias pessoas, cujos vizinhos e famílias sobreviveram, que mostraram posturas diametralmente opostas. Um homem, chefe de família no meu bairro, contaminado com a peste, pensou que a culpa tinha sido de um pobre trabalhador a quem havia contratado. O homem foi à casa do empreiteiro para combinar o trabalho que ele queria ver concluído, mas ficou com receio logo ao chegar à porta da casa do trabalhador. A peste não se revelou naquele mesmo dia, mas no dia seguinte eclodiu, e o homem adoeceu e logo providenciou para se isolar num galpão que ele possuía no quintal e onde havia um sótão em cima da oficina – afinal o sujeito era caldeireiro. Ali ficou até falecer, sem ser atendido por nenhum de seus vizinhos, mas por uma enfermeira contratada. Não permitiu que esposa, nem filhos, nem criadagem entrassem no local para serem infectados, mas lhes enviou suas bênçãos e orações por intermédio da enfermeira, que as transmitiu à família a distância. Tudo isso por medo de contaminar a família com a peste. Ele sabia que caso a família se resguardasse ela não seria infectada.

E aqui devo observar também que a peste, e acredito que todas as demais pandemias, atuam de modo distinto em compleições distintas. Algumas pessoas eram logo derrubadas por ela e acometidas de febres violentas, vômitos, dores de cabeça insuportáveis, dores nas costas, e assim até serem dominadas por desvarios e delírios em meio a essas dores; noutras pessoas cresciam inchaços e tumores no pescoço, virilhas ou axilas, os quais, antes de rebentarem, causavam insuportáveis agonias e tormentos. Ainda outras, observei, eram silenciosamente infectadas, a febre predando suas essências vitais imperceptivelmente, até que súbito desmaiavam e desfaleciam num óbito indolor.

Não sou médico nem nada para classificar e explicar os diferentes efeitos da mesma e única peste, e como ela atuava de modo diferente em cada pessoa. Tampouco convém aqui registrar todas as observações que eu fiz na prática, porque os próprios médicos fizeram isso com muito mais eficácia do que eu posso fazer, e porque em certos detalhes a minha opinião difere da deles. Estou só relatando o que fiquei sabendo sobre esses casos em particular, e do que se passou no meu campo de visão, e sobre a natureza distinta da infecção conforme ela se manifestou nos casos particulares em que relatei. A isso também posso acrescentar que, embora o primeiro tipo de caso (ou seja, os prontamente sintomáticos) fosse mais sofrido para as vítimas do ponto de vista das dores (por conta de sintomas como febre, vômito, dor de cabeça, dores e inchaços), porque elas morriam de um modo horrendo, o segundo tipo era a forma mais letal. No primeiro tipo, havia chances de recuperação, especialmente se o inchaço drenava; mas no segundo era morte certa. Nenhuma cura, nenhuma ajuda era possível; nada pode acontecer exceto a morte. E também era pior para quem os rodeava, pois, conforme mencionei, passava secretamente despercebida pelos outros e até por eles mesmos. Transmitiam a morte em uma simples conversa, e o penetrante veneno insinuava-se na corrente sanguínea de um modo indescritível, quase inconcebível.

Esse ato de transmitir a infecção e ser infectado sem que as outras pessoas percebessem ficou patente em dois tipos de casos que costumavam acontecer na época. É difícil que alguém que tenha permanecido em Londres durante a peste e sobrevivido não tenha ouvido falar de vários casos desses dois tipos.

1. Pais e mães agiam como se estivessem bem, e acreditavam nisso, até infectarem inconscientemente e causarem a destruição da família inteira. Jamais fariam algo parecido caso tivessem a menor das suspeitas de estarem doentes e contagiosos. Ouvi falar de uma família infectada pelo patriarca, mas a peste começou a eclodir em outros membros da família antes de aparecer nele. Sob um exame mais detido, porém, ficou comprovado que ele já estava infectado há um bom tempo. Assim que descobriu que ele mesmo envenenara a própria família, ele surtou e teria se autoflagelado não fosse a diligência dos cuidadores. Morreu poucos dias depois.

2. O outro detalhe é que muita gente, considerando-se bem de saúde de acordo com seus próprios julgamentos, ou pela melhor observação que puderam fazer de si mesmos ao longo de vários dias e constatando apenas falta de apetite ou uma leve dor de barriga (e acredite, alguns cujo apetite continuou forte, e até mesmo aumentou, e sentiram apenas uma suave dor de cabeça), consultaram médicos para saber o que os afligia. Descobriram com grande surpresa, pouco antes da morte, as pústulas corporais: a peste espalhada em um nível fatal.

Era muito triste refletir que uma pessoa dessas agiu como um inóculo ambulante, talvez por sete ou quinze dias antes disso; contaminou aqueles por quem teria arriscado a própria vida para salvar e respirou a morte ao redor deles, até mesmo dando ternos beijos e abraços nos próprios filhos. Contudo, foi exatamente isso que fizeram, e sei de vários casos que eu poderia citar aqui. Se, então, a rajada sopra de modo imperceptível; se a flecha voa assim invisível e não pode ser descoberta... qual o sentido de interditar casas e transferir doentes? Essas estratégias só funcionam com as pessoas que aparentam estar doentes ou infectadas. Enquanto isso, milhares de pessoas aparentam estar bem, mas nesse tempo todo estão portando a morte com elas e a transmitindo em todos os seus contatos sociais.

Com frequência isso deixava nossos médicos intrigados, em especial os farmacêuticos e cirurgiões, que não conseguiam distinguir os doentes dos sadios. Todos eles aceitavam este fato: muitas vítimas carregavam a peste em seu próprio sangue, predando sua essência vital, e não passavam de carcaças putrefatas ambulantes, cuja respiração era infecciosa, e seu suor, venenoso, e apesar disso exteriormente não mostravam sintomas, e até mesmo nem desconfiavam. Os profissionais da saúde aceitavam que isso era verdadeiro, mas não sabiam como propor uma descoberta.

Meu bom amigo, o dr. Heath, acreditava ser possível detectar a doença a partir do cheiro do hálito. Se fosse assim, como sentir esse cheiro para obter a informação, sem se infectar no processo de levar o cheiro ao seu próprio cérebro, a fim de distingui-lo? Já ouvi falar que outro modo de distinguir era bafejar sobre um copo ou vidro. A respiração condensava e ao microscópio descortinavam-se formas estranhas, monstruosas e assustadoras, como dragões, cobras, serpentes e demônios de aparência medonha. Mas fico me perguntando a veracidade disso, e não havia microscópios disponíveis naquela época, até onde me lembro, para fazer a experiência.

Outro homem instruído preconizava que o hálito da pessoa infectada envenenava e matava instantaneamente um pássaro, não apenas um passarinho, mas até mesmo uma galinha; e que, se não matasse imediatamente um galináceo, o deixava catarrento, como eles dizem. Se fosse uma poedeira, todos os ovos dela ficavam podres. Mas até onde eu saiba, nunca essas opiniões foram corroboradas por experimentos, tampouco ouvi falar de outras pessoas que as tenham confirmado. Portanto, aqui eu apenas registro essas observações, acrescentando que é bem provável que sejam verdadeiras.

Alguns propuseram que as pessoas contaminadas, ao respirarem fundo sobre um pote de água morna, nela deixavam uma estranha escumalha. Isso também acontecia com outras substâncias, em especial as de consistência pegajosa, capazes de receber e sustentar uma escuma.

Mas, no geral, constatei que a natureza desse contágio era tal que era impossível detectá-lo ou impedir que se alastrasse de uma pessoa a outra por qualquer habilidade humana.

ONDE FICARAM ADORMECIDAS AS SEMENTES DA INFECÇÃO?

Uma dúvida eu nunca consegui contornar plenamente até agora, e só sei de uma resposta possível. Senão vejamos: a primeira pessoa morreu da peste em torno de 20 de dezembro de 1664, nas imediações de Longacre. Corria o boato de que essa primeira vítima teria se infectado ao manusear uma remessa de seda importada da Holanda e aberta pela primeira vez naquela casa.

Depois disso, não houve novos registros de óbitos em decorrência da peste naquele bairro, até o dia 9 de fevereiro, cerca de sete semanas depois, com uma nova vítima na mesma casa. Em seguida, tudo foi abafado, e a população ficou perfeitamente tranquila por um bom tempo. Só em 22 de abril (portanto, nove semanas depois) a estatística semanal registrou novos óbitos da peste. Duas mortes foram registradas, não naquela mesma casa, mas na mesma rua, se eu não me engano, na casa vizinha. E em quinze dias a doença eclodiu em várias ruas e se espalhou por todos os lados. Ora, a dúvida é a seguinte: nesse tempo todo, onde ficaram adormecidas as sementes da infecção? Por que a doença ficou tanto tempo parada e súbito não parou mais? Das duas, uma. Ou a peste não se transmitia diretamente pelo contágio interpessoal, de corpo para corpo, ou um indivíduo podia incubar a infecção sem que a doença aparecesse por muitos e muitos dias, semanas, mais de quarenta dias, digamos, sessenta dias ou mais.

É verdade que houve, como já mencionei, um inverno muito rigoroso, com três meses de geadas e nevascas; e isso, dizem os médicos, pode ter refreado a infecção. Mas então os instruídos me permitam fazer um contraponto. Se a peste ficou apenas "congelada", por assim dizer, como um rio congelado, e ao derreter retomou sua força normal, como é que o principal recesso dessa infecção ocorreu justamente no clima mais ameno de fevereiro a abril, quando o clima começou a esquentar?

Mas me lembro de um detalhe que pode ajudar a responder a essa questão. Durante esses longos intervalos não houve morte. Desde 20 de dezembro a 9 de fevereiro e depois até 22 de abril. Por outro lado, a única prova disso são as estatísticas semanais, e esses números não convenciam, pelo menos a mim, de modo suficiente a defender uma hipótese ou determinar uma questão importante como essa. Na época, a opinião corrente (na qual tenho sólidos alicerces para acreditar) era de que esses números eram fraudados pelas autoridades paroquiais, pesquisadoras e funcionários designados para registrar os óbitos e a causa deles. No começo, era abominável sequer pensar que os vizinhos ficariam sabendo que suas casas estavam infectadas. Por isso, subornavam com dinheiro ou de outra forma para que os óbitos da peste fossem creditados a outras doenças. Sei que essa prática foi adotada depois em muitos lugares. Arrisco-me a afirmar que isso aconteceu em todos os lugares em que a peste eclodiu, como pode ser comprovado pelo vasto aumento nas estatísticas semanais em decorrência de outras doenças ao longo da epidemia. Por exemplo, nos meses de julho e agosto, quando a peste atingiu seu auge, era muito comum o registro de mil, 1.200, até 1.500 óbitos semanais de outras doenças. Isso denota não um aumento nessas doenças, mas que um grande número de famílias e casas atingidas pela peste conseguia registrar os óbitos com outras causas, para impedir a interdição de seus lares.

Por exemplo:

ÓBITOS POR OUTRAS DOENÇAS QUE NÃO A PESTE

SEMANA	ÓBITOS
18 a 25 de julho	942
26 de julho a 1º de agosto	1.004
2 a 8 de agosto	1.213
9 a 15 de agosto	1.439
16 a 22 de agosto	1.331
23 a 29 de agosto	1.394
30 de agosto a 5 de setembro	1.264
6 a 12 de setembro	1.056
13 a 19 de setembro	1.132
20 a 26 de setembro	927

Ora, não havia dúvida de que a maior parte ou grande parte desses óbitos foram devidos à peste; mas, de acordo com os dados oficiais, esses foram os números registrados. Algumas doenças específicas foram assim classificadas:

	2 a 8 de agosto	9 a 15 de agosto	16 a 22 de agosto	23 a 29 de agosto
Febre	314	353	348	383
Febre maculosa	174	190	166	165
Envenenamento por excesso	85	87	74	99
Infecções dentárias em crianças de até três anos*	90	113	111	133
Totais	**663**	**743**	**699**	**780**

* No original, lê-se "Teeth". De acordo com várias fontes, o termo se refere a infecções gengivais ocorridas em crianças na fase de nascimento dos dentes de leite, ou seja, de 0 a 3 anos. Algumas das fontes são citadas a seguir. (a) Blog Before Newton (https://beforenewton.blog/2014/11/07/a-bill-of-mortality-and-a-peck-of-snails/):"Teeth", nas estatísticas de mortalidade, se refere a "Crianças que morrem em decorrência de complicações na dentição ou febre durante a dentição de leite"; (b) Maureen Waller, no artigo "Disease and death in late Stuart London", explica assim a causa da morte "Teeth": "refere-se provavelmente a crianças pequenas cujas mães esfregavam uma moeda suja em suas gengivas inflamadas para aliviar o sofrimento das crianças, o que causava infecção e morte." Disponível em: https://www.gresham.ac.uk/lecture/transcript/print/disease-and-death-in-late-stuart-london/. Acesso em: 14 jan. 2021. (N. do T.)

	30 de agosto a 5 de setembro	6 a 12 de setembro	13 a 19 de setembro	20 a 26 de setembro
Febre	364	332	309	268
Febre maculosa	157	97	101	65
Envenenamento por excesso*	68	45	49	36
Infecções dentárias em crianças de até três anos	138	128	121	112
Totais	**727**	**602**	**580**	**481**

Pela mesma razão, várias outras causas também foram infladas, e isso foi fácil de notar. Velhice, tuberculose, vômitos, abscessos, gripes e quejandos. Muitos desses casos eram de gente infectada com a peste, mas as famílias não tinham interesse em revelar que estavam infectadas. Elas tomavam todas as medidas possíveis para evitar essa exposição. Assim, se alguém morresse em suas casas, ao serem questionados pelos inspetores e pelas pesquisadoras, declaravam outras causas para as mortes.

Ora, isso explica o longo intervalo que, como eu já disse, ocorreu entre os primeiros óbitos registrados nas estatísticas da peste e o momento em que a peste se alastrou abertamente e não pôde mais ser ocultada.

Além disso, as próprias estatísticas semanais da época claramente desvendam essa verdade. Pois, mesmo enquanto não havia menções sobre a peste, e nenhum aumento no número de óbitos dela decorrente, tornou-se evidente que houve um aumento nas doenças que mais se aproximavam dela. Por exemplo, uma semana sem qualquer óbito da peste mostrava oito, doze, dezessete óbitos de febre maculosa, enquanto em média as estatísticas dessa doença perfaziam um, três ou quatro óbitos semanais. Da mesma forma, como já observei, os enterros aumentaram semanalmente naquela paróquia específica e nas paróquias adjacentes, mais do que em qualquer paróquia, embora não houvesse

---

* No original, "surfeit". Ou seja, consumo excessivo de comida ou bebidas, gula. (N. do T.)

registros de mortes causadas pela peste. Tudo isso indica que a peste estava sendo transmitida, num ritmo de infecção realmente constante. O povo teve a impressão de que o problema cessara, até ressurgir de um jeito surpreendente.

Podemos fazer outras suposições. E se a fonte de contágio subsistiu noutras parcelas da mesma remessa de mercadorias infectadas e essas só foram abertas depois? E se as roupas da primeira pessoa infectada ajudaram a transmitir a doença? É inconcebível que uma pessoa ao longo de nove semanas estivesse contagiada por uma doença letal sem ao menos sequer descobrir o seu real estado de saúde. Isso só endossa o que estou afirmando, ou seja, que a infecção se prolifera em nossos corpos e é transmitida por meio do contato social, sem que as pessoas envolvidas percebam.

Essa questão provocou muita confusão na época. Quando o povo começou a se convencer de que a infecção era contraída dessa maneira traiçoeira, a partir de pessoas aparentemente bem de saúde, começou um processo de isolamento. Certa vez, num feriado, não sei se num sábado ou não, não me lembro direito, na igreja de Aldgate, em um banco cheio de fiéis, súbito uma senhora detecta um fedor no ar. Logo ela imagina que há alguém contaminado com a peste naquele banco, cochicha sua suspeita para a pessoa a seu lado, então se levanta e se retira dali. O gesto dela é imitado por outras pessoas da fileira, encadeando uma reação que culmina na debandada geral nos dois ou três bancos adjacentes. Em poucos minutos não sobra ninguém na igreja. Ninguém sabia qual ou quem tinha sido a fonte do mau cheiro.

Prontamente todos procuraram se proteger tomando um ou outro remédio preventivo. Uns conforme a receita de velhas curandeiras. Outros, talvez, prescritos por médicos, a fim de prevenir a infecção pelo hálito das outras pessoas. Quando você ia à missa, na entrada da igreja, a mistura de cheiros era tão grande, e muito mais forte, embora talvez menos saudável, do que se você entrasse numa farmácia ou boticário. Em uma palavra: a igreja inteira parecia um frasco aromatizador. Numa ponta ficavam todos os perfumes; noutro, os aromáticos (lavanda, cânfora) e balsâmicos, e uma gama de drogas e ervas;

noutro, sais e "bebidas espirituosas", pois cada um se protegia à sua maneira. Observei um fato, porém. Depois de as pessoas se convencerem com a crença, ou melhor, com a certeza de que a infecção estava sendo transmitida por pessoas aparentemente saudáveis, as igrejas e capelas esvaziaram-se em relação a outras épocas. Ressalte-se que o povo de Londres, ao longo de todo o ciclo da pestilência, nunca deixou de frequentar igrejas ou cultos, tampouco se recusou a manter o culto público a Deus, exceto apenas nas paróquias em que a peste estava mais particularmente violenta na época, e mesmo nesses casos, de modo temporário.

De fato, era muito estranho notar quanta coragem essas pessoas demonstravam ao continuar indo à missa, mesmo na época em que tinham medo de sair de suas próprias casas para qualquer outra coisa (eu me refiro antes da hora do pânico que já mencionei). Isso mostrou também o quanto Londres era populosa na época da infecção, mesmo com o grande número de refugiados no interior (primeira leva) e dos que fugiram depois rumo às florestas e bosques, aterrorizados com o extraordinário aumento da epidemia (segunda leva). Era incrível observar as massas e multidões de pessoas que apareciam aos sábados nas igrejas, em especial nas partes da cidade em que a peste estava aparentemente sob controle, ou onde ela ainda não chegara ao auge. Mas vou abordar isso em momento oportuno.

Nesse meio-tempo, eu volto à questão do contágio interpessoal. Antes que as pessoas ficassem esclarecidas sobre o modo de infecção e de como as pessoas infectavam umas às outras, elas apenas evitavam o contato com quem mostrava sintomas da doença. De um homem de boina ou com panos em volta do pescoço (subterfúgio de muitos doentes para ocultar os inchaços) sentíamos um pavor irresistível. Mas de um cavalheiro bem vestido, de colarinho, luvas na mão, chapéu na cabeça e cabelos penteados não tínhamos o menor receio, e o povo interagia livremente, em especial com os vizinhos e conhecidos. Contudo, quando os médicos nos asseguraram que o perigo residia tanto nas pessoas saudáveis (*aparentemente* saudáveis) quanto nas doentes, isso mudou. Aos poucos, as pessoas entenderam o princípio geral da infecção. Indivíduos que se consideravam totalmente livres muitas vezes eram os mais fatais. A partir daí o povo começou a adotar o isolamento; e muita gente parou de circular nas ruas. Esquivavam-se de procurar companhia e não permitiam que pessoas lhes visitassem ou sequer se aproximassem de suas casas (ao menos mantinham-se a uma distância suficiente para evitar o alcance de sua respiração ou de seus odores). Se fosse necessário conversar com estranhos, mantinham a distância e sempre usavam preservadores nas bocas e nas roupas, para repelir e evitar a infecção.

É preciso reconhecer: quando as pessoas começaram a usar essas precauções, elas ficaram menos expostas ao perigo, e a infecção não irrompeu nesses lares tão furiosamente quanto em outros. E milhares de famílias foram preservadas, conversando com a devida reserva – e guiadas pela Divina Providência – por esse meio.

Mas era quase impossível convencer os pobres. Eles continuavam com a impetuosidade habitual de seus temperamentos, cheios de protestos e lamentações quando contaminados, mas loucamente descuidados, imprudentes e obstinados enquanto estavam bem. Quanto a empregos, aceitavam qualquer oferta, até as mais perigosas e suscetíveis à infecção. Indagados sobre isso, respondiam:

– Confio em Deus. Se eu for contaminado, serei cuidado. Tudo tem uma finalidade.

E coisas do gênero. Ou então:

– Ora, o que mais eu posso fazer? Não posso morrer de fome. É pegar a peste ou perecer por necessidade. Não tenho trabalho: o que posso fazer? Se eu não me virar, acabo tendo de pedir esmolas.

Quer estivessem enterrando os mortos, ou cuidando dos doentes, ou vigiando casas infectadas, funções essas todas terrivelmente perigosas, em geral a história deles era sempre a mesma. É verdade, a necessidade era uma justificativa louvável, e nenhuma poderia ser melhor, mas a postura deles era muito semelhante, mesmo quando as necessidades não eram tão urgentes. Esse comportamento arriscado dos pobres foi o que provocou o alto nível de contágio e a elevada mortalidade entre eles. Quem ficava doente sofria circunstâncias perturbadoras. Por outro lado, nunca vi melhor conjuntura econômica para essas pessoas (refiro-me aos trabalhadores mais humildes), enquanto todos estavam saudáveis e ganhando mais dinheiro do que antes. Como nunca antes, também, demonstravam prodigalidade, extravagância e desleixo em relação ao futuro. Assim, ao se infectarem, um conjunto de fatores aumentou o sofrimento dessa parcela da população: a carência, a doença, a falta de comida e a falta de saúde.

Muitas vezes, fui testemunha ocular desse sofrimento dos vulneráveis e, às vezes, também, da assistência beneficente. Diariamente pessoas piedosas lhes forneciam ajuda e suprimentos, tanto de comida quanto de remédios e outros auxílios, conforme achavam necessário. A índole do povo da época merece justiça e reconhecimento. Somas altas, altíssimas, de dinheiro foram caridosamente doadas ao Senhor Prefeito e vereadores para assistência e apoio às pessoas carentes. Além disso, por iniciativa privada, muita gente fazia diariamente grandes doações em dinheiro para ajudar os pobres. Também mandavam emissários para averiguar as condições de famílias específicas atingidas pela doença e o caos econômico e oferecer auxílio. Acredite, algumas senhoras piedosas se dedicavam com tanto zelo a esse tão nobre trabalho, e tão confiantes na proteção da Providência no cumprimento do grande dever da caridade, que compareciam pessoalmente para distribuir esmolas para os pobres e até mesmo visitar as famílias carentes, mesmo infectadas, em suas próprias casas. Além disso, contratavam enfermeiras para cuidar daqueles que precisavam desse tipo de cuidado. Também chamavam boticários e cirurgiões, os primeiros para fornecer medicamentos ou emplastros, e coisas semelhantes, conforme necessário; e os últimos para puncionar e drenar os inchaços e tumores, onde havia essa necessidade. Abençoavam os pobres e lhes proporcionavam um substancial alívio, além de orações calorosas.

Não vou me atrever a dizer, como alguns fizeram, que nenhuma dessas pessoas caridosas acabou tragada pela própria calamidade; mas sou obrigado a mencionar que até onde eu saiba nenhuma delas se contaminou. Faço questão de frisar esse ponto a bem de encorajar outros em caso de aflição semelhante; e, indubitavelmente, se quem dá aos pobres empresta ao Senhor, e por Ele será recompensado, quem arrisca a própria vida para doar aos pobres, para dar conforto e ajuda aos pobres em meio a esse sofrimento, pode muito bem esperar proteção nesse trabalho.

Essa caridade foi mesmo extraordinária, e seria leviano não enfatizar esse detalhe. Não fosse essa grande caridade dos ricos, tanto na cidade quanto nos subúrbios e também no interior, um número prodigioso de pessoas teria perecido, por carência ou por doença. Essa caridade deu sustento e apoio, e ninguém sabe exatamente o quanto foi, mas um observador crítico declarou que o valor alcançou muitas centenas de milhares de libras em prol do alívio dos pobres de uma Londres perturbada e aflita. Acredite, um homem me afirmou que esse valor superou as cem mil libras por semana, as quais foram distribuídas pelos curadores da igreja nas várias paróquias, pelo Senhor Prefeito e pelos vereadores nas várias alas e comarcas, e pela direção particular da corte e dos tribunais respectivamente onde as partes residiam, tudo somado à caridade privada distribuída por mãos piedosas de que falei. E isso continuou por muitas e muitas semanas.

Confesso que essa soma é enorme; mas se é verdade que foram distribuídas, apenas na paróquia de Cripplegate, numa só semana, 17.800 libras para o alívio dos pobres, conforme me relataram, fato que acredito ser mesmo verdade, talvez aquele outro valor não seja improvável.

Sem dúvida esse pode ser considerado um dos muitos atos de bondade verificados nesta metrópole. Um ato extraordinário, que agradou a Deus e comoveu os corações das pessoas em todos os quadrantes do reino. Alegremente contribuíam para o alívio e sustento dos pobres em Londres, cujos resultados mais perceptíveis foram a preservação das vidas e a recuperação da saúde de milhares de famílias carentes.

Agora, uma palavra sobre o bondoso arranjo da Providência nessa calamitosa época. Já toquei no assunto, quero dizer, sobre a evolução da peste, como ela começou num extremo da cidade e se alastrou gradativa e lentamente de uma ponta à outra, como uma nuvem escura que passava sobre nossas cabeças. À medida que numa parte da cidade a grande nuvem engrossa e lança suas sombras, na outra parte o céu limpava. A peste evoluiu no sentido oeste-leste, ou seja, enquanto avançava rumo leste, amainava a oeste. Por isso, as partes da cidade não atingidas ou já curadas estavam aptas a auxiliar as outras. Caso a doença tivesse se espalhado por toda a cidade e subúrbios duma só vez, com a mesma fúria, como já acontecera noutros países, a cidade inteira teria sido massacrada, e teriam morrido vinte mil pessoas por dia, como dizem ter acontecido em Nápoles. Tampouco as pessoas conseguiriam ter se ajudado umas às outras.

Onde a peste grassava com força máxima, o sofrimento do povo era grande, e a consternação, inenarrável. Quando o problema arrefecia, ou baixava o número de óbitos, o comportamento se alterava completamente. Não posso deixar de registrar que havia muito dessa índole comum na humanidade naquele tempo, a de esquecer a salvação quando o perigo já passou. Mas voltarei a falar disso adiante.

PARALISAÇÃO NO COMÉRCIO EXTERIOR

É importante observar a situação do comércio no período dessa calamidade pública, nos âmbitos internacional e nacional.

Quanto ao comércio exterior, há pouco a dizer. Todos os nossos parceiros comerciais da Europa nos tratavam com receio. Portos da França, Holanda, Espanha e Itália não permitiam que os nossos navios atracassem nem enviavam suas cargas a nossos portos. De fato, houve um desentendimento com os holandeses que culminou em confronto bélico. Era uma péssima ocasião para entrar em atritos externos, pois internamente precisávamos combater um inimigo hediondo.

Nosso comércio exterior ficou totalmente paralisado. Nossos navios estavam impedidos de navegar para qualquer destino internacional. Nossas manufaturas e mercadorias, ou seja, os produtos que usualmente exportávamos, deixaram de ser aceitos no exterior. Tinham medo de nossos bens e também de nosso povo; e, na verdade, tinham razão. Nossos manufaturados de lã podiam transmitir a infecção como os corpos humanos. Se fossem embalados por pessoas infectadas, ficavam contaminados e tão perigosos ao toque quanto um homem infectado. Portanto, quando qualquer navio inglês chegava a países estrangeiros, caso descarregassem as mercadorias em terra, eram obrigatórios a abertura e o arejamento dos fardos em locais designados para esse objetivo. Mas a entrada de navios oriundos de Londres não era permitida nos portos, e muito menos a descarga de suas mercadorias, sob hipótese alguma. E esse rigor com os nossos navios era ainda maior na Espanha e na Itália. Na Turquia e em seus arquipélagos, bem como nas ilhas de Veneza, a rigidez não era tanta.

No começo não houve obstrução alguma, e quatro navios que estavam na água rumo à Itália (ou seja, para Livorno e Nápoles) foram impedidos de descarregar. Desviaram rumo à Turquia, onde tiveram livre acesso para liberar suas cargas sem dificuldades. Porém, parte do carregamento não podia ser vendida naquele país, e outro lote de mercadorias estava consignado para comerciantes em Livorno. Assim, os capitães dos navios não tinham poderes nem direitos para redirecionar as mercadorias, o que causou grandes inconvenientes aos comerciantes, mas isso era esperado numa situação daquelas. Ao tomarem conhecimento do fato, os comerciantes de Livorno e Nápoles enviaram outras naus para buscar os produtos consignados a seus portos, e remanejaram os produtos que eram inadequados aos mercados de Esmirna, na Turquia, e Iskinderum, no norte da Síria.

Na Espanha e em Portugal os inconvenientes eram ainda maiores. Afinal de contas, eles recusavam peremptoriamente o acesso de nossos navios, em especial londrinos, a todos os seus portos, até mesmo para fazer a descarga. Segundo um relato, um de nossos navios furtivamente entregou a carga, que consistia em fardos de tecidos, algodão, lã rústica e produtos semelhantes. Os espanhóis queimaram todas as mercadorias e condenaram à morte os responsáveis por fazer a descarga. Não posso garantir até que ponto isso é verdadeiro, mas não é de todo improvável. Afinal de contas, eles perceberam que o perigo era realmente muito grande, com a infecção tão violenta em Londres.

Também ouvi que a peste foi levada a esses países por alguns dos nossos navios, especialmente ao porto de Faro, no reino do Algarve, pertencente ao rei de Portugal, onde a peste fez inúmeras vítimas; mas não pude confirmar essa informação.

Por outro lado, apesar da distância que espanhóis e portugueses mantiveram de nós, o mais certo é que a peste, como já foi dito, evoluiu primeiro na parte da cidade perto de Westminster. Nesse meio-tempo, a parte comercial da cidade, a cidade intramuros e as imediações portuárias ficaram perfeitamente saudáveis até o começo de julho pelo menos, e os navios no rio até o começo de agosto. Até 1º de julho haviam sido registrados sete óbitos em toda a cidade, mas sessenta dentro das liberdades, sendo um em todas as paróquias de Stepney, Aldgate e Whitechapel, e apenas dois em todas as oito paróquias de Southwark. Mas para o exterior isso não importava. As más notícias correram o mundo: Londres estava infectada com a peste. Ninguém perguntava como a infecção evoluiu ou em que parte da cidade ela começou ou qual atingiu.

Além do mais, quando começou a se alastrar, foi tudo muito rápido, e a curva de óbitos subiu vertiginosamente. Era inútil tentar abafar esses relatórios. Era inútil tentar convencer os outros países que a situação era melhor do que era. As estatísticas semanais forneciam um relato suficiente. Dois mil a três ou quatro mil óbitos por semana eram números suficientes para alarmar todo o universo mercante. O horrível sofrimento que Londres enfrentava deixou o mundo inteiro em alerta.

A QUESTÃO DAS NOTÍCIAS FALSAS

De relato em relato, nada se perdia, muito pelo contrário. A peste era mesmo um inimigo terribilíssimo, a aflição do povo era colossal, mas os boatos eram infinitamente maiores. Nossos amigos no exterior recebiam notícias surpreendentes. Portugueses e italianos com quem meu irmão negociava ficaram sabendo que em Londres morriam vinte mil pessoas em uma só semana; que montes de cadáveres insepultos se acumulavam nas ruas; que os vivos eram insuficientes para enterrar os mortos, bem como os sãos para cuidar dos enfermos. Todo o reino estava infectado igualmente; tratava-se de uma pandemia como nunca se ouviu falar antes. E mal puderam acreditar em nós quando fizemos um relato condizente com a realidade. Os óbitos somavam um décimo do que falavam. Quinhentos mil pessoas permaneceram o tempo inteiro na cidade. Agora o povo começava a andar pelas ruas de novo, ou a voltar do interior, onde tinham se refugiado. Aos poucos, retomou-se o vaivém de gente na rua, embora cada família sentisse a falta de um parente, amigo ou vizinho. Ninguém acreditou em nós. Se hoje em dia alguém perguntar em Nápoles, ou noutras cidades do litoral italiano, ouvirá a história de que há muitos anos uma infecção terrível em Londres matou vinte mil por semana. E aqui em Londres contamos que houve uma peste em Nápoles, em 1656, na qual morreram vinte mil pessoas em um só dia, informação que eu tive a grande satisfação de saber que era totalmente falsa.

Mas esses relatos extravagantes foram muito prejudiciais ao nosso comércio, além de intrinsecamente injustos e danosos. Só muito tempo depois de ter cessado o surto da peste que nosso comércio pôde se recuperar naquelas partes do mundo; e os flamengos e os holandeses, em especial estes, lucraram muito com isso, monopolizando o mercado. Inclusive compravam nossos manufaturados em várias regiões da Inglaterra sem a peste e os transportavam até a Holanda e Flandres e de lá os distribuíam para Espanha e Itália, como se fossem feitos em seu país.

Às vezes, porém, eram flagrados e punidos. Os bens e navios eram confiscados. Afinal, supondo que nossas manufaturas estivessem tão infectadas como nosso povo, era perigoso tocá-las, abri-las e sentir o cheiro delas. Assim, esse comércio clandestino corria o risco não só de transportar o contágio ao seu próprio país, mas também de infectar as nações com quem negociavam esses produtos. Levando em conta o número de vidas submetidas ao perigo em decorrência dessa prática, era um comércio em que nenhum homem consciente se envolveria.

Essa prática pode ter causado malefícios, mas não cabe a mim julgar. Afinal, em nosso país esse tipo de ressalva também vale. Por meio de nosso povo londrino ou do comércio, que tornava necessárias as interações pessoais em cada condado, cada cidade – a peste acabou se alastrando reino afora, tanto em Londres quanto em outras cidades grandes, especialmente nas cidades manufatureiras e portos marítimos. Mais cedo ou mais tarde, todas as regiões importantes da Inglaterra foram atingidas em maior ou menor grau. E na Irlanda também, de modo menos generalizado. De que modo isso atingiu o povo da Escócia não tive oportunidade de investigar.

Embora a peste continuasse violenta em Londres, os portos externos, como eram chamados, desfrutavam de um intenso comércio, em especial com os países adjacentes e para nossas próprias colônias. Por exemplo, as cidades de Colchester, Yarmouth e Hull, naquela região da Inglaterra, exportaram para a Holanda e Hamburgo as manufaturas dos condados adjacentes ao longo de vários meses após o comércio com Londres ter sido, por assim dizer, totalmente interrompido. Da mesma forma, as cidades de Bristol e Exeter, com o porto de Plymouth, tinham a mesma facilidade de exportar para a Espanha, as Canárias, a Guiné e o Caribe, e particularmente para a Irlanda. Porém, à medida que em agosto e setembro a peste foi se espalhando de Londres em todas as direções, quase todas essas cidades se infectaram, mais cedo ou mais tarde. Por assim dizer, o comércio sofreu um embargo geral, uma paralisação total. Isso refletiu em nosso comércio doméstico, como vou falar adiante.

Um detalhe, no entanto, deve ser observado: os navios que chegavam do exterior (fique certo de que eram muitos), após meses singrando por várias partes do mundo, haviam zarpado sem nada saber da infecção, ou pelo menos de uma tão terrível assim. Esses navios subiam o rio corajosamente e entregavam suas cargas conforme esperado, exceto apenas nos dois meses de agosto e setembro. Nesse período a infecção alcançou a parte inferior da ponte. Por um tempo ninguém ousou fazer negócio. À medida que isso perdurou por algumas semanas, os navios com destino doméstico, especialmente com cargas não perecíveis, ficaram ancorados por um tempo nas imediações de Pool,* na parte de água doce do rio, tão a jusante quanto o rio Medway, onde vários deles entravam. Outros ancoravam no Nore e no Hope abaixo de Gravesend. Sei que no final de outubro havia uma grande frota de navios com destino local esperando, como não se via há muitos anos.

---

* Aquela parte do rio onde os navios ancoram quando voltam para casa é chamada de Pool, e engloba os dois braços do rio, desde a Torre até o Ponto Cuckold e a Limehouse (Nota do texto original).

CEREAIS E CARVÃO

Durante a infecção, o comércio de duas *commodities* específicas não cessou. Barcaças de cereais e carvão atracavam em Londres para o benefício e conforto dos pobres e aflitos da cidade. Cereais* vinham da parte litorânea e o carvão, de Newcastle.

Cereais eram trazidos em pequenas barcaças do porto de Hull, e outros lugares em Humber, de onde vinha uma grande quantidade de cereais trazidos de Yorkshire e Lincolnshire. Outra parte desses cereais vinha de Lynn em Norfolk, de Wells, Burnham e Yarmouth, todos no mesmo condado. Ainda uma terceira parte chegava pelo rio Medway, de Milton, Feversham, Margate e Sandwich, e todos esses lugarejos e portos da costa de Kent e Essex.

Também havia um excelente comércio a partir do litoral de Suffolk, com cereais, manteiga e queijo. Essas naus mantiveram um fluxo constante de comércio, fornecendo, sem interrupção, produtos ao mercado ainda conhecido pelo nome de Bear Key. Ali havia uma oferta abundante de cereais, onde a cidade se abastecia quando o transporte por terra oscilava, e quando o povo, oriundo de muitas regiões país afora, começou a adoecer.

---

* No original, "corn". Aqui a tradução não pode ser "milho", cultura não plantada na Inglaterra na época. O texto *The Evolution of the English Corn Market – from the Twelfth to the Eighteenth Century*, de Norman Scott Brien Gras, esclarece o significado de "corn". É um termo genérico para "grãos", em especial, cereais de cultivo comum no Reino Unido. Aqui no Brasil chamaríamos de "cereais de inverno". Por exemplo, nas 245 páginas do referido trabalho, existem 833 ocorrências da palavra "wheat" (trigo); 323 de "rye" (centeio), 89 de "barley" (cevada) e 67 de "oats" (aveia). (N. de T.)

Isso também se deve em grande parte à prudência e conduta do Senhor Prefeito, que tomou muitas precauções para impedir que os produtores e marinheiros se arriscassem. As cargas de cereais eram compradas no momento em que chegavam, assim os negociantes de cereais imediatamente providenciavam o desembarque das naus carregadas. Assim, o pessoal a bordo não precisava descer, pois até o dinheiro era trazido e colocado num balde de vinagre antes de ser guardado.

O segundo comércio era o de carvão oriundo de Newcastle-upon-Tyne, sem o qual a cidade ficaria muito angustiada; pois não só nas ruas, mas em casas e famílias particulares, grandes quantidades de carvão eram consumidas, mesmo ao longo do verão inteiro, quando o clima estava mais quente, o que era feito por aconselhamento médico. Outros discordavam e insistiam: manter casas e ambientes aquecidos era um meio de propagar a peste. Nessa visão, o calor ambiente acelerava a fermentação já presente no sangue; prova disso era que a infecção se espalhava e aumentava em clima quente e diminuía no frio. Portanto, alegavam que todas as doenças contagiosas são piores no calor, pois o contágio era nutrido e ganhava força em clima quente, e o calor favorecia a sua propagação.

Na cabeça de alguns, o calor ambiente propagava a infecção, com o seguinte raciocínio: o calor intenso preenche o ar de vermes e nutre inumeráveis espécies de criaturas venenosas, que se reproduzem em nossos alimentos, plantas e até em nossos corpos, exalando odores que servem para propagar a infecção. O calor faz os nossos corpos relaxarem e nos exaure o ânimo, abre os nossos poros e nos torna mais aptos a receber infecções ou qualquer influência maligna, seja de vapores nocivos e pestilentos ou de partículas transmitidas por meio do ar. Porém, o calor do fogo, e especialmente de carvão, mantido em nossas casas ou perto de nós, provoca resultados bem diferentes. O calor não é do mesmo tipo, mas rápido e intenso. Não nutre, mas consome, dissipa e queima todos os vapores nocivos que outros tipos de calores exalam. Além disso, alegou-se que as partículas sulfurosas e nitrosas frequentemente encontradas no carvão, com a substância betuminosa comburente, ajudam a limpar e a purgar o ar, tornando-o saudável e seguro para respirar, após as partículas nocivas (descritas acima) serem dispersadas e queimadas.

Esta última opinião prevalecia na época e, devo confessar, por um bom motivo: a experiência dos cidadãos confirmou que muitas casas que constantemente mantinham fogos acesos nos aposentos nunca foram infectadas. E vou acrescentar aqui a minha própria experiência. Constatei que a manutenção de boas fogueiras deixava nossos aposentos olorosos e saudáveis, e realmente acredito que essa prática preservou a saúde de nossa família, e não sei como teria sido caso não a tivéssemos adotado.

Mas voltando ao mercado do carvão. Esse comércio foi mantido com bastante dificuldade, em especial porque, como estávamos numa guerra aberta com os holandeses na época, os corsários holandeses logo dominaram um grande número de nossas naus carvoeiras. As demais, cautelosas, viajavam em frotas. Mas, após um tempo, os corsários ficaram com medo, ou os seus patrões, os Países Baixos, tiveram medo e os proibiram de abordar as naus inglesas, para não se contaminarem com a peste, e isso beneficiou o transporte.

Para a segurança desses comerciantes do norte, o prefeito londrino ordenou que as naus carvoeiras subissem rio acima até o Pool em números controlados. Mandou que barcaças e outras embarcações fornecidas pelos mantenedores do cais ou vendedores de carvão descessem o rio e baldeassem o carvão na altura de Deptford e Greenwich, e algumas mais a jusante.

Outros entregavam grandes quantidades de carvão em locais específicos onde as naus chegavam à costa, como em Greenwich, Blackwall e outros locais, fazendo montes enormes, como se o produto estivesse à venda. As naus que tinham trazido o carvão se afastavam, e só então o produto vinha ser coletado, para que os marinheiros não tivessem contato com o pessoal do rio, nem de longe.

Contudo, essa extrema cautela não impediu efetivamente que a peste contaminasse o pessoal das naus carvoeiras. Muitos marinheiros pereceram dela; e o pior foi que eles levaram a peste a Ipswich e Yarmouth, a Newcastle-upon-Tyne e outros lugares da costa, onde, especialmente em Newcastle e Sunderland, matou um grande número de pessoas.

Manter tantos fogos acesos, conforme descrevemos acima, realmente consome uma enorme quantidade de carvão. Com as interrupções no fluxo (seja por condições climáticas ou bloqueio dos inimigos, não me lembro), o preço do carvão teve um aumento substancial, alcançando até quatro libras por *chaldron*.* Mas o preço logo diminuiu quando as naus chegaram e, depois que tiveram acesso livre, o preço ficou razoável ao longo do restante daquele ano.

As fogueiras públicas acesas nessas ocasiões, de acordo com os meus cálculos, teriam custado aos cofres públicos necessariamente uns duzentos *chaldrons* de carvão por semana, se elas tivessem continuado, o que seria uma quantidade realmente fabulosa; mas nenhum esforço se poupava. Alguns médicos, porém, condenaram a prática, e elas foram mantidas acesas por quatro ou cinco dias.

Foram encomendadas as seguintes fogueiras: uma na Alfândega; uma em Billingsgate; uma em Queenhithe e outra em Three Cranes; uma em Blackfriars e outra no portão de Bridewell; uma na esquina das ruas Leadenhall com Gracechurch; uma no portão norte e outra no portão sul da Royal Exchange; uma em Guildhall e outra no portão de Blackwell Hall; uma na porta do Senhor Prefeito em St. Helen; uma na entrada oeste de St. Paul's; e uma na entrada da Igreja Bow. Não me lembro se havia alguma nos portões da cidade, mas havia uma no pé da ponte, pertinho da igreja de St. Magnus.

Sei que o experimento suscitou discordâncias. Uns alegaram que mais gente morreu por causa dessas fogueiras, mas estou convencido de que as pessoas que afirmam isso não ofereceram provas e não acredito nisso, de forma alguma.

---

* De acordo com os cálculos do site "Measuring Worth", essas 4 libras em 1665 equivalem a 646,6 libras de hoje. Levando em conta que o peso do caldeirão londrino é 1.420 kg, isso daria um preço de 45 centavos por kg. A título comparativo, atualmente a tonelada métrica do carvão custa na faixa de 60 libras, ou 6 centavos por kg. Disponível em: https://www.statista.com/statistics/372204/coal-price-per-tonne-for-power-producers-in-the-united-kingdom-uk/. Acesso em: 3 fev. 2021 (N. de T.)

Falta relatar a situação do comércio local na Inglaterra nesse período terrível, em especial no que tange às manufaturas e ao comércio na cidade. Na primeira onda da infecção, como é fácil supor, houve um grande susto entre as pessoas e, por conta disso, uma parada geral da economia, exceto no comércio de víveres de primeira necessidade. Até mesmo nessas coisas, como um grande número de pessoas estava fugindo e sempre havia um grande número de pessoas adoentadas, sem falar nas mortas, o consumo de provisões essenciais baixou na cidade para dois terços ou metade do normal.

Neste ano aprouve a Deus enviar uma safra abundante de frutas e cereais, e não de feno ou grama. Ou seja, o pão era barato devido à abundância de cereais, a carne era barata devido à escassez de pasto, mas a manteiga e o queijo eram caros pelo mesmo motivo. Para se ter uma ideia, o feno, no mercado perto de Whitechapel Bars, era vendido a quatro libras por carga, mas isso não afetou os pobres. Foi uma safra boa de muitas frutas, como maçãs, peras, ameixas, cerejas e uvas. O preço delas ficou mais acessível, o que, por um lado, amenizou as necessidades do povo, mas, por outro, permitiu um consumo excessivo de frutas pela camada menos favorecida da população, e esses excessos muitas vezes os precipitavam rumo à peste.

Voltando às questões comerciais. Primeiro, a exportação estrangeira foi interrompida, ou pelo menos substancialmente interrompida e dificultada. Em seguida, houve uma parada geral na cadeia de todos os manufaturados que costumavam ser trazidos para exportação. Às vezes, havia uma demanda pelas mercadorias no exterior. Mesmo assim, pouco era enviado, pois os canais logísticos estavam bloqueados, e as naus inglesas não eram aceitas, como já foi dito, em portos do estrangeiro.

Com isso, as fábricas de produtos de exportação tiveram que interromper as atividades na maior parte da Inglaterra, exceto em alguns portos externos; e mesmo isso logo foi interrompido, pois cada região teve sua onda da peste. Isso foi sentido por toda a Inglaterra, mas algo pior aconteceu. Todo o intercâmbio comercial para consumo doméstico de manufaturas que costumavam circular pelas mãos dos londrinos foi sustado de chofre. O comércio londrino estagnou-se.

Todos os tipos de artesãos da cidade, mecânicos e artífices ficaram, como eu já disse, de mãos atadas. Isso provocou a dispensa de um número incontável de operários e artífices de todos os tipos, visto que nada era feito relacionado a esses ofícios, além do que se poderia chamar do estritamente necessário.

Assim, uma multidão de pessoas solteiras em Londres ficou sem sustento, bem como famílias inteiras cuja vida dependia do trabalho de seus chefes. Isso os reduziu à miséria extrema. Confesso que Londres merece ser honrada por muitas e muitas gerações, quando assuntos como esse forem debatidos. Por meio de ações de caridade, a cidade foi capaz de prover as necessidades de milhares e milhares de pessoas que foram adoecendo e sendo afetadas. É possível afirmar com segurança que ninguém pereceu de fome, ao menos que os magistrados tivessem registro.

Essa estagnação de nosso comércio de manufaturas no interior poderia ter colocado os habitantes dessas regiões em dificuldades muito maiores. Porém, os mestres operários, fabricantes de roupas e outros, ao máximo de seus estoques e capacidade, continuaram fabricando seus produtos para manter os pobres no trabalho. A projeção deles era de que, tão logo a peste aplacasse sua força, haveria uma demanda rápida, proporcional à queda das vendas naquele momento. Porém, apenas os empresários mais ricos podiam fazer isso, e muitos eram descapitalizados e incapazes. Por isso, o comércio de manufaturas na Inglaterra sofreu muito, e os pobres de toda a Inglaterra foram atingidos em cheio pela calamidade londrina.

É verdade que, no ano seguinte, veio uma compensação, justamente quando outra terrível calamidade se abateu sobre a cidade. Em 1666, um ano depois da terrível peste, o Grande Incêndio consumiu um infinito volume de produtos manufaturados, o que aumentou a demanda e recuperou a atividade fabril. Utensílios domésticos, vestuário e outros itens, além de depósitos inteiros repletos de mercadorias e produtos, oriundos de todas as regiões, foram queimados. Assim, uma calamidade empobreceu e enfraqueceu o interior, e a outra (não menos terrível a seu modo) enriqueceu o interior, reativando a economia. É inacreditável como isso fomentou o comércio em todo o reino, para suprir a falta e repor as perdas; de modo que, em suma, toda a mão de obra manufatureira do país foi recontratada, e novas vagas de trabalho foram abertas para abastecer o mercado e atender às demandas. Todos os mercados estrangeiros também estavam carentes de nossos produtos devido à interrupção ocasionada pela peste. Assim, antes mesmo da reabertura dos portos, a prodigiosa recuperação na demanda doméstica e a reprimida demanda externa, juntas, provocaram uma rápida reação na oferta de toda a sorte de mercadorias. Tanto que os sete anos após a peste e o Grande Incêndio constituíram um período de efervescência comercial jamais visto antes na Inglaterra.

Resta-me agora citar algo sobre a parte misericordiosa dessa terrível provação. Na última semana de setembro, a peste alcançou o pico, e a sua fúria começou a arrefecer. Nunca vou me esquecer. O meu bom amigo dr. Heath veio me visitar na semana anterior e falou que tinha certeza de que em poucos dias a violência da infecção diminuiria. Mas quando me deparei com os dados daquela semana, com o maior número de óbitos do ano, sendo 8.297 de todas as doenças, cobrei dele uma explicação. A resposta dele, porém, me pareceu bem fundamentada.

– Observe um detalhe. Pelo número atual de doentes e infectados, o número de óbitos da semana passada deveria ter sido no mínimo vinte mil, em vez de oito mil, levando em conta que o contágio continuasse tão violento e mortal como há duas semanas. Na época a doença matava em dois ou três dias, agora em oito ou dez. Antes, só um em cada cinco se recuperava, e agora esse número de recuperados dobrou, ou seja, dois em cada cinco sobrevivem. E preste atenção no que vou dizer. O relatório semanal de óbitos vai começar a diminuir. Mais gente vai começar a se recuperar. O número de infectados é altíssimo e o número de novas infecções também, mas a letalidade vai ser menor, pois a malignidade da peste amainou.

E o doutor acrescentou que agora tinha esperança, ou melhor, mais do que esperança, de que o pior já havia passado, e a crise da pandemia estava se encaminhando para o seu final. Dito e feito. Na próxima semana, a última de setembro, as estatísticas de óbitos baixaram em quase dois mil.

Está certo, a peste ainda grassava de modo assustador, e na semana seguinte o número de óbitos foi de 6.460, e na posterior, 5.720. Mesmo assim, a observação de meu amigo se confirmava. Parecia que as pessoas se recuperavam mais rápido e em maior número do que antes. Não fosse assim, o que seria de Londres? De acordo com o meu amigo, naquele momento não havia menos de sessenta mil pessoas infectadas, das quais, como foi demonstrado acima, 20.477 morreram e cerca de quarenta mil se recuperaram. No ritmo de antes, é muito provável que cinquenta mil ou mais tivessem morrido e o mesmo número de novos casos teria sido registrado. Resumindo, a população começou a adoecer em massa, e parecia que ninguém escaparia.

Esse comentário do meu amigo ficou mais evidente poucas semanas depois. Os números continuaram despencando, e noutra semana de outubro baixaram em 1.843, totalizando 2.665 óbitos em decorrência da peste. Na semana seguinte, a queda foi de 1.413, e ainda assim era claro que o número de infectados só aumentava; a diferença estava na menor letalidade da doença.

A NEGLIGÊNCIA E O PERIGO DE UMA NOVA ONDA

É colossal a propensão de nosso povo a se precipitar (se isso ocorre também mundo afora, não me compete averiguar, mas aqui ficou bem claro). Senão, vejamos. No começo da infecção as pessoas fugiam umas das outras e respeitavam o distanciamento. Deixaram de frequentar as casas dos amigos, e os que puderam fugiram da cidade com um pavor inexplicável e, no meu ponto de vista, um tanto exagerado. Agora a noção de que a infecção arrefecia começava a se espalhar. Ou seja, a peste havia deixado de ser tão contagiosa quanto antes. E se alguém a contraísse, não era tão letal. Um número grande de pessoas se recuperava todos os dias. Assim, uma coragem precipitada lhes dominou e ficaram tão descuidadas consigo mesmas e com a infecção, que agora passaram a encarar a peste como uma febre comum, se tanto. Não só entravam em contato com pessoas que tinham tumores e carbúnculos ativos (que drenavam) e, por isso, contagiosos, mas também comiam e bebiam com elas, faziam visitas e inclusive entravam nos quartos dos doentes.

Eu não achava isso racional. O meu amigo dr. Heath atestou, e era fácil de provar, que a peste continuava tão contagiosa como sempre. O número de casos diários não baixava. A diferença para ele estava na redução da malignidade. Mais doentes se recuperavam. Na minha opinião, muita gente ainda morria, e para todos os efeitos a doença continuava terribilíssima. As feridas e os inchaços, um tormento. O perigo de morte diminuiu, mas permanecia vívido. Tudo isso junto com a escassez de cura, a repugnância da doença e outras características deveriam ser suficientes para impedir qualquer pessoa de se aglomerar perigosamente com os doentes, e torná-las quase tão ansiosas para evitar a infecção quanto outrora.

Acredite, havia outra coisa que tornava tremendamente assustador pegar a doença: estou falando das horrendas queimaduras causadas por emplastros cáusticos que os cirurgiões colocavam sobre os inchaços para fazê-los abrir e drenar, sem os quais o perigo de morte era muito grande até o fim. Da mesma forma, a dor insuportável dos inchaços, que, embora não deixassem as pessoas delirantes e perturbadas como antes (já dei vários exemplos disso), causavam tormentos indescritíveis aos pacientes. Quem se contaminava e escapava com vida reclamava amargamente dos que lhes disseram que não havia perigo. Restava o arrependimento e a tristeza por terem sido tontos e imprudentes.

O pior é que a conduta negligente do povo não terminou por aqui. Muitas dessas pessoas que deixaram de lado as precauções enfrentaram sofrimentos profundos; muitas escaparam, mas muitas morreram. E esse desleixo impediu a queda no número de enterros. Afinal de contas, essas ideias insensatas se alastravam pela cidade como um rastilho de pólvora, virando a cabeça das pessoas. Numa semana houve uma grande queda nos números, mas nas duas semanas seguintes as estatísticas não baixaram proporcionalmente. O motivo? Justamente essa pressa de correr para o perigo, de abrir mão de todas as cautelas e precauções anteriores, e do isolamento que costumavam praticar. Estavam convictos de que a doença não os atingiria, ou que, se isso acontecesse, eles não iam morrer.

Com todas as suas forças, os médicos se opuseram a essa disposição impensada do povo. Divulgaram folhetos com instruções, espalhando-os por toda a cidade e subúrbios. Manter o isolamento social e adotar o máximo cuidado em seu dia a dia, apesar da diminuição da peste. Alarmante, o folheto realçava o perigo de uma nova onda em toda a cidade e afirmava que uma recaída poderia ser mais fatal e perigosa do que toda a pandemia até então. Nessa parte, listavam muitos argumentos e razões para explicar e provar essa asserção, os quais são muito extensos para repetir aqui.

Mas o alerta caiu em ouvidos moucos. As audaciosas criaturas, faceiras e satisfeitas com a surpreendente redução nos óbitos semanais, não se deixavam influenciar por novos terrores. Ninguém conseguiria persuadi-las de que a amargura da morte ainda não havia passado. Falar com elas e com o vento daria o mesmo resultado. Abriam lojas, circulavam pelas ruas, faziam negócios e conversavam com toda e qualquer pessoa que aparecesse no caminho, com ou sem assuntos definidos para tratar, sem sequer indagar sobre sua saúde tampouco mostrar apreensão com qualquer perigo, mesmo sabendo que não estavam saudáveis.

Essa conduta imprudente e precipitada custou muitas vidas que até então tinham sido preservadas com grandes cautelas por meio de evitar o convívio social e o contato com outros seres humanos, sob a Divina Providência, no auge da pandemia.

Foi tão longe essa conduta imprudente e tola do povo que os pastores também fizeram um alerta e tentaram mostrar a loucura e o perigo dessa postura. Só assim o povo se retraiu um pouco e ficou mais cauteloso. Mas essa conduta teve um efeito colateral, que os pastores não conseguiram conter. Correram boatos de uma peste arrefecida. Cansado de estar afastado de Londres e ansioso para retornar, o povo voltou em massa para a cidade, sem medo ou previsão, e começou a aparecer nas ruas como se todo o perigo tivesse acabado. Foi realmente surpreendente ver esse fenômeno. As mortes continuavam na faixa de mil a 1.800 por semana. Mesmo assim, o pessoal afluía para a capital como se estivesse tudo bem.

Em consequência, na primeira semana de novembro o número de óbitos voltou a aumentar. Quatrocentos óbitos a mais que a semana anterior. Se eu posso acreditar nos médicos, mais de três mil adoeceram naquela semana, a maioria deles pessoas recém-chegadas.

Um tal de John Cock, barbeiro em St. Martin's-le-Grand, foi um eminente exemplo disso (quero dizer, do rápido retorno do povo quando a peste amainou). Esse John Cock fechou a casa, pegou a família e deixou a cidade rumo ao interior, como muitos outros fizeram; quando a peste amainou em novembro, com apenas 905 óbitos semanais por todas as doenças, ele se aventurou a voltar para casa. Havia dez pessoas na família, ou seja, o casal, cinco filhos, dois aprendizes e uma criada. Menos de uma semana após o retorno, reabriu a barbearia e retomou as atividades, mas a peste irrompeu em sua família. Em cerca de cinco dias, quase todos morreram: ele mesmo, a esposa, todos os seus cinco filhos e os dois aprendizes; só a criada sobreviveu.

Mas, para a maioria das pessoas, a misericórdia de Deus foi maior do que podíamos esperar; porque, como eu disse, a malignidade da peste se exauriu, o contágio baixou e também o clima invernal se intensificou, e o ar estava gélido e límpido, com algumas geadas fortes; e à medida que isso foi progredindo, a maioria dos doentes foi se recuperando, e a saúde da cidade começou a voltar. Houve realmente algumas recaídas da peste, até mesmo no mês de dezembro, com um aumento nos óbitos de quase uma centena, mas as estatísticas caíram de novo. Em pouco tempo, as coisas começaram a entrar nos eixos. E foi maravilhoso ver como a cidade subitamente voltou a ser populosa, de modo que um forasteiro nem percebesse os habitantes perdidos, e que uma ou outra casa estava desabitada. Uma casa vazia era algo raro, mas, caso houvesse, não faltavam inquilinos para ela.

Eu teria o maior prazer de afirmar que a cidade ganhou uma nova cara, e as maneiras do povo também tinham uma nova aparência. Com certeza, muita gente mostrava uma honesta sensação de ter se salvado, cordialmente grata à Mão Soberana que os protegera em tempos tão perigosos. Esperar outra coisa de uma cidade tão populosa, que na pandemia se mostrou tão devota, não seria benevolente. Esses sentimentos transpareciam nos rostos de algumas famílias, mas é preciso reconhecer que as práticas gerais do povo eram as mesmas de antes, com raras diferenças.

Alguns inclusive constataram um declínio nos parâmetros morais do povo a partir desse momento. O povo, endurecido pelo perigo que enfrentou, como um marujo na bonança pós-tempestade, estava mais perverso e mais indelicado, mais petulante e insensível em seus vícios e imoralidades, do que antes. Mas não pretendo me estender nisso. Seria preciso alongar a história para fornecer detalhes de todas as gradações verificadas no processo de recuperação da cidade e até tudo entrar nos eixos de novo.

Outras regiões inglesas agora estavam infectadas tão violentamente quanto Londres estivera. As cidades de Norwich, Peterborough, Lincoln, Colchester e outros locais sofriam agora sua onda pandêmica, e os magistrados de Londres começaram a determinar regras para a nossa conduta em relação ao intercâmbio com essas cidades. É verdade, não podíamos proibir a vinda de habitantes dessas cidades a Londres, porque era impossível identificá-los. Então, após muito debate, o Senhor Prefeito e a corte de vereadores foram obrigados a abandonar a ideia. Nada puderam fazer além de advertir e prevenir as pessoas a não hospedar em suas casas, ou conversar com qualquer pessoa oriunda desses locais infectados.

Mas o povo de Londres não lhes deu ouvidos, pois agora se considerava tão livre da peste a ponto de ignorar todas as advertências. Na cabeça deles, o ar estava restaurado, e o ar era como um homem curado da varíola – incapaz de ser infectado novamente. Isso reviveu a ideia de que a infecção estava toda no ar; que os doentes não contagiavam as pessoas saudáveis. Com tanta força esse capricho prevaleceu entre o povo que eles interagiam indiscriminadamente, doentes ou saudáveis. Nem mesmo os maometanos, que, aconteça o que acontecer, desdenham do contágio por acreditarem no princípio da predestinação, poderiam ser mais obstinados do que o povo de Londres. Em perfeita saúde, abdicavam do ar saudável para circular na cidade, frequentar casas e ambientes fechados com vítimas da peste e, acredite, até se aproximar de camas com pacientes ainda não recuperados.

O preço da ousadia foi alto: a própria vida. Um número infinito de gente adoeceu, e os médicos tiveram mais trabalho do que nunca, com uma diferença apenas: mais pacientes se recuperavam, ou melhor, geralmente se recuperavam. Com certeza, havia mais gente infectada e adoentada agora, quando morriam menos de mil ou 1.200 por semana, do que havia quando morriam cinco ou seis mil por semana. Tudo isso porque as pessoas andavam escandalosamente relapsas com o grave perigo de infecção, tão arrogante era sua incapacidade de acolher as advertências de quem as aconselhava para o seu próprio bem.

Em geral, o pessoal retornava e indagava sobre os amigos. Com que estranheza descobriam que famílias inteiras tinham sido varridas do mapa! A ponto de ninguém mais sequer lembrar delas. Também não se encontrava nenhum herdeiro para o pouco que elas tinham deixado; nesses casos, o que sobrava era geralmente desviado ou roubado, de um jeito ou de outro.

Dizia-se que esses bens abandonados se comunicavam ao Rei como herdeiro universal, mas nos disseram que (e suponho que em parte fosse verdade) o Rei repassou todas essas "dádivas divinas" ao Senhor Prefeito e à câmara de vereadores de Londres, para serem aplicadas em benefício dos pobres necessitados, que eram muitos. É preciso observar que, embora as ocasiões de alívio e os momentos de angústia fossem muito mais numerosos no auge da peste do que agora, após tudo acabar, ainda o sofrimento dos pobres continuava bem maior no presente do que outrora, pois todos os canais de caridade geral tinham sido interrompidos. As pessoas supunham que o pior tinha passado, e assim cessaram de ajudar, mas muita coisa ainda estava acontecendo, e a angústia dos mais pobres era imensa.

A saúde da cidade agora estava muito restaurada, mas o comércio exterior reagia devagar. Por um bom tempo, as nossas embarcações não podiam entrar nos portos de outros países. Quanto aos holandeses, as desavenças entre a nossa corte e a deles resultaram na guerra do ano anterior, o que interrompeu por completo o comércio entre os dois países. Além disso, Espanha e Portugal, Itália e a costa sul do Mediterrâneo, desde o Egito até o Atlântico, bem como Hamburgo, e todos os portos do Báltico, todos esses se retraíram por um tempo e só restauraram o comércio conosco meses depois.

LOCAIS DE SEPULTAMENTO

Com a peste assolando tantas pessoas, como já observei, muitas, senão todas, as paróquias extramuros foram obrigadas a criar novos locais de sepultamento, além do que eu já mencionei em Bunhill Fields, alguns dos quais foram continuados e permanecem em uso até hoje. Outros, porém, foram abandonados e – confesso que menciono isso com certa reflexão – convertidos para outros usos, ou prédios se ergueram nesses terrenos, com os corpos sendo mexidos e trazidos à superfície novamente, alguns antes mesmo que a carne tivesse se decomposto dos ossos, e removidos como adubo ou lixo para outros lugares. Um desrespeito! No âmbito de minhas observações constatei os seguintes locais:

Primeiro: Uma faixa de terra além da rua Goswell, perto de Mountmill, onde ficava parte das antigas demarcações ou muralhas da cidade, onde muitas e muitas vítimas da peste das paróquias de Aldersgate, Clerkenwell e até de fora da cidade foram enterradas promiscuamente. Essa área, até onde consegui investigar, foi transformada numa horta medicinal e depois recebeu uma edificação.

Segundo: Um terreno logo acima do Fosso Negro, como então era chamado, na ponta de Holloway Lane, na paróquia de Shoreditch. Depois virou um quintal para criar porcos e outros usos comuns, mas está completamente fora de uso como cemitério.

Terceiro: A extremidade superior de Hand Alley, na rua Bishopsgate, que na época era um campo verdejante, utilizada principalmente pela paróquia de Bishopsgate, embora muitas das carroças de fora da cidade também tenham levado seus mortos para lá, principalmente da paróquia de St. All-hallows-on-the-Wall. Não consigo mencionar esse local sem um peso na alma. Foi, pelo que me lembro, cerca de dois ou três anos após o arrefecimento da peste que Sir Robert Clayton tornou-se o proprietário do terreno. Foi relatado (o quão verdadeiro não sei) que o rei ficou com falta de herdeiros (após todos os sucessores terem sido levados pela pestilência) e que Sir Robert Clayton obteve uma concessão do rei Carlos II. Seja lá como for, o certo é que o terreno foi liberado para receber uma construção, conforme sua ordem. Um belo casarão ali foi erigido, o qual ainda está de pé, de frente para a chamada "Hand Alley", que, embora chamada de "viela", é tão larga quanto uma rua. As casas na mesma fileira dessa casa de frente para o norte estão construídas no mesmo terreno onde os pobres foram enterrados. Quando o terreno foi escavado para fazer as fundações, os corpos foram desenterrados, alguns tão distinguíveis que os crânios das mulheres eram reconhecidos pelos cabelos compridos. Em outros, ainda havia resquícios de carne! O povo começou a reclamar com veemência, e alguns sugeriram até que isso trazia risco de novo contágio. Com isso, determinou-se aos operários que, ao deparar com ossos e corpos, rapidamente esses fossem trasladados a outra parte do mesmo terreno e lançados juntos num poço profundo, escavado com esse propósito. Hoje esse local não possui construção, mas serve como acesso a outra casa na parte de Rose Alley, pertinho duma capela, construída ali há muitos anos. A área foi cercada do restante da travessa, formando uma pracinha. Jazem nesse local ossos e restos mortais de quase dois mil corpos, transportados pelas carroças dos mortos e sepultados naquele ano.

Quarto: Além disso, havia um terreno em Moorfields, que vai pela rua hoje chamada de Old Bethlem, bastante alargada, mas não plenamente incluída, na mesma época.

Nota: O autor deste diário jaz neste mesmo terreno, pois quis ser enterrado perto do túmulo da irmã, que falecera alguns anos antes que ele.

Quinto: A paróquia de Stepney, que se estende desde a região leste de Londres até a região norte, chegando inclusive a fazer divisa com o cemitério da igreja de Shoreditch, tinha um pedaço de terra para enterrar seus mortos, próximo ao referido cemitério; e que, por essa mesma razão, foi deixado aberto, e desde então, suponho, anexado ao mesmo cemitério. E eles também tinham outras duas áreas de sepultamento em Spittlefields – uma perto duma capela ou dum tabernáculo construído para amenizar o povo desta grande paróquia e outra em Petticoat Lane.

Na época, a paróquia de Stepney tinha no mínimo mais cinco áreas de sepultamento. Uma ficava onde hoje se ergue a igreja paroquial de St. Paul, Shadwell; outra onde hoje está a igreja paroquial de St. John, em Wapping, e as duas áreas não tinham esses nomes na época, mas pertenciam à paróquia de Stepney.

Eu poderia citar muitos mais, mas foram essas informações que chegaram a meu conhecimento, e achei útil registrá-las. No geral, pode-se observar que foi necessário, nesse período de angústia, abrir novos cemitérios na maioria das paróquias da periferia para receber os números prodigiosos de pessoas mortas em tão pouco tempo. Mas foram tomados cuidados para manter esses lugares sem outras aplicações e imperturbados? Isso eu não tenho como responder e, confesso, eu acho que foi errado atrapalhar o descanso dos mortos. De quem foi a culpa não sei.

Esqueci de mencionar: os quacres também tinham naquele tempo um cemitério à parte, utilizado até hoje pelos membros dessa sociedade. Também tinham uma carroça própria que coletava os membros mortos em suas casas. E o famoso Salomon Eagle, de quem já falei, que um dia saiu correndo nu pelas ruas, dizendo aos transeuntes que a peste era um julgamento e uma punição por seus pecados, viu sua própria esposa morrer no dia seguinte, e o corpo dela foi um dos primeiros a ser transportado para o novo cemitério dos quacres.

Eu poderia ter acrescentado a este relato muitas curiosidades observadas na época da infecção, em especial sobre as relações entre o Senhor Prefeito e a corte, que estava então em Oxford, e as diretrizes baixadas de tempos em tempos pelo governo sobre como agir nessa situação crítica. Mas a verdade é que a corte não deu a mínima e praticamente não moveu uma palha, por isso não vi razão de mencioná-las aqui, à exceção de decretar um jejum mensal na cidade e providenciar a remessa de caridade real para o alívio dos pobres, duas medidas que já mencionei antes.

Grande foi a censura lançada sobre os médicos que abandonaram seus pacientes durante a doença; quando retornaram à cidade, ninguém mais queria consultá-los. Eram chamados de desertores, e muitas vezes folhetos eram afixados em suas portas, onde se lia: "Fique longe deste médico!". Isso obrigou vários desses médicos a ficar sem trabalho por um tempo, ou a mudar de endereço e se radicar em novos lugares com uma nova clientela. O mesmo aconteceu com os clérigos, e o povo foi realmente muito vingativo com eles, escrevendo versículos e pensamentos escandalosos. Afixavam à porta da igreja folhetos que diziam: "Fique longe deste púlpito" ou, às vezes, o que era pior, "Vende-se este púlpito".

Uma desgraça puxa a outra. A infecção amainou, mas não amainou o maior causador de problemas da nação: o espírito de conflito e discórdia, maledicências e repreensões. Dizia-se que eram resquícios das velhas animosidades que tão recentemente nos envolveram em sangue e desordem, mas como a lei da indenização de 1660 havia adormecido a briga, então o governo recomendou a paz entre pessoas e famílias, em todas as ocasiões, para toda a nação.

Mas não foi possível obtê-la! Após o cessar da peste em Londres, com as agruras que o povo enfrentou, as demonstrações de solidariedade, imaginou-se a promessa de mais caridade para o futuro, com menos repreensões. Parecia que enfim a sociedade se unira com outro espírito. Mas acredite, isso não aconteceu. A querela continuou, a Igreja e os presbiterianos continuaram irredutíveis. Logo que a peste foi aplacada, os pastores dissidentes, que tinham ocupado os púlpitos abandonados pelos titulares, se afastaram. E logo sofreram perseguições e processos penais. Durante a crise da peste, o povo aceitou a pregação deles, mas agora os perseguia. Muitos membros da Igreja, como nós, não aprovamos essa injustiça.

Mas era o governo, e nada que falássemos o impediria. Só podíamos dizer que a medida não era nossa e que não respondíamos por ela.

Por outro lado, também não concordávamos com a prática dos dissidentes de condenar os sacerdotes da Igreja por terem ido embora, e abandonado seus cargos, deixando o povo em perigo quando ele mais necessitava de conforto, e recriminações parecidas. Nem todo mundo tem a mesma fé e a mesma coragem, e as Escrituras nos ordenam a sempre julgar com condescendência e caridade.

Uma peste é um inimigo formidável, e, possuído por terrores, nenhum ser humano se mantém suficientemente fortalecido e preparado para resistir e enfrentar a luta. Com toda certeza, boa parte do clero que teve oportunidade de se refugiar no interior assim o fez, a bem da segurança de suas próprias vidas, mas também é verdade que muitos permaneceram e pereceram durante a calamidade e o cumprimento de seus deveres.

Também alguns dos pastores dissidentes permaneceram, e sua coragem deve ser elogiada e valorizada, mas foi uma minoria. Não se pode afirmar que todos ficaram e que ninguém se refugiou no interior como não se pode afirmar que todo os clérigos da Igreja foram embora. Muitos debandaram, mas deixaram curas substitutos e outros em seus lugares, para cuidar dos afazeres necessários e visitar os doentes na medida do possível. Assim, em linhas gerais, podemos ser caridosos e avaliar que um ano como esse de 1665 não encontrou paralelo na história e que nem sempre o que apoia a humanidade nesses casos é a mais robusta coragem. Registrei a coragem e o zelo religioso de gente de ambos os lados que se arriscou para atender os pobres em suas angústias, e procurei não ficar lembrando que alguns não cumpriram seus deveres, em cada um dos lados. Mas, com a falta de caráter que grassa em nosso meio, os que ficaram não só se vangloriaram demais como estigmatizaram os que fugiram, rotulando-os de covardes, de ter abandonado os seus rebanhos e encarnado o papel de mercenários, e coisas assim. Recomendo que todas as pessoas boas sejam caridosas, olhem para trás e reflitam devidamente sobre os terrores da época; quem fizer isso verá que a situação era insuportável mesmo para quem tinha certa força. Não era como servir na infantaria ou combater uma carga de cavalaria no descampado; era combater a própria morte em seu cavalo pálido. Ficar era morte na certa; e nada diferente disso poderia ser previsto, em especial do jeito que as coisas andavam no finzinho de agosto e no comecinho de setembro. Na época não havia motivos para ser otimista; ninguém acreditava, nem sequer esperava, que a peste sofreria uma reviravolta tão repentina e uma queda tão brusca nos registros semanais, de dois mil em uma semana, num período em que muita gente estava comprovadamente adoentada. Foi então que muitos dos que tinham permanecido resolveram se afastar.

Além disso, se Deus deu mais força a alguns do que a outros, terá sido para esses se gabarem de sua capacidade de suportar o golpe e humilhar quem não teve o mesmo dom? Ou para serem humildes e agradecidos por se tornarem mais úteis do que seus irmãos?

Acho que cabe uma homenagem a esses homens, clérigos, médicos, cirurgiões, farmacêuticos, magistrados e oficiais de todos os tipos, como também a todas as pessoas úteis, que arriscaram suas vidas no cumprimento de seus deveres, como certamente o fizeram, até as últimas consequências, todos os que permaneceram; e vários dessas categorias não só arriscaram a vida, como a perderam nessa triste ocasião.

Certa vez resolvi fazer uma lista desse pessoal (quero dizer, de todos esses profissionais e cargos que morreram no cumprimento de seus deveres), mas era impossível um cidadão comum ter certeza dos detalhes. Só me lembro de que haviam morrido dezesseis clérigos, dois vereadores, cinco médicos, treze cirurgiões, no âmbito da cidade e das liberdades, antes do início de setembro. Mas, como já falei, com a crise e a gravidade da infecção, é impossível completar uma lista desse tipo. Quanto a categorias mais comuns, acho que morreram 46 guardas e líderes nas duas paróquias de Stepney e Whitechapel, mas não pude continuar minha lista, pois quando o ápice da peste veio em setembro tudo ficou fora de controle. Era difícil contar os mortos, o registro oficial era publicado, na faixa de sete ou oito mil por semana, ou conforme o que desejassem. Um pico nos óbitos, um pico nos montes, mas sem registros exatos. E se eu puder acreditar em algumas pessoas que estavam mais amplamente familiarizadas com essas coisas do que eu (embora essas coisas fossem públicas o suficiente até para alguém como eu, que estava com os negócios paralisados), se pudermos acreditar nelas, não menos que vinte mil pessoas foram enterradas por semana nessas três primeiras semanas de setembro. Por mais que outros asseverem a veracidade disso, eu ainda prefiro me ater aos registros oficiais. Sete ou oito mil óbitos por semana já são mais do que suficientes para justificar tudo o que eu disse sobre o terror desse período. Quem escreve e quem lê deve se satisfazer com a moderação e com as indicações da bússola.

Com todos esses relatos, acredite, eu bem poderia almejar que, após nos recuperarmos, a nossa conduta tivesse se caracterizado mais por caridade e bondade, em recordação à calamidade enfrentada, e menos por valorização de nós mesmos pela ousadia de ficar. Será covardia fugir da mão divina? Ou será que a coragem dos que ficaram não refletia, às vezes, sua própria ignorância e seu desprezo pela mão do Criador, numa espécie de desespero criminoso, não uma verdadeira coragem?

Não posso deixar de registrar que os oficiais civis, como guardas, líderes paroquiais, funcionários da prefeitura e da delegacia, e também sacristãos, cuja missão era cuidar dos pobres, cumpriram seus deveres, em geral, com a mesma tenacidade que os demais e talvez com mais coragem. Afinal, o trabalho deles era repleto de perigos e se concentrava entre os mais pobres, mais sujeitos a serem infectados e em condições mais lamentáveis quando contaminados pela infecção. Deve ser acrescentado, também, que um grande número deles morreu e dificilmente poderia ser diferente.

Ainda não mencionei aqui uma palavra sobre os remédios ou preparos que eram comumente usados nessa terrível ocasião (quero dizer, por gente como eu, que costumava sair com frequência pelas ruas). Muito disso foi mencionado em livros e folhetos de nossos curandeiros charlatães, sobre os quais eu já disse o suficiente. Convém fazer o contraponto. A Faculdade de Medicina publicava diariamente vários preparativos, que os médicos utilizavam no exercício da profissão, os quais, por já estarem impressos, evitei repetir.

Não pude deixar de observar uma coisa que aconteceu com um dos charlatões. Ele divulgou ter um excelente preservador contra a peste; quem o aplicasse jamais se infectaria ou seria passível de infecção. Embora esse sujeito, como podemos supor, não saísse por aí sem um pouco desse excelente preservador no bolso, ele foi contaminado pela peste e em dois ou três dias veio a óbito.

O DR. HEATH ANALISA OS COQUETÉIS ANTIPESTE

Não desprezo a medicina e não sou um perseguidor dos remédios (ao contrário: citei várias vezes o meu respeito às prescrições de meu amigo, o dr. Heath). Mesmo assim, reconheço que fiz uso de pouco ou quase nada. Claro, como eu já disse, sempre deixava prontinho um preparo aromático bem forte, caso me deparasse com cheiros nocivos ou me aproximasse de locais de sepultamento ou pessoas mortas.

Também não fiz o que alguns amigos fizeram, ou seja, manter o espírito animado e aquecido por meio do vinho e coisas do gênero, estratégia com a qual, como observei, um médico instruído se acostumou tanto que não conseguiu abrir mão dela quando a infecção passou e dali em diante se tornou um problema para toda a sua vida.

O meu bom amigo dr. Heath costumava me dizer que havia um leque de princípios ativos e misturas comprovadamente eficazes e úteis no caso de uma infecção, a partir do qual os médicos podiam receitar um coquetel infinito de medicamentos, como os tocadores de sinos fazem centenas de rodadas diferentes de música mudando a sequência dos sons de seis sinos. Ele preconizava que todos esses preparos tinham excelentes resultados:

– Não me causa surpresa, portanto, que uma vasta gama de medicamentos esteja sendo oferecida na atual calamidade, e quase todos os médicos prescrevam ou preparem um coquetel diferente, de acordo com seu julgamento ou experiência. Mas analise todas as receitas de todos os médicos de Londres. Vai constatar que são todas compostas das mesmas substâncias, apenas com variações de acordo com a preferência de cada médico. Sendo assim, qualquer pessoa, estudando um pouco a sua própria constituição e rotina de vida e as circunstâncias de sua infecção, podem escolher seus próprios remédios a partir das matérias-primas e preparações comuns.

O dr. Heath continuou:

– A diferença é que cada grupo recomenda uma coisa como a mais soberana. Uns pensam que a "pílula antipestilencial" é a melhor opção; outros acham que o antídoto de Veneza ajuda a amenizar o contágio. Concordo com ambos. O primeiro é bom para tomar preventivamente, para evitar a peste. E o segundo, em caso de infecção, para expulsá-la.

Seguindo essa indicação, tomei várias vezes o antídoto de Veneza, e suei de modo saudável; tive a impressão de me sentir fortificado contra a infecção, como qualquer um poderia se sentir se tomasse o potente remédio.

Quanto aos charlatães que infestavam a cidade, eu não dei ouvido a nenhum deles, e observei amiúde, com certa surpresa, que dois anos após a peste eles sumiram de vista e ninguém mais ouviu falar deles na cidade. Alguns imaginavam que todos tinham sido levados pela infecção, marca particular de uma vingança divina contra eles, por terem levado os pobres ao poço da destruição meramente para lucrar um pouco de dinheiro deles usurpado, mas eu não chego a tanto. Que uma boa parte deles morreu é certo (muitos casos chegaram ao meu conhecimento), mas que todos tenham sido varridos do mapa eu duvido muito. Acredito que tenham fugido para o interior e tentado vender seus produtos no meio de pessoas que estavam com medo, antes que a infecção aparecesse entre elas.

Uma coisa é certa: por um bom tempo, nenhum desses charlatães voltou a dar as caras em Londres ou seus arredores. Muitos médicos inclusive publicaram folhetos recomendando suas diversas preparações medicamentosas para a limpeza do organismo, como chamavam, após a peste. Segundo eles, esse processo era necessário para quem tinha adquirido a doença e estava curado. Por outro lado, é mister afirmar que, na opinião dos mais eminentes médicos da época, a peste fora um expurgo suficiente, e quem sobreviveu à infecção não precisava de remédios para limpar seus corpos (pois as feridas, os tumores etc., que furavam e eram mantidas abertas por prescrição médica, já tinham feito uma limpeza suficiente), e todas as outras enfermidades, e causas de enfermidades, foram efetivamente controladas assim. E como os médicos divulgavam essas opiniões aos quatro ventos, os charlatães ficaram sem mercado.

Claro, logo após a diminuição da peste houve vários corre-corres, mas não posso dizer se foi algo criado para assustar e deixar o povo atarantado, como alguns chegaram a imaginar. Mas, às vezes, corria o boato de que a peste estaria voltando. O famoso Solomon Eagle, o cancioneiro de que falei (e que andava nu pelas ruas), profetizava ondas maléficas todos os dias, e vários outros, alegando que Londres ainda não sofrera flagelo suficiente e os golpes mais severos e duros ainda estavam por vir. Se parassem por aí ou entrassem em detalhes, dizendo que a cidade no próximo ano seria destruída pelo fogo, então seria diferente. Ao vermos isso acontecer, não nos culparíamos por termos dado mais do que apenas o respeito comum a seus proféticos espíritos. Ao menos teríamos pensado com mais seriedade no significado desses presságios e de onde eles surgiram. Mas como só eram vagos comentários sobre uma recaída da peste, não demos muito crédito a essas profecias. Todavia esses constantes clamores nos mantinham sempre um pouco sobressaltados. Mortes súbitas, aumento nos casos de febre maculosa e da peste, tudo era motivo para ficarmos alarmados. Até o final do ano, o número semanal de óbitos decorrentes da peste se manteve entre duzentos e trezentos casos. Nessa situação, como eu disse, era impossível não ficar com os nervos à flor da pele.

Quem se lembra da cidade de Londres antes do incêndio deve lembrar que na época não existia ainda o lugar que hoje chamamos de Newgate Market, mas ele acontecia no meio da rua, na atualmente chamada Blow Bladder Street ("Rua Sopra Bexiga"), cujo nome provinha dos açougueiros que carneavam e desvisceravam suas ovelhas ali (e, ao que parece, tinham o costume de soprar as carnes com foles para torná-las mais grossas e mais gordas do que eram e, por isso, foram punidos pelo Senhor Prefeito). Como falei, a partir da extremidade dessa rua até Newgate corriam duas longas fileiras de estandes que vendiam carne.

Nesse mercado, duas pessoas caíram fulminadas enquanto compravam carne, dando origem ao boato de que as carnes estavam todas contaminadas. Isso assustou o povo e prejudicou o mercado por dois ou três dias, mas logo ficou claro que o medo era infundado. O medo se apodera de nossa mente de um modo inexplicável.

Porém, Deus quis por bem prolongar o clima invernal e restaurar a saúde da cidade. Em fevereiro constatou-se que a peste havia praticamente cessado, e já não nos assustávamos com tanta facilidade.

EXPURGO DAS CASAS

Entre os acadêmicos havia uma dúvida que a princípio deixou as pessoas um pouco perplexas. De que modo expurgar casas e bens onde a peste estivera e como torná-las novamente habitáveis? O mesmo valia para casas fechadas durante a onda da peste. Uma variedade de incensos e preparos foi prescrita pelos médicos, de um tipo ou de outro. Gente que deu ouvidos a isso acabou incorrendo, na minha opinião, em gastos desnecessários. Os mais pobres limitavam-se a escancarar as janelas dia e noite e a queimar enxofre, piche e pólvora, e coisas assim, nos aposentos, com bons resultados. E os mais ansiosos voltavam para casa ignorando todos os riscos, encontrando pouco ou nenhum inconveniente em suas casas, nem em seus bens, fazendo pouco ou nada para desinfetá-los.

Em geral, os mais prudentes e cautelosos tomavam algumas medidas para arejar e purificar suas casas. Queimavam perfumes, incensos, benjoim, resina e enxofre em seus cômodos e os lacravam, e depois deixavam o ar levar tudo isso com uma explosão de pólvora. Outros faziam grandes fogueiras que ardiam dia e noite, por vários dias e noites. Dessa forma, dois ou três acabaram incendiando suas casas e, com isso, as purificaram com eficácia incinerando-as até as cinzas, como aconteceu numa casa em Ratcliff, outra em Holborn e uma terceira em Westminster. Outras duas ou três casas pegaram fogo, mas o incêndio foi apagado a tempo de salvá-las. O criado de um cidadão, acho que foi em Thames Street, pôs tanta pólvora na casa de seu mestre, a fim de limpá-la da infecção, mas lidou com o produto de modo tão ridículo, que acabou explodindo o telhado da casa. Ainda não chegara o momento de a cidade ser expurgada com fogo, mas isso não estava longe: nove meses depois, eu vi tudo virar cinzas. De acordo com alguns de nossos tremelicosos filósofos, no Grande Incêndio de 1666 as sementes da peste foram totalmente destruídas, e não antes – uma ideia patética demais para mencionar aqui, pois, caso as sementes da peste tivessem permanecido nas casas, para serem destruídas apenas no Grande Incêndio, como se explica o fato de a peste não ter voltado em áreas não afetadas pelo incêndio? Como é que todos aqueles edifícios nos subúrbios e nas liberdades, todas habitações nas grandes paróquias de Stepney, Whitechapel, Aldgate, Bishopsgate, Shoreditch, Cripplegate e St. Giles, não alcançadas pelo incêndio e onde o surto da peste foi violentíssimo, permaneceram na mesma condição de antes?

Uma coisa é certa: as pessoas mais cautelosas com sua saúde tomaram medidas especiais para "depurar" suas casas, como eles diziam; e uma miríade de itens caros foi consumida nesse desiderato. Isso não só depurou as casas como encheu o ar de aromas agradáveis e salubres, num benefício compartilhado com quem não havia gasto um tostão.

Embora, como eu já disse, os mais pobres tenham chegado à cidade muito precipitadamente, o mesmo não aconteceu com os ricos. Os homens de negócios retornaram, mas muitos deles só trouxeram as famílias para a cidade na entrada da primavera, com a certeza de que a peste não voltaria.

Realmente a corte voltou logo após o Natal, mas a nobreza e a alta burguesia, à exceção de quem tinha emprego na administração, não vieram tão cedo.

Aqui vale mencionar um detalhe. Apesar da violência da peste em Londres e em outros lugares, ficou bem claro que ela nunca esteve a bordo da frota da Marinha. No começo do ano, quando a peste mal havia começado, criou-se um estranho destacamento com o poder de convocar marinheiros para a frota de combate. Na época a peste não tinha chegado na região da cidade em que costumeiramente são convocados marujos. Na ocasião, embarcar rumo a uma guerra com os holandeses não parecia uma perspectiva agradável para ninguém, e os marinheiros se alistavam a contragosto e muitos reclamaram de serem arrastados à força. Entretanto, ficou comprovado que essa violência acabou sendo venturosa para vários deles, que provavelmente teriam perecido em meio à calamidade geral. Quando terminou o período da convocação, no fim do verão, voltaram e encontraram um cenário de desolação, com muitos de seus familiares já enterrados em seus túmulos. Mesmo assim se sentiram gratificados por estarem longe dali, fora do alcance da peste, embora inicialmente contra a própria vontade. Na verdade, entramos em guerra com os holandeses naquele ano, com relevante campanha naval, na qual os holandeses foram derrotados, mas a Inglaterra perdeu muitos homens e alguns navios. Mas, como observei, a peste não contaminou a nossa frota, e quando ela voltou a ancorar no rio, a onda mais violenta já havia começado a diminuir.

Gostaria de arrematar o relato deste ano melancólico com alguns exemplos de importância histórica, sobre a gratidão a Deus, o nosso Salvador, por termos sido preservados desta terrível calamidade. Com certeza, as circunstâncias da salvação, bem como o terrível inimigo de quem fomos salvos, mobilizaram toda a nação. As circunstâncias da salvação foram mesmo extraordinárias, como já mencionei em parte. Estávamos numa situação particularmente hedionda, quando subitamente, para a surpresa da cidade inteira, uma lufada de esperança alegrou o povo: a infecção parecia estar cedendo.

O dedo divino, nada além disso, nada além de um poder onipotente, poderia ter feito isso. O contágio desdenhava todos os remédios, a morte assolava todas as esquinas. A continuar naquele ritmo, em poucas semanas a peste teria varrido tudo que na cidade tivesse uma alma. A população de todos os lugares começou a entrar em desespero; os corações fraquejavam, dominados pelo medo; as pessoas traziam a angústia na alma e os horrores da morte nos semblantes.

Naquele exato instante, quando poderíamos muito bem dizer: "Vão é o socorro do homem",* naquele exato instante Deus quis por bem (para a nossa mais agradável surpresa) amainar a fúria e a malignidade

---

* Citação bíblica, Salmos 60:11. (N. de T.)

da peste. Um número infinito de pessoas ainda estava doente, mas as mortes despencaram. E houve uma queda significativa de 1.843 óbitos na semana seguinte!

A mudança foi da água para o vinho. Quando os números dos óbitos semanais foram divulgados naquela quinta-feira de manhã, tudo mudou, inclusive a expressão estampada em cada rosto. Em cada olhar, uma surpresa secreta, em cada sorriso, uma alegria. Dias antes, as pessoas atravessavam as ruas para não cruzar perto das outras. Agora, trocavam apertos de mão calorosos. Onde as ruas não eram muito largas, o povo abria as janelas e se comunicava de uma casa para outra, e indagava se os vizinhos tinham ouvido as boas-novas! A fúria da peste estava se aplacando. Alguns respondiam:

– Que boas-novas?

E quando respondiam que a peste havia amainado, e o número de óbitos havia baixado em quase dois mil, exclamavam, em meio a lágrimas de alegria:

– Deus seja louvado!

E diziam que não sabiam de nada. O povo estava tão alegre que parecia ter tirado os pés do túmulo.

No auge do sofrimento e no auge da alegria, foram muitas as extravagâncias cometidas pelo povo. Entrar em detalhes seria diminuir o valor dessas emoções.

UMA CONFISSÃO

Vou confessar uma coisa. Na semana anterior a esses fatos, eu andava cabisbaixo, certo de que não escaparia da morte. Os números de casos e óbitos registrados semanalmente eram prodigiosos. Em toda a parte, só se ouviam lamentos. Sobreviver parecia impossível, quase uma fuga da sensatez. No meu bairro parecia que a minha casa era uma das únicas não infectadas. Se a pandemia avançasse, em pouco tempo não sobraria um só vizinho livre da peste. Era mesmo difícil de acreditar na terrível destruição causada nas últimas três semanas. Eu conhecia um sujeito cujos cálculos eram muito bem fundamentados. De acordo com ele, houve certamente mais de trinta mil óbitos e quase cem mil casos apenas nessas três semanas a que me refiro. O número de novos casos era surpreendente, quase espantoso, minando a coragem de quem tudo havia suportado até aquele momento.

No olho do furacão de nossa angústia, quando a condição de Londres chegava à beira da calamidade, foi então que Deus quis por bem, por sua intervenção imediata, desarmar o inimigo: um ferrão sem veneno. Que maravilha! Até mesmo os médicos ficaram surpresos com isso. Em todas as visitas que faziam, os pacientes tinham melhorado. Ou haviam transpirado suavemente, ou os tumores haviam drenado, ou os carbúnculos tinham desinchado e as inflamações ao seu redor tinham mudado de coloração, ou a febre sumira, ou a violenta dor de cabeça tinha amainado, ou se deparavam com algum sintoma de melhora. Em poucos dias, todos estavam se recuperando. Famílias inteiras infectadas e prostradas, que tinham pastores orando por eles, à espera da morte próxima, reagiram e alcançaram a cura, com todos os familiares se salvando.

Isso não se deveu à descoberta de um novo medicamento ou de um novo método de cura, tampouco a alguma inovação cirúrgica pesquisada pelos médicos; evidentemente vinha da invisível e secreta mão divina, a mesma que enviara essa doença como se ela fosse um julgamento. E deixe que a parte ateísta da humanidade classifique como quiser a minha afirmação, não é entusiasmo: toda a humanidade reconheceu isso na época. A doença estava enfraquecida, e sua malignidade exausta; e mundo afora vamos deixar que os filósofos procurem explicações na natureza e tentem pagar com seu trabalho a dívida com o Criador. Até aqueles médicos menos religiosos foram obrigados a reconhecer que era tudo sobrenatural, extraordinário, sem explicação plausível.

O terror do auge da peste nos atingira em cheio, mas agora só uma sensação dominava os nossos espíritos: a gratidão! A sensação de que havia passado. Mas não se engane. Este texto não é um sermão hipócrita, uma apologia às coisas religiosas: é um relato. Não sou professor nem pregador, dei as minhas observações sobre os fatos (e justamente por isso vou ficar por aqui, em vez de continuar). Mas se dez leprosos se curassem, e apenas um voltasse para agradecer, quero ser como ele, e me sentir grato por estar vivo.

Não há como negar que muita gente se sentiu grata na época, mesmo em silêncio, inclusive aqueles cujos corações não foram extraordinariamente afetados pela doença. Só sei que essa sensação foi tão intensa que todos sucumbiram a ela, até mesmo as pessoas da pior laia.

Um fato se tornou comum. Você saía na rua e se encontrava com um completo desconhecido, mas que expressava surpresa ao nos ver. Um dia fui para as bandas de Aldgate, e no vaivém de pessoas surge um homem lá da ponta das Minories, corre o olhar em volta e abre os braços num gesto largo:

– Meu Deus, que mudança! Semana passada não tinha uma vivalma sequer por aqui.

Outro sujeito (eu o escutei) acrescenta:

– Isso é fantástico, é um sonho.

— Bendito seja Deus! – diz um terceiro homem. – E vamos agradecer a Ele, tudo devemos a Ele. A ajuda humana e a capacidade humana já tinham se esgotado.

Essas pessoas não se conheciam, mas saudações como essas eram frequentes na rua todos os dias. E, apesar do comportamento descontraído, o povo mais singelo andava pelas ruas, dando graças a Deus por sua salvação.

Como já disse, foi nesse período que as pessoas afastaram todas as apreensões, com muita rapidez. De fato, agora não tínhamos mais medo de passar por um homem de touca branca na cabeça ou pano no pescoço, ou mancando com feridas na virilha... tudo que uma semana antes eram coisas para lá de assustadoras. Mas agora a rua estava apinhada dessas pobres criaturas em recuperação, as quais, é bom que se diga, pareciam muito conscientes de sua inesperada salvação. Eu não estaria sendo justo com elas se não mencionasse que muitas delas estavam mesmo agradecidas. Mas do povo em geral só vou dizer o que disseram dos filhos de Israel após se salvarem do exército do faraó, atravessarem o Mar Vermelho, olharem para trás e avistarem os egípcios submersos na água: "cantaram seus louvores, porém cedo se esqueceram das suas obras".*

Não posso me alongar mais. Eu poderia ser taxado de reprovador, e talvez injusto, se eu entrasse na desagradável tarefa de refletir, por seja lá qual for a causa, sobre a ingratidão e a volta de todas as sortes de perversidades entre nós, das quais fui testemunha ocular. Portanto, vou concluir o relato deste ano calamitoso com versinhos toscos, mas sinceros, que escrevi no final de minhas anotações daquele ano:

No ano meia cinco
Em Londres um mal nocivo
Levou-nos cem mil almas
Mas estou vivo!

(H. F.)

---

* Citação bíblica; Salmos 106:12,13. (N. de T.)

grupo novo século

Compartilhando propósitos e conectando pessoas
Visite nosso site e fique por dentro dos nossos lançamentos:
www.novoseculo.com.br

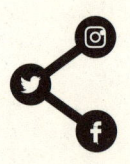

ns

- facebook/novoseculoeditora
- @novoseculoeditora
- @NovoSeculo
- novo século editora

gruponovoseculo.com.br

Edição: 1
Fonte: Quadraat